金手錶

黃大榮　著

探索文字迷夢的無限可能

彭稗

　　曾以為唯有年輕時的路是向前延伸的，意氣風發，通向無數的方向，通向無限的可能。而桑榆之年，當如路盡頭的那間老屋，封窗閉戶，安詳地守護著屋內的舊時風華。

　　當然我錯了。

　　暮年誠然是一間飽經滄桑的老屋，但卻是一間窗外有藍天的老屋，靜止的是外表，開放的是心靈。從不封閉，也從不沉滯。透過老屋看山外山、樓外樓，更覺人生如夢，夢如人生。對於筆耕的人而言，綿綿密密的來時路和前途從來就不曾停止，總是竭力向無限發散。尤其對於思雨樓上的大榮先生而言，文字迷夢始終酣暢淋漓，以天馬行空之勢填滿夕陽紅。

　　大榮先生的思雨樓是一間藏珍納寶的老屋。我如頑童進屋，有幸一窺，只覺如夢如幻，光華耀眼。先生之筆力、想像力、對於文學的探索心，無不令我震動、感佩。

　　開篇的〈風景〉美不勝收。開門見山便說：「我們幾個男人，兒時就是玩伴。後來，戀愛的戀愛了，成家的成家了。」這樣樸實的句子，其實是極有能量的，留給後面的鋪陳無限的空間。我以為要等待的是一個精彩的故事了，但大榮先生接著講述的，卻是一個純粹的夢境。夢裏有〈桃花源記〉般的奇麗，有白茫茫大地真乾淨的奇幻，風、花、雪、山，極盡其

美，「海天一色」，皆為男人歷險之地。我邊隨先生的夢境看風景，邊妄自猜測先生的用意。開篇之作名為風景，風景卻在夢裏。何以記夢之作盡為風景？先生在文末點睛：「來路早已迷失，永遠地回不去了……好像滄海巫山，都已領略，我理應心如止水的，但不時還有微瀾泛起。我別無選擇地選擇了虛擬的探險，等著看後面的那一道風景呢。」

原來如此。

〈風景〉當可視作夢稿系列的引言或序篇。一路荊棘和桃源，一路黑暗和陽光，都是風景，也都如夢境。夢稿，亦即夢中風景之稿。當年玩伴或已「有點迷惘和無奈，籠在疲憊的臉上」，先生卻依然於思雨樓上笑看風雲，馳騁於無邊無際的夢境。

〈身世〉和〈歸去來兮〉充滿了詭秘的氣息，一個風格寫實一點，講述一個孩子的身世；一個卡夫卡一點，講述「魚人」的故事。兩個故事風格迥異，卻散發著相同的氣息。〈身世〉近乎是一部短篇小說，木樓小院中的「冷暖樹」、神秘的書和陌生人，常年掛著手槍的「表哥」，身世之謎，上鎖的鐵匣子。單是這些元素的排列，已經扣人心弦。那麼你以為這僅僅是一部懸疑小說麼？不，迷離的身世裏有更加隱晦的歷史，正如先生在〈歸去來兮〉裏說的：「歷史不是實現既定目標的工具，它不過是一個個具體的活生生的人的存在和活動，如此而已。但是，來路不可能刪除，不是僵死的印記，不是古董一樣的陳跡。歷史從來沒有新的一頁，我們在不斷覆蓋過去，而在塗寫今天的顏色時，昨天的底色便會翻出，兩色相洇相混而成間色，如是而已。」在〈歸去來兮〉裏，對於歷史和個人

的命運的關注更為激烈一些。〈身世〉中，歷史的軌跡是加諸於老樹上的年輪，是加諸於一個孩子身上的身世飄零。個人置身於蒼茫的歷史之中，只得冷暖自知。或者冷暖自知也是奢侈，「冷暖樹」最終也被人砍去，「樹的老根還在，宛若大地暴凸的筋脈；粗壯的樹椿上，披滿蒼苔，百年年輪，陸離斑駁，倒還依稀可辨；哪年哪月才能吐出新的枝芽，很難說的了」。我一直喜歡這種言猶未盡的結尾，就如歸有光〈項脊軒志〉文末：「庭有枇杷樹，吾妻死之年所手植也，今已亭亭如蓋矣。」

無限感慨，盡在不言中。

天地萬物，無一不比人類更久遠地見證了歷史和生命的歷程。

因此在〈歸去來兮〉裏，講述者「我」夢見自己變成了一條魚，從水裏來到這世上，在大江裏游，在白龍潭和護城河裏游，遇到老叟、俄國美少女、神魔、雲中老者，某日幻化成人形，在會議室被困，後因女郎引路得救，最終「帶著孩子般的微笑，游向長江，游入大海，然後，游向海的深處……我相信，那聽不懂的喧鬧聲，就是自由生命的交響曲；那場面，就是生命的狂歡節。我知道，我將按照唯一的法則——上帝的法則活下去，直到有一天我與大海溶為一體」。歸去來兮，質本潔來還潔去。

魚人故事是大榮先生對自己文學創作的一種實驗，以一種縱橫馳騁、汪洋恣肆的莊子式風格，破壞著故事敘述的均衡節奏，把真實的細節納入荒誕的架構中，讓人迷惑。「雖是幻覺，記憶一樣刻骨銘心，已然成為生命之一部分，不可抹

去。」魚人歸去來兮的過程中，混雜了各種指涉和寓意，現實生活和夢境合而為一，是過去的歷史留在思雨樓樓主心上的印記。魚隨波逐流，人在歷史中沉浮。魚非魚，人非人，現實非現實，夢幻非夢幻，開始就是結束，只有自由是天地間唯一的法則。

諷刺的是，自由來自於腦損傷，來自於一切正常人情緒的消失。這裏，作品把記憶與苦難、思想與痛苦的關係，寫到了絕境。

這是一個完美的悖論。

〈一夜同行〉描述的是孤男寡女的一夜同行，卻無關風月，討論的是人與人之間的交流和關懷。海明威說：「每個人都不是一座孤島」，事實上我們所居住的人潮湧動的鋼筋森林，就如「他」和「她」踩上的浮冰，各自浮動漂移，彼此獨立，無法相連，也因此連不上岸，連不上豐茂的陸地。

小夜曲一樣的短夢。「你我相逢在黑夜的海上，你有你的，我有我的，方向；你記得也好，最好你忘掉，在這交會時互放的光亮！」〈一夜同行〉對徐志摩的〈偶然〉進行了放大，然而比〈偶然〉更悲哀的是，交會時也錯過了可能有的那一星光亮。我們的存在不僅是孤島，而且是冰島。

〈節日〉和〈青花〉，是由大榮先生的閒情逸致所激發的奇思妙想。〈節日〉充分展示了先生恢弘的想像力。先生養的龜背竹拔節而長，長成倒立的「人」字，先生因此有夢：尼

羅河上游的一群古猿，一隻壯年猿頑強地學著站立，失敗、重來，一點點伸直，最終站立起來，眾猿也全都站立起來，舞蹈般繞行了一圈。「在這最原始的舞蹈——一個莊嚴的儀式中，完成人和人的文化的創始，人類從此走上了文明的不歸路。」龜背竹呈倒立的「人」字，先生便有了一場驚天動地的奇夢，先生在文中說：「文學的要義是燃燒你的生命，化作自由奔放的想像」，先生的確是這段話的身體力行者。

〈青花〉寫先生愛梅，因要青花梅瓶供之，卻遍尋無合心意者。思之需自行繪畫燒製，一夜畫成「一地的」大寫意。一夢醒來，最得意的畫作竟已化作青花梅瓶。

〈青花〉一文，氣質古典，行文半文半白，隱約有古風，正合了青花二字。

〈祭〉是夢稿系列中最為樸實的一篇，古今懷人之作，都忌華麗空泛，大榮先生用筆更是極盡純樸，真情畢露。回憶姑父，是「而今聽雨僧廬下，鬢已星星也。悲歡離合總無情，一任階前點滴到天明」的心境，是思雨樓上最平靜深沉的一章。祭親人原是再真實不過，與夢無涉，然而其中卻插入姑父顯靈的一節。夢耶幻覺耶？已不再重要，不過是因為念念於心，依依不捨。

把大榮先生發給我的〈金手錶〉列印下來，仔細拜讀，一時間竟是失語的，想到一些不大相干的東西。動盪和苦難，也許更能激發人們更深沉的思想和高貴的情感，這是我們這蒼白的一代所不具備的。我們身處的年代沒有那樣的恐怖，然而

二十三歲時的我，又在幹些什麼呢？這個年代如此貧乏卻又如此浮躁，讓人不安。二十三歲時的先生，在驚濤駭浪中反而成全了寶貴的人文關懷。

這真是題外話。

〈金手錶〉的節奏非常緊張，那個年月的講述讓人摒息靜氣，覺得有很大的壓迫感。這是密集的語言造成的，也是故事本身所帶來的吧。〈金手錶〉讓我更深切地理解先生的夢稿。

我只能對先生說：「您的小說是我們晚輩的財富，讓我回到一段驚心動魄的歷史，於看似波平如鏡的生活裏有了一點有價值的思索。謝謝您的藝術良心。」

傷感總是難免的。但大榮先生當然是個開朗的，對生活飽含熱情的人。在〈無題〉裏，碎夢一樣的短章，先生的風趣、聰明和朝氣可見一斑：希特勒變成了畫皮；出訪R星的學者妙解「黑洞」論；大草甸子因為神秘的喇叭叫聲，躲過了一場浩劫；移植晶片到肝臟可以減肥……這些碎夢記錄有筆記體的風格，言簡意賅，讀來妙趣無窮。

張愛玲晚年只是一心痴迷地研究《紅樓夢》，說自己「十年一覺迷考據，贏得紅樓夢魘名」，大榮先生雖也自詡「半生紅迷」，卻不是張那樣。先生有自己的思雨樓。詩曰：「今我來思，雨雪霏霏」，思雨樓上神思馳騁天地間，好夢連綿。文字迷夢裏，姹紫嫣紅一片。

目次

代序　探索文字迷夢的無限可能　　　003

金手錶　　　011

　第一章　　　013

　第二章　　　018

　第三章　　　038

　第四章　　　060

　第五章　　　087

　第六章　　　094

　後記　　　103

思雨樓夢稿　　　105

　風景　　　107

　身世　　　111

　歸去來兮　　　117

　先生　　　129

　一夜同行　　　137

　節日　　　141

　青花　　　145

　祭　　　149

三筆字	155
玩具	158
晨之囈	164
藍雨傘	173
翡翠戒指	177
古瓷・善本	179
令人深信不疑的發財秘訣	181
桃花詩案	185
袁生	187
構成	190
肖像	193
最後一期《百年江湖》	197
雪後	207
無題	208
附錄一	**235**
小葉女貞牆那邊	235
附錄二	**247**
老人的歌	247
何日趟過那條荒謬的河流──評〈金手錶〉	**261**
代跋　　談談〈思雨樓夢稿〉中的隱喻	**273**

金手錶

茫茫雪原，蒼白的月亮／殮衣蓋住了這塊大地／穿孝的白樺哭遍了樹林／這兒誰死了，莫不是我們自己？

——葉塞林

歷史給我們最大的教訓是：人們很少從歷史中汲取教訓。

——蕭伯納

第一章

不可思議的是，時空發生了錯亂。

那天天氣不錯，天空大地分外明亮，水洗過一般潔淨，人間四月天吧，我不知怎麼身處在一個雖不算漂亮、不算正規，但有樹、有草、有花的園子裏。這園子空闊，古樹倒也不少，不成林，雜草叢生，昔日園主壘築的山石已經坍塌，幾成丘墟，通向湖邊的小徑早被野草掩沒，湖面一叢一叢的枯枝敗葉，細辨方知是殘荷，偶有幾隻水鳥掠過。一種荒蕪感卻令我心動。荒蕪其實就是原始意味，勾起我對大自然和生命和歷史文明之類的遐想。

對了，記起來了，最重要、最實際的是，向來一文不名的我，那天兜裏居然有錢，還不少，剛好夠買一支上海牌手錶。錢從哪兒來的，不清楚，可以肯定來路正當，否則按我的性格，絕對不會心情輕鬆而坦然，沒事人一般。

我想有一支手錶。要我講出「想要」的理由，反而是沒有道理的，人人都有的東西，為什麼偏偏我就不能有呢？當然也可以將這個想法具體化，比如說，人家都有，如果我沒有，反而顯得另類；也許我就想每天摸它兩下、看它兩眼；也許我扔在屜子裏，根本不會戴它，純粹是佔有慾、是心理滿足，就像藏書家的萬卷珍本，未必會去讀它；也許要拿它做定情物，但起這個念頭的時候，似乎只有一個遠在異國的暗戀的對象，她

寄給我的照片曾教我疑惑，她五歲的小妹妹手腕上也有一支手錶。我哪裏曉得，這東西在國外已經低賤到如地攤上的大路貨或者孩子的玩具，只知道此地是沒有手錶賣的，中心百貨商店陳列的幾隻手錶，僅是永久的樣品而已，拿得出錢的人也拿不出需要積攢幾輩子的工業券。

於是，我去問A。這個北京大學英語系畢業的小女人，去過幾年澳洲，發了點財，有私家車，還在省城西湖岸邊購有一幢小別墅，名叫「森林物語」之類的樓盤。今天周末，她應該開車去省城度假的。我不可能自己乘大巴車去，花去了往來車費，我就又一文不名了。我和她不太熟，同她的一位男同學是朋友，大家在一起聚過幾次而已，記得初次見面時，我心裏咯噔了一下，誤以為早就認識她的，還記得她好像說過是我的熱心讀者。當然我去找她而不是找別的什麼人，與潛意識裏覺得她可愛，而非常奇怪地在這一天我又寂寞得特別難受，不無關係。我到她的單身公寓去時，她正收拾行囊。「我可以搭你的便車麼？」我問。「你去省城？」她很客氣。「是的，我要去買支手錶。」她甜甜的一笑，沒說什麼，轉過身去。就在她轉身的時候，戴在她左手手腕上的一支金錶，被窗外射進的強烈陽光吻了一下，這一吻卻刺傷了我。我想，我即使有了手錶，即使不送給女友自己戴，我在她眼裏依然是另類。我正要說：「算了，我不想去了」，她卻顯出異樣的熱情，說：「行啊，過一會兒，我聯絡你；我正想著路上三個多鐘頭好寂寞，去不去呢？」她倒坦誠，明說是為了自己在路上有個陪伴；而且話裏還透露出，其實她和我認識的那位男同學，關係並不像此前

我想像的那麼深。我總以為他們的關係即使不到情人，也超乎朋友之上。是的，我原先的猜測不對，我的朋友曾經神秘的告訴我，他對她的金手錶的來歷覺得可疑，因為那是一支真正的勞力士金殼女錶，價值不菲；以她僅僅幾年的澳洲經歷，此物來得蹊蹺云云。他說這話時瞇起狡黠小眼，面帶冷笑，有點類似吃不到葡萄的狐狸。當時我就應該否定對他們之間有某種深層關係的推測，但我的注意力全都集中在傳奇的勞力士和神秘的澳洲了，無暇它顧。

　　我在園子裏閒逛，陽光亮得刺眼，我突然覺得哪兒不對勁。怎麼聯絡我呢？我並沒有手機呀。你這人，太容易受騙了，人家分明是在婉拒你呢。這樣一想反倒輕鬆了，不去了，不買什麼勞什子手錶（筆者注：勞什子，上海方言，意指令人反感討厭、惹人心煩的東西。）了，這錢夠我交多少個月的伙食費啊。

　　不可思議的是，時空發生了錯亂，怎麼回事呢？我怎麼回到了渴望有一支手錶的十八歲的1961年呢？三十年後的1990年，我才認識A，才知道手機為何物啊。況且如果是1990年，還需要去省城買手錶麼？如果是在1961年，我最惦記的應該是母親每個月五元錢的匯款，最擔心的應該是交不出每月必交的伙食費，並不是什麼勞什子的手錶啊。

　　我應該認真權衡一下，這筆錢對於我的份量：每月二點五元（我在大學享受乙等助學金，每月十一元，伙食費是十三點五元），一百個月兩百五十元，五十個月……假如我讀的是四

年制大學就好了，剛剛好，夠交齊全部的伙食錢了。依據巴爾札克先生寫小說的原則，我需要補充一下相關的經濟資料——我一家三口，母親每月三十二元工資，養活我和弟弟，還有她自己。但我們班百分之八十的人來自農村，家庭收入一律為零，十三點五元的甲等助學金和二點五元的甲等生活補助，自然輪不到我和其他城市學生頭上。

這一年，是全國發生大饑饉的第三年。父親把他的一份口糧悄悄省下，給了年幼的弟弟和幹體力活的母親，他自己患上了嚴重的浮腫和肝炎，躺在病床上奄奄一息。父親處於半昏迷、半瘋顛的狀態時，便不住地自由哼唱，仔細聽辨，全是非常正確的政治口號，旋律節奏當然是很地道的京腔京韻。父親曾是此地名票，在西江大舞臺粉墨登場，出演全本《玉堂春》。他自編的曲調大約算得是最早的京歌了。不久，他便唱著他的京歌含淚而去。從此我對「出生入死」的醫院心存畏懼，聞不得那兒特有的福馬林的氣味，它讓我立刻想到死亡，而且是非正常的死亡。我不用每天到醫院給父親送那照得見人影的米湯了，一心往學校跑，看高考錄取通知書到了沒。所有錄取或不錄取的通知都來了，就剩下我一個人命運待定。校長寬慰我說，這是好事，根據以往的經驗，只有「留蘇預備生」的通知最後送達。結果我被錄取第七志願，一所也算明星學校的理工大學的絕密專業。後來班上唯一的一個組織中人G，格外開恩、格外神秘地透露給我說：「你成績太好，政治條件卻太差，學校為你的是否錄取，爭議很大……。」結果，我一頭

挑著行李捲，一頭挑著母親為我準備的幾十斤重的大南瓜，走進了高等學府。結果，一入學就趕上「休養生息」，每天下午不上課，全校師生橫七豎八地躺在大操場上曬太陽，據說人跟植物一樣吸收陽光，就可以緩解因饑饉造成的營養匱乏。結果，我在那間被大樹的濃蔭染得綠茵茵的、潮濕逼仄的讓我感到窒息、感到恐怖的宿舍，一待就是整整五年。

　　一旦放棄搭Ａ便車的想法，從頭到腳都輕鬆起來。不禁為剛才那個關於Ａ和勞力士和朋友的推測的認真、較勁，感到臉紅，感到猥瑣和無聊。想著想著，已經走到園子外的鄉間小路上，抬起頭，卻見Ａ一徑望著我淺笑，還是那麼甜甜的。她屬於不算很漂亮但很有趣、很具風韻的小女人。她說：「走啊，車就在前邊。」我卻望不見車。心裏突然有些猶豫，這算哪門子事啊，在這荒郊野外，孤男寡女的，還要說說講講的同車幾個小時，即便我和她心地光明，學校輔導員知道了，那還了得。況且她的那班男同學（包括我認識的、不知與她有沒有曖昧關係的那位）中，似乎沒有一個很大度的人。於是我抱歉地說：「讓你費心了，我還是不去了吧。」她顯然有些氣惱：「你這人，怎麼回事？」我也顧不得她的譏笑，說：「我想好了，錢還是留著交伙食費。」她居然沒有再說什麼，而且臉上掠過一縷憂傷，長吁了一聲，又深深望了我一眼，緩緩離去。當她臉上掠過憂傷的時候，她顯得格外楚楚動人，那一瞬間幾乎動搖了我的決心。我從前兩年十六歲開始，同一位蘇聯姑娘通信，由此迷上了十九世紀的俄羅斯文學。我喜歡俄國文學那

種淺淺的哀愁和淡淡的憂鬱，我確信，有一點憂鬱氣質的女人才是適合我的。

　　我心裏塞滿了孤寂和憂傷。我是個如此卑微的人，總是懷著卑微的夢，充塞著許多卑微的心思，常常為一些瑣屑的事情弄得不快。我像被抽了筋一樣，疲軟不堪，就在這郊外田壟上和衣躺下，仰面朝天，望藍天無際，白雲輕度，心像一下子掏空了。我懶得動了，懶得回學校去了。儘管我知道，我就這樣躺著，沒法取得文憑，沒法回報眼巴巴望著我出來做事掙錢的母親，沒法幫她撫育尚在童年的兄弟，甚至我自己也會沒水喝，沒學校提供的正餐糠菜團子「鐵托」吃，我還是寧願就這樣長眠不醒。這地方太清靜了，心裏空空的，人已失重，就像要飛起來。這感覺多維持一會，乃至就這樣讓時光停止，有什麼不好呢？

第二章

你想成就一番事業，必須學會隱藏你的才華和思想鋒芒，
收斂你的個性——幸好你沒有選擇學文史哲

　　……夜色濃重，星光慘澹。野草和著潮濕泥土的氣息，周遭是夏蟲此起彼伏的鳴唱。我和她都沒有睡著。明明身後不遠處就有一頂帳篷，不知道我為何睡在露天底下。也許我睡進帳

篷裏，她就沒法看到我了。她是我的輔導員，儘管她大我三、四歲，儘管她在政治上十分優越、可靠，儘管她負有看住我的職責，她也沒有勇氣隨我一同睡進帳篷。是因為我認為女士優先，帳篷該留給她睡，我才露宿的麼？還是她已經先睡在露天，我遷就她的職責而不離開她的視線呢？記不清了。我一直盯著她的手腕看，那支金晃晃的英納格女錶，在昏黃的月色下像眨著眼睛的鬼魅。據說錶殼是真金的。我不太敢相信。我曾聽 G 神秘兮兮地說，他還親手摸過那支錶呢。我認為他吹牛。G 是班上唯一的組織中的人，經常和她一起秘密研究動向之類的嚴肅問題，但這與他摸那支金殼英納格還是有分別的。最讓我堅持這個否定性看法的，是我總覺得她不會瞧得起他。她很洋氣，豈止洋氣，簡直就是貴族之家的閨秀氣質脫俗的淑女，而他太老土了。他找女生們談思想很方便，循循誘導她們追求進步，所以把班上每個女生追了一遍或者數遍。他每回送給她或她的禮物，都是他從大別山下背來的糯米糍粑，又大又硬的。我這樣說絲毫沒有貶損大糍粑的意思，相反的，一提起它我就饞涎欲滴，須知那是糠菜團子做正餐的年月。當然，即使糍粑又大又硬，她們也總有辦法吃進肚子裏去，吃了糍粑不等於吃下愛情，因此不妨礙她們繼續向 G 的組織靠近。那麼，洋氣的、貴族的、高傲的女教師會接受他的大糍粑，然後，很隨意的伸出嫩藕一般的手臂，把金殼英納格給他摸麼？曹雪芹的了不起在於，他第一個揭示了「意淫」乃是中國人普遍的性心理，首創了這個不朽的詞語，然後魯迅先生慧眼識珠，對它作了通俗而幽默的闡述，這才有我的敢於斷言 G 的吹牛，也不過

是個性幻想而已。當然，幾年後發生的一件事，才最終給了我的看法一個證明。

　　那是在洋氣、白皙的女教師帶我去江西老牛山做畢業實習回省城的輪船上，她竟然與我肩挨肩，憑欄眺望江景。大江落日，半江瑟瑟半江紅，很有詩意。浪濤聲和著單調的引擎聲，船身不停的微微顫動。我和她就這麼默默地伏著船舷欄杆，無言遠眺。江風舞動她的長裙，在我腿上輕柔摩挲。直到落日隱沒，暮靄從江面冉冉升起，寒星綴滿江天。出人意料的事情發生了，她竟然很突兀地開口對我講了一番話，當時犯禁的私房話。這是大學五年，她的唯一一番富有人情味的說話。可以說，她的話，為我後來哲學思想的轉變，埋下了濃重的伏筆。關於愛情和婚姻、個性張揚與融入社會、人生前途、個人生活品質與講究衛生的種種細節……除了一、兩個我多次回味的細節，她的談話只殘留下某種氣氛了。她說過一句耐人尋味的話：「你想成就一番事業，必須學會隱藏你的才華和思想鋒芒，收斂你的個性——幸好你沒有選擇學文史哲。」可惜五年之後的我依然太年輕，體味不到這話的深意，居然棄工從文，入了做小說的一行。須知幹這行是不可能藏匿思想鋒芒的，就算你藏得再深也有高人挖掘得出來，暴露於光天化日之下，除非像現在流行的用下半身寫作而不用大腦。還有個細節是說，她每天要洗兩次澡，一早一晚，她說，睡了一個晚上之後，身體排泄的分泌物並不比白天少到哪裏去；她說她的牙刷必須一周更換一把，毛巾必須一月換一條，時間再長一點就難免沾上

超過她忍受限度的污漬病菌。她說這些話的時候，語氣平平，好像只是在陳述自己，捎帶著衛生常識的傳授。可在我這個窮學生聽來，如同天方夜譚。老實說我很羨慕她的生活境界，對比之下又頗感羞澀，我五年沒有換過牙刷，上面的毛早已蓬頭垢面、張牙舞爪，毛巾若不用到漁網似的千瘡百孔，絕對捨不得扔掉。我不記得當時跟她講過沒有，我的毛巾和牙刷，曾經在我被派往黃陂大山搞四清時的一天早上，借給二十七位農民兄弟輪番用過一回。他們是「根子戶」，也就是最窮，因而最值得信賴和依靠的對象。我被通知帶領他們到公社集訓，「培養和調動」他們鬥爭地富反壞和「四不清」當權派的階級感情。頭一天我叫他們自帶鋪蓋，結果所有人兩手空空，說是鋪蓋拿來了家裏人睡什麼呢？陽曆三月頭，正所謂春寒料峭，於是我的被子做了公用，夜間伸進了無數雙泥巴腿子，而我們的身體便靠厚厚的一堆稻草禦寒。這些農民弟兄平生頭一回刷牙，弄得滿口血糊湯流，然後大呼上當，發誓此生再也不刷牙了。而半臉盆水輪到我去洗的時候，已如百年老湯一般濃釅。我噁心不已，卻不敢有半點流露。毛巾、牙刷我沒有扔掉，偷偷溜到溪水邊沖洗了老半天。因為我不可能去幾十公里外的縣城買把新的，我被孤零零地扔在大山裏，那座只長石頭的不毛之山中根本就沒有路，沒有嚮導，我絕對走不出去，更何況我身無分文。當我一個人被扔在大山裏時，我就產生過「無路可逃」的感觸，頭一次意識到自己事實上被圈禁了。

我想我當時肯定沒有講這個故事，我怕她聽了，會幾天吃不下飯、幾夜睡不著覺。每一個故事都講不得的。進村頭一

天，我就挨家挨戶去「摸米罈子」，作為申報救濟糧的憑據，居然家家的米罐子都是空空如也，連一粒老鼠屎都沒有。除了一張床——如果說拿兩條歪歪倒的條凳架上曬棉花的竹簾子也叫床的話，家徒四壁，別無長物。我剛低頭鑽進一間陰暗的土坯小屋，就聽見驚恐的尖叫聲。只見兩條白影一陣竄動，破衣爛衫的中年男女瞪著惶惑的眼睛，下意識的張開手臂護住了躲在身後的白影。我趕緊逃了出來。村民後來告訴我，這家男人有癆病，東西賣光了。有兩個姑娘，大的十五歲、小的十二歲，沒上過一天學，只能和她們的母親輪流走出這個土坯砌成的破屋子。如果我回學校公開講出我看到的這一幕，我就會被看作與那個在聯合國大會上脫下皮鞋敲桌子的傢伙遙相呼應。這是不知道為什麼很有幾分賞識我的工作隊隊長警告我的。據說他是縣公安局長，白白淨淨的一張娃娃臉，總掛著笑，瞪起眼來又鼓又圓的，很嚇人，他腰間總別有一把手槍。也許我一個人待在山裏的時間太長，害怕患上失語症，那天在公社向他彙報完後我還想再多說些話，他眉頭一皺，說：「不講這些爛事啦，走，我教你打槍。」邊說邊走出院子，掏出手槍啪啪兩聲，老槐樹上的烏鴉應聲墜地，翅膀撲騰了幾下就一動也不動了。

　　我為她的貴族氣質感到驚異，為她的坦誠和信任而感激欲涕。這天所有她的談話都不合時宜，具有危險性。我只要提及「文革」兩個月後就將開始，她的勇氣你就可想而知。一扇世界和人生的大門突然在我眼前洞開。驕傲和自卑、不屑和渴望、懵懂的愛戀和莫名的恨意，就像十五年後的1981年，我在

省城第一回喝可樂，驚訝在這世上居然有描述不出滋味的飲品。我從男人的角度判斷，那是一個孤獨而又聰慧的單身女人的內心無助的獨白。那是一種渴望，一種傾訴和發洩。現在據說她早已遠走天涯，生死不明，如果健在肯定也已白髮蒼蒼、舉止遲緩了。當時，江風吹拂她的短髮，夕陽的餘暉映在她白皙的、俊俏的圓臉上，我覺得她有天使般的高貴、聖潔和美麗。這以後，她無數次出現在我不可告人的夢境裏。有一回她竟全身赤裸，脅下張開潔白的翅膀，在我頭頂上方的雲層中飄來飛去，雲層很低，彷彿觸手可及，我很想伸手把她攬下與我同眠，但我的被子又破又髒，實在不好意思。我還在神智清醒時偷偷琢磨過，她是愛我的，或者說欣賞我的——在所有她的學生中，她選擇了我，在那樣詩意的、圖畫般的情景裏，在我和她即將分別，這輩子再也很少可能再見的時刻，她經過仔細推敲後選擇了我作為傾訴對象——我意識到這一點的時候，我就後悔沒有在那一刻喊出聲來，用我年輕的生命和激情。當然，果真這樣，也許會嚇著她，但那樣我們一生都不會後悔⋯⋯

　　此時此刻，我和她在幽暗的夜色裏對視著。我盯著那支在幽暗中閃閃發亮的金殼英納格；她盯著我那只鼓鼓囊囊的裝錢的褲兜。我心想不妙，她肯定懷疑那疊鼓鼓囊囊的東西了。她知道我家貧，我絕對不會生出這筆錢來。我的錢從哪來的呢？我在恐懼中努力回憶這錢的來路，越恐懼越無從回憶，越無從回憶越恐懼。這時，她悄悄地把手伸了過來，越來越接近

我的褲兜。她明曉得我假裝睡熟，而且斷定我只能一徑假裝下去，不然，她的動作無論怎麼說都是不太光明、不太雅致的，而她從來就是非常講究一舉手、一投足的分寸感韻律感，講究姿態優雅的女人，比如那時流行蘭花指，所以她拿什麼東西，總只用食指和拇指，中指和無名指適度彎曲、適度張開，而小指則格外另類地伸向一邊，彎成一個可愛的小鉤鉤，令人生出曖昧的遐想。此時她的動作卻大煞風景，粗魯而鬼祟，令人生厭……不過，我錯了，她的手中途改變了方向，徑直朝向我的拉鏈而來。我的恐懼因此也變成了另外一種。其實我是很願意她把手放在那兒的，就那樣一動也不動都行，讓我充分展開想像，感受她的微妙心理和那隻妙手的溫存。其實，一點關係也沒有，天黑得伸手不見五指，這將是我和她之間永恆的秘密。但我的恐懼仍然佔了上風。我放棄了上帝賜給我的第一個禮物。我不願意讓她覺得有一絲一毫的難堪和羞慚，竭力把翻身的動作做得徐緩而自然，就像什麼都沒有發生一樣。當然，如你猜想的那樣，後來我是很後悔的，在輪船上，大江夕照下她突兀地說了那麼一番話之後。這一夜，我們似乎睡得很死，其實沒有一刻安寧，我完全可以聽見自己的心跳，還似乎聽得見她紊亂的呼吸，嗅得到夜風送過來的她的溫潤的體氣和淡雅的香水味。至於她，同樣沒有睡著，第二天我從她發紅的眼睛得到了證實。我有些憐憫她，甚至超過了憐憫自己。而且，我對她心存感激，我的錢沒有被當成來歷不明的財產，如果唯一的那位組織中的人——G知道了，那就不是屎都是屎，跳進黃河也洗不清。因為四十年後的今天，我仍然交代不出那筆錢的來路。

　　我的悲哀在於，一輩子都想要弄清楚這個問題。其實要說清楚那筆錢的來路，與回答我是誰、我從哪裏來、我將到哪裏去之類的形而上的終極命題，回答那天夜裏我和她的故事究竟是真是幻一樣，活該讓那些痛苦的靈魂去承擔的。那些人站在地獄之門卻總是嚮往著天堂，總想尋求關於人的悖論的題解——他們拿著那張紙牌翻過來、倒過去，橫看豎看，既把它撕不破又把它吞不下去。紙牌的正面寫道：背面的話是真的；紙牌的反面寫道：背面的話是假的。這些人的名字被載入了人類思想史的冊頁，柏拉圖、尼采，托爾斯泰、杜思妥耶夫斯基，羅素、哈耶克，曹雪芹、梁啟超，魯迅、胡適、顧准、張中曉……直到寫這篇小說的前不久，我才靈感突發，有了頓悟，答案攥在上帝手中，即使你甘願忍受痛苦的折磨，折騰一輩子也是枉然；除了皈依上帝，人類別無選擇，除非你不在乎做上帝的精神棄兒。

　　G睡在我的上鋪。半夜裏，他一陣猛敲床板，把我驚醒，很神秘的叫我幫他看一封信。他說，是他在江南大學的女友寫給他的。「她究竟是什麼意思呢？」他問。我揉了揉眼睛，迷迷糊糊地去摸手電筒，就著電筒光，一目十行的草草看了看，知道他這回又玩完了，心裏便偷著樂。可我不傻，能直接說穿麼，誰刺激他，誰就沒好果子吃。但我可以逗他玩。我說：「她的意思麼，可能是、大約是、應該是很清楚的，她約你星期天見面，想好好和你談談。」G一樂，把全宿舍都驚動了。他是那種要求所有人迎合他的喜怒哀樂的人。一般說來，這種人很討厭，沒有誰願意理睬，但當他具有某種地位和身份時，

幾乎所有人都會遷就他，假惺惺的裝出格外真誠的乖模樣給予應酬。我借給他上衣，Ｚ借給他自己唯一拿得出手的掛包（後來聽Ｚ說，這掛包是中學歷史老師送給他上大學的禮物），Ｌ借給他皮鞋。Ｌ的手錶，是班上僅有的幾支手錶中牌子最響最漂亮的，當然也在Ｇ的全副武裝計畫之列。Ｌ說：「手錶要洗油了。」Ｇ老著臉，半天沒吭聲。Ｌ說：「你要就拿去吧。」說著就把手錶脫給了他。從江南大學回來時，Ｇ黑風掃臉。其實他的黑風掃臉，早在他打扮得不倫不類、洋洋得意出門的那一刻，我們幾個人就預料到了。不曉得有沒有哪位英明的小說家說過，世上有兩種人，喜歡記恨尋仇的、喜歡遷怒於人的傢伙，是危險人物，最好離他遠一點。其實我早知道他危險，只是無法離開他，哪怕只是一天或幾米遠。多年後我才領悟，佛家說的人生八苦，以「愛別離」和「憎相聚」為最；而憎相聚比愛別離，難以忍受百倍。我們只是沒有辦法像魯迅說的那樣，揪住自己的頭髮升到空中，離開這個鬼地方。Ｇ的一身打扮，其實全是他自己挑選和決定的，沒有人發表任何意見。Ｇ是唯一的組織中的人，經常和那位洋氣的女教師一起秘密交談，研究動向之類的極嚴肅問題。這些問題與你的性格、氣質、品行、操守、智商、情商，以及我最近杜撰的「善惡商」八不沾邊，但卻比它們嚴重百倍，關乎生殺予奪，三代九族。這次大家都感覺不妙。忐忑不安都寫在每個人的臉上。只有Ｌ稍稍好一點。Ｌ的父母都爬過雪山、走過草地，在省會首腦機關擔任要職。如果我的父母像他的父母一樣，哪怕資歷淺許多、地位低許多，我大概不會對Ｇ心存畏懼；想不通Ｌ怎麼還

嫌不夠硬氣。想來想去，無非是 L 想成為組織中的人，儘管L
吹牛說，他壓根兒就沒有這想法，他會遞交申請，只不過是好
向他的父母交差罷了。

　　我琢磨過，傻子L為何要與呆子 Z 和笨蛋我為伍？不是說
物以類聚、人以群分麼？我琢磨的結果讓我嚇了一跳，原來所
謂人的階級分屬的唯一性，只是人為的簡單化的看法；文化
超越階級，人性又超越文化。L的政治優越感從來不在 Z 和我
面前表現，他以他是城市人而瞧不起 G，而對於同樣在農村長
大的 Z，卻又敬重其才華和人品。傻子L和呆子 Z 同屬革命階
級，L是全班首富而 Z 卻是全班極貧。Z 大學六年（含一年文
革）僅有一件襯衣，經常洗了襯衣，就光身子睡覺等著它晾
乾。我戲稱之為皇袍，因為在我看來，只有皇袍才會僅此一
件。L的襯衣卻有一皮箱。L多次要「讓袍」相贈，Z 黑黝黝
的臉便立刻漲得赤紅，每次都得我出面相勸，平息爭執。僅
有一回，雷雨交加，寢室裏濕氣太大，Z 的皇袍褂在室內沒晾
乾，總不能光身子去上課吧，這才同意借穿L的襯衣。中午回
來後，就脫下洗乾淨還給了L。就是這個可殺不可辱的Z，在
生死關頭差點成了L的出賣者——這是後話，容我暫且按下不
表。我和Z，畢竟與L有所不同，我們的父母是極普通的勞動
者。我的母親根本不知道組織是何方神聖，對我政治上是否進
步一無所知也便一無所求，她成天為我祈禱的就是，我像別人
家的孩子一樣正常，清清祺祺，清者平靜，無事即樂；祺者吉
祥，無禍即福。我能不瘸不跛、無病無災的讀書，出來做事、

掙錢，然後娶妻生子，母親就知足而常樂。我自己也倒真沒想過加入什麼組織。那段路對我來說實在太漫長，女教師正照看著我呢，我給自己的定位屬可疑份子，這中間隔著落後份子、普通份子、可靠份子、積極份子、預備期份子等好些個等級呢。我有時自嘲地想，反正大家都是份子，份子，也就是原子核和周邊電子有所不同而已，大家都是地球元素，管他娘的球呢。

　　我實在受不了Ｇ黑著臉，和忐忑寫在大家臉上那種分分秒秒的難捱，正待拿腳要走，Ｇ的怒氣爆發了：「Ｌ，搞什麼鬼，正要看手錶，居然停了！」說著把手錶扔到桌子上。我有幾分好奇，想看看Ｌ和Ｇ如何唱這齣全武行。Ｌ畢竟還有點骨氣，他也臉一黑，說：「你少來，捉不到跳蚤打篙席！我有言在先，這錶要洗油了，（Ｌ指著我和Ｚ繼續說）你、你，都聽見了的吧？」Ｚ默不作聲，如平時一樣陰沉著臉，我原本應該很嚴肅的面部肌肉不聽使喚，變成了一副嬉皮笑臉的怪模樣，連聲說是的是的。Ｇ氣得直打哆嗦，脫上衣、脫褲子、脫皮鞋，一一扔往它們的主人身上。我盯著看他的手，那雙手直打顫，青筋突暴。我突然記起茨威格某部中篇當中描寫過的賭徒的那雙手。這個聯想自然不是好兆頭。我說過，很快風雲突變，風雲突變時，Ｇ也變成了另外一個人，這是指他的外在表現——平時他最慣用的做秀，對不起，讓我想想該如何措辭——撒嬌，是的，是撒嬌，女性化的撒嬌，裝出一副什麼都不懂，無比天真，甚是無辜，孤苦無助的樣子，「怎麼辦呢」、「真的呀」、「是不是」、「是麼」，如果他是女孩，肯定特

別清純；但由他來表演那種陰柔的身段、眼風和腔調，實在叫人不敢恭維。不過他的裝嗲倒挺實惠的，有那麼三、五個人像呵護老小孩似的圍著他轉，幫他做作業、抄筆記、洗臭襪子和短褲頭，他便樂得時間充裕、心情閒適地去找女生們談思想。人有形形色色的思想，「思想」一詞便是中性的，不過那時候一提起「談思想」，就是十分嚴肅的事情，而且多半不太妙，說明你有這樣那樣的問題需要一談。G從來不找我，我也從來不找他，所以談思想，究竟怎麼個談法我無從知曉，只知道他找女生，徹底偷換了這個政治性很強的概念。大約那些女孩子虛榮心太重，有意無意透露出來的，這一點應該確鑿無疑，因為粉紅色的風傳到我的耳朵，應該已是強弩之末了。

G比我大十歲，我入學時十八歲，他二十八歲。他經常誇耀他加入組織時，是在1957年的「火線」上。我自然掂量不出他說這話的分量，1957年對我而言，只有皮影戲一樣模糊的印象。我只記得初中三年級春季開學的時候，我所喜愛的課任老師從人間蒸發了似的一個也見不著了，後來才在學校農場和養豬場，遠遠地望見過兩、三位在那兒勞動改造。一個初中生在火線上加入組織，好處或甜頭是充分品嘗了的。比如G之所以能夠入學，你就再也猜不到其他理由，臨到畢業，他也沒能搞懂微分、積分是什麼意思，也寫不通一則會議通知。但千萬別以為他有智障，他極度敏感、極有心計，他的智商至少屬於「中人」，高出一般人很多。只是他智商的投資方向不同於如你我一樣的尋常人等而已。

每一想到Ｇ之所以能夠入學，我就會懷念遠在故鄉的同學，他們正在打豬草、拉板車、扛糧包，加入了出賣苦力以換取血酬來維繫生命最低水準運轉的底層勞動者的行列。儘管他們成績優異、賦有才情，誰讓他們血管裏流淌著沒落貴族的基因，膽敢觸犯班主任的班顏，在「畢業鑒定」一欄得了個「不宜錄取」的評斷呢？不被關在高校門外，那才怪哉。關於血酬的計算，我有過一次生動有趣的經驗。為了減輕我母親的負擔，我決定在暑假加入打豬草的隊伍。把豬草一網一網從湖裏撈上來，水淋淋地堆滿一板車，然後拉到十公里外的養豬場賣掉，可以賺一元錢。一元錢正好是一碗清水蘿蔔湯或者一截蒸蓮藕的價錢。板車拉到城門口，正好是一半的路程，正好那兒有一家飲食小店，而我正好必須在城門洞的蔭涼下歇腳。早已饑腸轆轆、眼冒金星的我，如何經得住食物香氣的誘惑，吃了一截蒸藕，那感覺真美妙，彷彿癮君子吞吃了一包古柯鹼。等我將板車拉到豬場，從出納手裏接過一元錢的酬勞，我立刻就後悔了，自此再過城門，牙一咬、眼一閉，趕緊逃了過去。

父親去世出殯那天，濃雲低垂，冷風冷雨連日不開。家族人擠在陰暗潮濕的靈堂裏開會，七嘴八舌地動之以情、曉之以理，逼我退學挑起養家活口的重擔，唯有母親一人執意不從。我的母親「唯有讀書高」的想法根深蒂固，她以為送我上了大學是天大的幸運，剩下的就是，她如何兢兢業業地打工，設法每月給我寄五元錢，讓我不至於斷糧。每次收到匯款單，我都挺不爭氣地輕彈男兒的眼淚。上小學的弟弟，喜歡在簡短附言

欄歪歪扭扭的寫幾個字：「精打細算」、「這錢是找唐大媽借的」、「快放假了，你想回家母親再想辦法」……這次讓我心痛如裂的卻是：「太好了，哥哥就要畢業了！」收到這份匯款單時，形勢陡轉，我能告訴家裏畢業遙遙無期，而且我將陷入萬劫不復的深淵麼？

記得呆子Z給我講過，中國歷代讀書人大致有三種出路，少數信奉儒教而又幸運的人經科舉入仕做官，個別桀驁不馴而又有家底的人，做個憤世嫉俗、常醉不醒的癲僧，多數人則回到宗法社會或混跡於遊民社會，自食其力。考取大學就意味著要走現代科舉之途，可我生性叛逆，對儒教近乎本能的反感。我以為我所做的科學報國夢正大光明，可誰會理睬你呢？不扣你一頂只專不紅的帽子、拔你的白旗，已屬萬幸。

我在五年裏共學了三十七門課程，那時雖然通行蘇聯的五記分制，老師還是先按一百分制打分，再折算成五記分，而且還會將百分制的評分透露出來，這樣座次更分明，不至於魚龍混雜。所以我知道我有三十六門是滿分。但「鍋爐學」考試出了麻煩。我說過我沒錢買課本，我從圖書館借了本哈爾濱工大的教材，我覺得比本校的教材編得好一些。那位臉上精瘦無肉卻面色紅潤，絡腮鬍子刮成鐵青色的鍋爐老師，講課時精氣神極佳，一看就知道是個自尊心強、躊躇滿志的傢伙。可惜，他滿嘴的「因為、所以、不但、而且」，照我看來邏輯恰恰狗屁不通。我當然不會認同他的「以其昏昏使人昏昏」。就這樣，我在唯一一門專業主課的考試答題時，用哈工大教材上的觀

點批駁了他。於是他只給了我八十分。L和Z鼓動我去找他評理。我是從來不和老師私下打交道的，即使是我所敬重的為數極少的幾位。這次我居然義憤填膺，打上門去。結果是被他一狀告到系裏。

　　儘管八十分的成績仍屬班上前幾名，G還是抓住機會，利用團組織生活會，對我展開批判，批判我「專業思想不鞏固」。團會就在樓梯拐角召開，每人自帶一張小木凳。小木凳可是個寶貝，無論大會、小會、看電影都離不得它，每個人都慎重其事地在它背面寫上了自己的名字。我單獨坐在樓梯平臺上，其他人則居高臨下，依樓梯臺階而坐，以造成對被批判者的壓迫感。除了幾個跟G跑的人調子打得老高，一般同學實在不好意思對他們心底裏的偶像發起攻擊。而Z公然站出來唱反腔：「你們說笨蛋（我的諢號）鍋爐學沒考好，依據是什麼？是鍋爐老師的一家言。鍋爐學本身就不成熟，是實驗科學，笨蛋認為哈工大教材的實驗方法比本校的嚴謹，他的答題擇善而從之，何錯之有？誰又能證明本校的實驗一定就比哈工大高明？再說了，他根本沒錢買課本，自己借了兩種教材做比較研究，這種治學態度你們誰有？我看某老師也沒有！如果他像笨蛋一樣仔細研究過，如果他沒有門戶之見，他應該可以發現，哈工大的實驗其實糾正了本校實驗的多處紕漏！假如讓我來給笨蛋打分，我肯定給他滿分，因為我們是大學生，不是小學生，中山大學陳寅恪先生宣導的『獨立之精神，自由之思想』，正是大學生應當具備的品質！」L也急不擇言了，他說：「笨蛋門門功課一百分，這回也應該

得一百分，你們不為他抱不平，還要妄加批判，這不是扯淡麼？說什麼『專業思想不鞏固』，屌毛！你們幾個人喜歡現在這專業？敢說心裏話麼？我敢說，我就不喜歡！我要考研，改行！別再耽誤大家的時間謀財害命了，聾子放炮——散伙（火）！」

我之所以對此記憶猶新，大約由於這件事對我具有紀念意義，它是我此生第一次正式接受批判。由於Z和L的搗亂，它以鬧劇收場。也許並非好事，這讓我小瞧了批判的厲害。我們竟忘乎所以，去新寒宮買醉，慶賀了一番。「心寒宮」是兩、三萬人的大學城區唯一的一家餐廳，一杯咖啡賣到兩元，當時就算天價了。買單人自然非L莫屬。L有時還會偷偷往我的衣兜裏塞進一、兩元錢，當他知道我連兩分錢一張的學生電影票也買不起的時候。

我貧寒的求學生涯，不知現在是否可以補辦一個申請，申報金氏世界紀錄。誰能設想，工科大學生竟五年沒有買過課本、計算尺和繪圖儀器呢？就這樣，我在全專業近百名同學中，拿了「機械製圖」的唯一一個滿分，試題怪異，一支帶變速器的油泵的剖視圖，正視、側視、頂視都有缺損，讓你補充成全璧，考的是空間想像力。「材料力學」老師是位廣東籍的高挑精瘦的機靈鬼，考試出題共六道，每一題都設有一、兩個陷阱或誤區，害得三分之二的人不及格，而我破了他的機關，拿了唯一的滿分。Z和L這兩個高傲的傢伙，這回也才勉強及格，從此不得不承認智商比我這笨蛋還差一截。G的製圖考試只得了二十分，材料力學更是零鴨蛋。入學不久，我對G是同

情的，我誤以為他是調幹生（只有調幹生才比高中畢業考進來的人年齡大許多），常常輔導他做作業。作為無需言明的交換條件，他會主動把計算尺和繪圖儀器借給我用，免得我四處打遊擊。當全寢室的人（除了L和Z），發現他們一門作業吭吭巴巴沒做完，我已經悠閒地去看《紅與黑》或者《萊蒙托夫詩選》了（那時我們有兩張借書證，專業書一次可以借七本，文藝書可以借五本，正是兩張借書證幫我度過了無聊的大學生活），無不驚訝地問：「你都做完了？真做完了？」唯一不露聲色的是G。儘管我給G做的講解，大家公認比老師講得還透徹，我感覺G總是神思恍惚、心不在焉，聽不進去。某一天，我正在看托爾斯泰先生的《復活》，讀到瑪斯洛娃斷然拒絕了聶赫留朵夫的懺悔，我突然聯想起了玉堂春在大堂上，對做了八撫巡按的王金龍放肆調情，我想著與那個叫呆子的Z分享我的聯想，讓他寫一篇漂亮的比較文學論文，不免有些洋洋得意。需要說明一下，與時下專業選擇不同的是，那時的理工科學生的文史基礎和興趣並不比文科學生差，高材生報考理工科是一股潮流，科學才能救國嘛。當然現在看來，這個理念實在幼稚，科學哪能救國，不亡國就算萬幸了，希特勒和裕仁就曾差點葬送他們的國家。

正是看《復活》那天，我抬眼之際，發覺G正呆呆地盯著我，他的眼睛裏露出一種嫉恨的凶光。對視了足足有兩秒鐘，兩人都極不自然地別過臉去。那年我十八歲，還不懂得細節決定歷史，尤其是不經意流露出的細節表露了性格，但那嫉恨的目光令我不寒而慄。我一直克制著年輕人的自傲，盡量低調，

對所有人的求問，都同樣耐心、同樣語氣委婉，G還是不能忍受在我面前小學生一般的地位。我與這些從各地走來、原本互不相識的同窗之間的關係，還是很快地發生了微妙的變化。我在G們眼裏終究是怪物。就在那麼三、五個人對G唯命是從，搶著、爭著為他趕作業、打飯、洗衣的時候，更多的人也漸漸疏遠了我。而Z和L這兩個成績拔尖的佼佼者卻與我惺惺相惜，始終把我當正常人看待，在我孤寂清貧的大學生活中給我安慰。大約從一年級末期起，Z、L和我就被邊緣化了，成了三個獨行俠。L比我大兩歲，Z長我三歲，Z在我們的三人小圈子裏扮演老大。我們互以三個意思相近的綽號：傻子、呆子、笨蛋相稱，這正是我們在他人眼裏的印象，而我們也甘願領受甚至引以為傲。

三個獨行俠就這樣任性地、苦中作樂地過了五年，那是一個漫長的夢、單調乏味的夢、苦澀的夢，夢的底片是暗灰色的，對著光照才顯出清晰的影像：我們相同的抱怨是，蘇聯專家撤回國後，我們選擇的或者說國家為我們選擇的絕密的核能專業隨之撤銷，卻不准我們自由選擇想學的專業，而強行改換的專業在我們看來前途黯淡，用現時的話說叫「夕陽學科」。我們共同的期望是，報考其他專業研究生以改變學術命運，而政治上的邊緣化，又讓我們為期望的黯淡渺茫感到沮喪。認真回憶起來，除了Z，L和我當時對政治一無所知也沒什麼興趣，所有的牢騷不滿、所有的胡說八道，追根尋源，無非太想成名、成家，至於成名、成家會給自己帶來什麼，也是一片模糊，在這個模糊目標的路上，太少自由、太多障礙的感受卻十分真切。由於寂寞、無聊、青春期躁動，偶爾也心跳怦怦地談

女生，不過我們的性知識充其量大約相當於時下小學生的水準。假如那時像我寫小說的時下，出了一個木子美、流氓燕或竹影青瞳，我們準會嚇得心臟病發作。

後來我才知道，正是那位洋氣的、白皙的女教師給了我報考研究生的機會。

她在江西老牛山帶我們做畢業實習。我們睡在一座會場的舞臺上，鋪上稻草便是統鋪。女教師單獨睡在臺上的廣播室裏。L特意買了個小鬧鐘藏在被子裏，半夜三點悄悄把Z和我喚醒，躡手躡腳地走下舞臺，到辦公樓的走廊上就著昏暗的路燈，歪在門角復習備考，這是考研前最後兩個月的衝刺。我們最擔心的事還是發生了。G派人跟蹤，將我們逮了個正著。拉拉扯扯地到了女教師那裏，聽候發落。G等人正待數落罪狀，女教師指著一堆書籍說：「我都看到了，這都是考研需要的基礎理論。考研也是國家需要的，我不反對。半夜三點起床是不是太早了？改四點吧，一小時早操你們就不必參加了。」當天傍晚，女教師叫住我，給了我一把鑰匙，說：「我到辦公樓去看了，走廊光線太暗，這是會議室的鑰匙，你收好。」接過那把鑰匙的瞬間，我心裏喊了聲「烏拉」，她這是在明確地告訴我，她不會因為我們的政治表現，而在報考資格上設置障礙。1966年5月31日，我考完最後一門俄語，五大張卷子只花了三十幾分鐘，檢查一遍還剩下大半的時間。我默默坐在肅穆的考場，幻想著與那位白髮蒼蒼的全國熱模擬理論的權威教授見面。

我最終逃不過那一劫。

我那原本打算買手錶的錢，一直捨不得用，一直夾在日記本裏，藏在書桌抽屜的最底層，就像我故鄉的老太太們總把幾個可憐的零花錢，拿手帕裏了好幾層，別在棉襪筒子裏。在擁擠不堪、塞著八個大小伙子的、十幾個平方的學生宿舍裏，每人有一張小桌，而小桌的抽屜，是個人唯一擁有的私密空間。幾乎所有人在拉開自己的抽屜時，都會下意識地拿眼睛的餘光瞅瞅四周。

這是本能。誰要說中國人完全沒有隱私觀念，我肯定會以此作為反面的舉證。人性與文化往往並不相容。我曾經想過婚俗文化，「新婚三天無大小」，鬧房、聽床，這種原始文化中生殖崇拜的遺存，原始的狂歡，絕對是對隱私的否定、對隱私權的公然侵犯，因為性恰恰是中國人最諱言的絕對隱私。再如國人普遍的「查西廂」的心理，則既是文化更是人性，比如我的一位文學老師，直到耄耋之年，還在記掛著弄清皇帝老兒每天喝的「白糊糊」究竟為何物，成了一輩子鬱結於心、化不開的心病。

在平時，G不能說沒有偷窺之心，從他游弋不定的眼神、因咬牙切齒而一鼓一鼓的腮幫子可以看出，但畢竟還維持著最低限度的廉恥、最後的道德底線，不敢擅自去動別人的抽屜。所以，我可以放心去上課、去圖書館、去體操房，和呆子Z、傻子L一起聊天聊到口吐白沫、大笑不止，夜間一起溜出校園去看不用花錢買票的「翻牆電影」《紅樓夢》或《白癡》、《白夜》，一點也不用擔心那筆錢被發現或不翼而飛。

我記得很清楚，考研完後的那個晚上，是呆子Z、傻子L和笨蛋我五年大學時光中最興奮、最幸福的一刻。我報考熱模擬理論，L考的是天體物理學，Z的決定則讓所有人跌破眼鏡，他報考的是北大歷史專業。三個傢伙都少年得志、意氣風發，都覺得考研如探囊取物一般輕鬆。未來彷彿將按照我們的意願，鋪開一路鮮花。我們在新寒宮喝得酩酊大醉，神侃到半夜，意興不減。三個傢伙摟肩搭臂，頂著滿天星光、踏著疏影滿地的月色，搖搖晃晃地走回宿舍便倒頭睡去。其時也，已經是1966年6月1日凌晨了。呆子、傻瓜和我這個叫笨蛋的傢伙，各自做著甜夢。哪裏想得到幾個小時後，報紙就會飛遍長城內外，廣播就會響徹大江南北，一場急風暴雨早已醞釀成熟，呼啦啦說來就來了！

第三章

我嘗到了下地獄的滋味，人類管它叫恐懼

當天《人民日報》的社論標題是「橫掃一切牛鬼蛇神」。牛鬼蛇神的指向原本明確無誤，專指佔總人數百分之五（據官方所稱）的地、富、反、壞、右「五類份子」；現在，牛鬼蛇神又被冠以修飾語「一切」，這就誰也說不清了。工作組倒是有個極為精彩的說法：「管他烏龜王八、大魚小魚、泥鰍蝦米，一網打起來再說！」

吾國文化之精粹，重想像而輕邏輯，重主觀而輕客觀，政策如此，解釋政策更具想像力，空間之大，語言之生動有趣，有誰堪與媲美呢？

G如同蟄伏的大蟲，應聲而動，從草叢中跳將出來，每一個細胞都充滿了欲望和激情。除了身份之外毫無優勢的G，面臨畢業分配的1966年夏季，再次驚現於可以大顯身手的「火線」。彷彿魔鬼施了魔法，賞賜給了他做夢也想不到的天大喜事。平日讀書、寫作業時的懶散、倦怠和無奈，突然跑到爪哇國去了，他的女孩撒嬌般的做秀再也用不著了，一臉的虎氣，終於讓我看到了他當年的那副面孔和勁頭，我感覺得到他盡量壓抑著他的極度興奮，常常呼吸不勻、心率不齊。他的情緒，很快就傳染給了就那麼跟著他屁股轉了五年的三、五個想入組織的人。他們神秘鬼祟，成天開會，通宵達旦不眠。這三、五個人，眼睛突然長到額角上，像注射了興奮劑，來來去去總揚塵舞蹈，進進出出總黑風掃臉，不再正眼瞧人。G只要說一聲：「你們出去！」全寢室的人都得知趣地乖乖滾蛋，把唯一的棲身之所讓給他做臨時指揮部。不久他們就佔領了宿舍樓裏所有的答疑室。這似乎是一個信號。果然第二天就宣佈了「停課鬧革命」。我，還有Z和L，還有班上另外二十五個人，全傻眼了，成天心神不寧，驚魂無定。誰都心裏清楚，G和他身邊的三、五人，正在研究決定所有其他人的命運。

每天都有駭人聽聞的消息傳來，那些如雷貫耳、幾年難得一見的學校高層人物和頂尖級教授被揪鬥，大字報鋪天蓋地。

沿所有道路兩旁搭建的大字報欄，早已不敷所用，體育館和所有大教室裏拉滿一排排的鐵絲，全開紙寫的大字報拿夾子夾上，人得猴著腰鑽過來鑽過去。Z背地裏稱之為「黑色森林」。某系某教授投湖、某年級某學生跳樓的消息不脛而走。每個人隨時可能會被宣判，成為階下囚徒。那種氣氛，比窒息還難受，那是下油鍋煎熬，那是猝死前的驚悚。至今我留下了一種奇怪的後遺症，不敢仰望高樓頂層，也不敢凝望江面、湖面，否則我就會心悸氣喘、兩腿發軟，好像立刻就會一頭栽下去似的。

　　淋浴室是最享受的地方。三個獨行俠曾笑談過，說是學校唯一讓人感到尊重個人隱私、有點人道精神的，當屬淋浴室的設計，一間一間隔開，隔板有兩米多高，門上還裝有插銷。平時這裏總是笑聲和著嘩嘩的水流聲，經常有人炫耀歌喉，「亦以意咿、麻嘛罵媽」的吊嗓子。這天晚上，除了單調的嘩嘩聲之外，一片死寂。「咚咚咚──」，我聽出是誰在敲門，拉開門，Z赤裸著身子，大聲說：「借肥皂用用。」又沉著臉、壓低嗓門說：「笨蛋，從今往後，在公開場合我們不能再攏堆了。」我說：「呆子，你怎麼啦？」Z說：「照我說的做。」說罷，拿肥皂胡亂搽了兩把，轉身離去。我估計Z對L也說了同樣的話，因為我在回宿舍門口遇到L時，他一臉木然，眼裏空得叫人發悚。

　　就這樣，Z、L和我，成了在公開場合互不交言的陌生人，就連眼神也收斂起來，盡量避免對視，以免有傳遞某種見不得人的秘密資訊的嫌疑。

　　果然，運動初期被揭發出來的都是「小集團」，「三家村」、「四家店」，一伙一伙地被端出來，然後轉移到不同宿舍相互隔離，被人監視著。我弄不明白，Z這個鄉下長大的孩子嗅覺如此敏感，竟能未卜先知。他平時愛看些誰都不看的歷史哲學書籍，寢室裏的那份《參考消息》，他永遠是第一讀者，從一版到四版一字不漏，好像字裏行間藏有無盡的秘密。平時一講到秦皇、漢武、赫魯雪夫、鐵托、古巴、越南，就數他來勁。他的許多言論我當時並未入耳，只感覺他見解詭異，深刻而不同凡響。他那張陰沉沉的、不苟言笑的、黝黑的臉，和幾成習慣的打鼻子裏發出的對誰都不屑於苟同的哼哼，讓人覺得他城府極深，與所有人、與整個社會都格格不入。他古典文學底子好，五律七絕張嘴就能吟出。我也曾心血來潮地找他學寫舊體詩，終因我對漢字的四聲天生反應遲鈍，平仄難辨而作罷，至今也只能寫點打油詩或者說得雅一點，叫五言、七言「古風」。記得他好像說過，考取了某師大歷史系沒去讀，他有時說後悔沒去讀，有時又說幸虧沒去。當時越想越覺得他很神秘，很難窺探他那深不可測的內心隱秘。想著想著，一個非常時髦的概念突然冒了出來——「睡在身邊的赫魯雪夫」，我不禁打了個寒噤，不祥的預兆讓我恐懼莫名，背上滲出了冷汗。

　　大字報的烈火首先燒向了L。當然Z和我也少不了被捎帶著點了名。幾天之內，L已經被大字報封了門。我發現G等人的火力都集中在L身上。先是揭露些雞毛蒜皮的言論，逐步加溫升級。L的政治含義明顯的言論，一條一條地被揭發出來。L

仗著有爬過雪山、走過草地、在省裏做高官的父母，平時大咧咧，盡講些叫人驚駭莫名的高層秘聞，什麼專機、專列啊，秘書、護士、歌舞演員啊，每一條都是死罪⋯⋯

Z和L和我一樣，每餐飯的飯量都在銳減，Z是貧下中農，平日能吃兩大碗公的，現在連半盅子飯，都像吃老鼠屎一樣難以下嚥。後來我聽說，飛行員做一小時飛行體重就會減輕幾公斤，那是精神消耗；處在驚恐中的L和我瘦了一大圈，是不難理解的，Z如此緊張，所為何來？他性格內向，平日不苟言笑，除了三個人的小圈子，難得開口，難道他有什麼秘密擔心被揭發？就像我壓在抽屜底層的講不清來路的那筆錢？還是因為他害怕對G一貫的輕蔑會遭致報復？難道他平日那些詭異的思想，白紙黑字的存放在某個地方？我的日記不過是青春期的自我發洩，一些亂七八糟的京廣雜貨，而他每每溜到青年湖畔，趴在小石桌上一寫就是老半天，莫非炮製了見不得天日的大塊文章？情勢發展迅急，一切難以預料，我等如何下場？

我實在沉不住氣了，決定不聽Z的警告，做一次冒險。

下午，我在空蕩蕩的飯廳轉悠，眼睛在擺放著琳琅滿目的飯盒的大木架子上搜尋。四顧無人的時候，我在Z和L的飯盒裏，各放進一張小字條，約他們倆晚上在大操場西邊的楓樹林見面。

老實說，我沒有把握他們一定會來，我甚至沒有把握他們一定不會把我的字條交出去。我敢於賭這一把，完全憑直覺，憑五年來對Z和L的為人的信任。我和他倆最談得來。我們都自認為是性情中人、圖嘴巴快活的人、敢作敢當的人。其實，

所謂的敢說話，也就在這三人的小圈子裏說說。誰都感覺我們三個活得瀟灑，又誰都不敢和這個小圈子靠得太近。在「三家村」、「四家店」蔚成風氣的時刻，我們處境最危險。必須有所應對，不然就是任人宰割，死定了。那天大約受到颱風影響，竟颳起了北風，我站在楓樹林裏，有點冷。我從宿舍出來時，G也在，磨磨蹭蹭的，不知在搞什麼名堂，我若加件衣服，他勢必派人盯梢。天已黑定，還不見他們的人影。腦子裏的幻覺竟是這樣一幕：G帶領一群人包抄過來，手電筒的亮光直射在我臉上，等我看清時，G手裏拿著我寫的那兩張字條，他身旁的L和Z耷拉著腦袋⋯⋯

　　出現這個幻覺並不奇怪。中國歷朝歷代的文人出事，往往都與文字相關，所以對「白紙黑字」心存餘悸者，至今大有人在。而剛剛發生的一件事，應該說驚心動魄。同專業鄰班一個黑皮膚、壯壯實實的小子，平時不多言，見人便咧嘴一笑，表示友善兼打招呼，我對他印象特別好。上周六不知吃了什麼，夜間突然裏急內重，捂著肚子跑了無數趟廁所。有人次日清晨上廁所時，見到一大堆報紙，一時好奇心起，也不曉得他用什麼技術、什麼手段操作的，蹲在裏面，一團團抻開來看，竟發現了嚴重問題，其中一團有一幅巨大的神聖照片。也不曉得他是怎麼繼續操作的，他把「惡攻」罪證交給了工作組。第一次批鬥會上，這個小資本家的黑皮小子就一個勁傻笑，再也不會說話了。一年後，人們陸續離校，天各一方，我突然想起了他，約了Z和L去看他。他被單獨關在一間宿舍，裏面臭氣熏天，一片狼藉。他正拿著一本《高等數學》撕一頁拋一頁，衝

我們嘿嘿傻笑不停，一句話也沒說。這個背景下，足見我留字條的間諜行徑，完全是不知死活。那時我才二十來歲，一慣的頑皮任性和冒險性格，緊急煞車後還會滑行一段。但很快我就害怕了，誰也不會認可這是青春期的遊戲，一旦問起「攻守同盟」之罪，我便是魁首。

Z、L幾乎同時走進樹林，臉色比我想像的還陰沉。這種狀態不利於談話。

我先開口說：「幹嘛灰溜溜呢？天塌下來，有我長子頂著呢。我屁股不乾淨——父親有歷史污點，舅舅突然被劃了份子，堂兄突然投河自殺了，平時嘴又敵，這麼說吧，五年當中，我的所有的、一切的言行都是錯的，我已經不知道該做什麼說什麼了！頭一個劃右的，非我莫屬！我替你們想過了，你（我指著Z），出身好；你（我指著L）呢，老子娘雪山草地過來的，怕誰……」

不待我說完，L罵道：「屁，我們一個跑不脫！」

Z對我解釋說：「你還不曉得吧，他父母出事了！」

我想把氣氛引向平時的坦蕩無忌的企圖失敗了。三個人的臉上烏雲密佈。耳邊只有楓林的沙沙聲，月光將枝葉的鬼魅的影子投射在他們臉上，十分恐怖。

Z指著我說：「笨蛋你太冒失了！我說過不再攏堆的！你記住，這是最後一次！一個人出事，怎麼都好對付，思想問題，誰的思想又沒有問題呢？弄成小集團，就會罪加數等！要挖組織、挖綱領的！」

Z的聲音在夜色中顫抖。

我不得不承認，Z比我想得深、比我老練，我想說聲對不起，卻張不開嘴。

L當胸給了我一拳，說：「聽Z的！」

Z極其鄭重地說：「我不會揭發你們，也不會幫你們說話，我從今天起保持沉默，沉默到最後。」

我心頭一凜，汗毛都豎直了。

心情最沉重的當然是L，平日的豪氣大氣蕩然無存。他求救似地問：「你們說，定我死罪的會是……什麼？」

Z說：「現在揭發的那些，什麼書記、省長的，他們泥菩薩過江，自身難保，一條都無從查證，你不用怕。要說最嚴重的，那就是涉及老爺子的！」

L的頭早大了，結結巴巴地說：「我……我說……說過麼？」

我的頭也跟著懵了，完全記不起他是否有涉及「老爺子」的言論。

Z說：「你說過——我不會揭發的，他（Z指我）也不會。你說，老爺子自己說，我與民主人士辯論過，你罵我們秦始皇，不對，我們超過秦始皇一百倍。」

Z重複這句話時早已有氣無力，像綁赴刑場執行槍決的人般筋骨癱軟，只有出氣沒有進氣，倒是我這個看殺頭的看客，心鼓咚咚、汗毛倒豎。L徹底垮了，我感覺他渾身篩糠，把夜氣都攪得抖動起來。

Z顯得死一般冷峻，說：「你想想，還對其他人說過沒有？」

L說：「這……這怎麼想得起來？」

Z說：「這就麻煩大了。你只有兩種選擇，萬一有人揭發，你死不承認，就一句話，記不得了。實在挺不過去，就交待出處，我記得你說是從你父親的什麼文件裏看到的……」

L幾乎要哭了。「我確實看到過的，你們想這話我編得出來麼？可家都被抄了，哪裏去找什麼雞巴文件？」

Z也無話可說了。我勸慰L說：「你也許沒有對其他人說過呢。」

商量不出任何對策，三人像平時遇到大考那樣，祈禱上帝保佑，在胸前胡亂劃十字。Z說：「不能久待了，一個一個繞道走！」

我畢竟保留了最後的一個秘密，那就是我壓在抽屜最底層的、準備買手錶的那筆錢。我不知道Z和L是否同樣對我有所保留，當時我就想，如果他們有我所不知道的個人秘密，我完全理解，在這非常時期，任何人的求生欲望都值得尊重。

多年後我才知道，有個叫馬斯洛的人曾經論述過人的安全需要。遺憾的是馬先生缺乏足夠的生命體驗，他居然隻字未提政治安全。看來他的理論並不完美，需要由中國人來加以完善。政治安全在中國可以涵蓋人的一切需要，從吃喝拉撒睡到財產隱私，從人身自由到人格尊嚴，一旦入了「另冊」便全完蛋。因此它才是中國人最根本的、第一位的需要。

對L的批鬥會，照例在樓梯拐角舉行。通知說的是開「批鬥會」，措辭有講究，其嚴重程度介乎批判會和鬥爭會之間。

接到口頭通知的那一刻，我和Z禁不住對視了一眼，彼此對眼下對於L的性質論定心照不宣。依照往例讓L坐在小平臺上，而對Z和我的安排，顯然經過精心設計、巧妙構思，我倆既和L同在平臺上，又和他面對面，且與依次坐在樓梯上的革命群眾一個朝向。系工作組組長也來了。他長得圓滾滾的，皮膚又白又細，滿臉紅光，乍看之下，我還以為是四清時我的頂頭上司，那位縣公安局長呢。但眼前這位官兒大得多，據說是省軍區後勤部部長。G主持批鬥會，正經八百地攤開筆記本，作準備記錄狀。我一瞬之間開了小差，心想L真要開口，照他的語速，G恐怕半個字也記不下來。文革小組的幾個人輪番發言，問一條，叫L回答一條，「老實交待，是不是事實！」所有這些「問題」，都是從大字報上梳理出來的。

L一言不發，偶爾還抬起頭，狠狠地盯發言人一眼。

這時候，Z突然做出了一個驚人的小動作，他把小板凳旋轉了九十度，右邊向著L，左邊朝著大家。後來我問過他這是何意，他說他想要看看每個人的表情。

G大吼一聲：「Z，你坐好！」

Z說：「地不平，這樣坐才穩當！」

可能擔心陡生變故，那個大官兒努努嘴，便有人高喊口號：「坦白從寬，抗拒從嚴！L不投降，就叫他滅亡！」

Z後來告訴我，除了我們三個，還有幾個人沒有舉手，有人心不甘情不願地動了動手臂，沒有跟著動嘴，也有人蚊子似地跟著嗡了一下。據說G挨了大官兒的批評，說他缺乏鬥爭經驗，會開得太倉促。

L出事的時候，我不在現場——寢室。他的抽屜被撬開了。也就是說，在全國的抄家風潮中，他也被抄了家。抄家意味著矛盾性質的轉化——他的那條關於秦始皇的言論被揭發出來。Z看大字報比我仔細得多，像他平時看《參考消息》，連旮旮旯旯兒也不放過。後來聽他說，當他在大字報「黑色森林」裏發現這條言論，兩眼一黑，差點沒站穩，心裏只冒出一個念頭：完了！

屬於L的領地，只有一床一桌而已，草席、枕頭被扔到地上，剩下一張空床板；抽屜反扣在桌上，G和他的三、五個追隨者，滿臉肅殺，清點著戰利品，書籍、本子，乃至形形色色的私人小物品，甚至連一張紙片也當成寶貝被收走。我一腳跨進門的時候，沒有人正眼瞧我，唯有G，他眼神怪異的一瞥，那情景很難描述，但我讀出的意思至今不能忘懷，那就是：兔死狐悲，你等著瞧吧。

後來G死得很慘，年僅三十四歲，入學時二十八歲，加上五年大學、一年文革，這享年數字絕對準確無誤。那時我已經被分配到一座小城的一家小電廠，沒能趕上與他的遺體告別。假如我看過他彌留之際的慘狀，他留給我的印象，每每首先跳出腦海的，大概不至於是這狠毒的一瞥吧。據說他死的時候，班上同學一個都不在場。三十年後的校友聚會時，居然沒有誰有意提到他，好像還是我第一個發現他的缺席，我問兩鬢斑白的L和Z，得到的回答只有三個字：「早死了」。但我還是隱隱聽說了，他死於肝癌。似乎有一種公認的看法：他在文革中太賣力、太累了。他是活活累死的。只是他沒能像死在戰場上的人一樣留下個烈士英名。

　　唐德剛先生說，「英雄」們都是最大的賭徒，你要賭翻攤、牌九和二十一點，輸了，你要有把老婆、孩子也「押」到賭臺上去的雄心，才能翻本、才能發財。G沒有老婆、孩子，只有押上他的命。如果G不夭亡，他後半生的發展空間會是很撩人想像的，因為跟著他跑的那三、五個同學，後來都官運亨通、財運亨通，拿宋丹丹學說的東北話說，那是混得相當不錯，其中一人好像還做到了省軍級。「左」的，往往能吃香餑餑；「右」的，往往只能嚥糠菜，好像是我們這一代人的宿命。所謂的宿命，就是文化基因，與生俱來的胎記。在前兩年圍繞《甲申文化宣言》展開的辯論中，我才清醒，被譽為當今文壇最聰明智慧的某大作家，也難以擺脫這附體的孽障。

　　很久以前，我就在捉摸G這一類的人究竟是否真誠。多年後，我讀到赫德里克·史密斯那本寫於1976年的《俄國人》，接著又從勃烈日涅夫的侄女柳芭發表的回憶錄中得悉，勃烈日涅夫當年曾對自己的弟弟說：「什麼主義，這都是哄哄老百姓聽的空話。」這讓我大為震撼。原來他僅僅是把意識形態作為一種象徵，或者是一種尺規，作為斷定其他人是否忠誠的一種手段。這好比趙高在金殿上指鹿為馬，以此測試群臣，看誰是跟自己的，誰是不跟的。鳳毛叢勁節，直上盡頭竿，大約越是身處內部、站在高端的人越看得透徹。佛家偈語所言：「迷破方看透，看透復看破，看破自放下，放下得自在」，深蘊著禪機，不修練到火候，又如何能解悟呢？記得史密斯還說過，主義，有些人是「你必須去玩它」，有些人不得不玩它，有些人

則如魚得水，玩它玩得有滋有味。倒是如我一般的外部人、低端人，在理想的幻夢中熬煎的時間其實比G等人漫長得多，也真誠得多。我為他深感悲哀，他活了三十四歲，卻沒有一日孝敬父母、回報社會；他是對一切「商品」的價格瞭若指掌卻不知道它們價值的人，自私的「玩革命」的人。當然我也責問過自己，和他同窗六年，居然沒有跟他講過一句值得懷念的有點意味的人話……

我聞訊趕回宿舍時，抄家已近尾聲。我看見L耷拉著頭，面如死灰。當時我竟出奇的冷靜。L最先被打倒，原本就在意料之中。這好比足球比賽，只有棋逢對手才刺激、才有看頭。與L相比，我們這些出身可疑的平民，收拾起來，就像捏死一隻螞蟻，G等人是頗不屑的。G和L的較量，就不同了，是貧下中農和革命幹部的較量、紅五類內部的角逐，乃是同一重量級的拳擊，成為開場戲，理所當然。我出奇冷靜還有原因，那就是我自知已經是一塊死肉，放在砧板上了，不就那麼幾十斤骨頭麼——就在1966年6月初「工作組進村」到8月頭的近兩個月裏，準確地說是五十六天裏，我那體重一百二十八斤、標準的體操運動員身材，變得形銷骨立，飯量銳減到每餐不足一兩。這與我三年前在黃陂大山裏搞四清，連吃了一個月的主食——紅苔葉子湯的結果完全一樣，那時稱過體重，從一百二十八斤銳減到九十斤，現在我連關心體重的心情都沒有了，似乎肉體還存在骨頭、還沒有散架，還有一絲游息就算活著，還可以熬下去。

兩千年來，樹葉掉下怕砸破頭的中國人就這樣恐懼著、撐著、熬著。巴金、汪曾祺、季羨林在回憶錄中都坦陳過他們當

時的恐懼。很難想像我們也能出一個高爾基，為了詩人勃洛克
能獲准出國治療，跑到首腦機關去「大鬧一場」。摩羅先生把
「恐懼症」列為吾國知識份子「從勢病」的症狀之一，不是沒
有道理的。它已然刻寫在國人的神經細胞DNA裏，成了一個
文化基因符號。它隨時可能被激發，無情地變成一副奴顏掛在我
們的臉上，一開始我們可能會有皮笑肉不笑的彆扭感覺，時間久
了便會順當起來，我們也就患上另一種從勢病──「麻木症」。

　　對L的揭發、鬥爭，僅僅是開始而已。

　　運動的廣度是驚人的。我所在的「單位」，三十個人的
班級，最後被揪出來的有形形色色的「問題」，被扣上五花八
門罪名的，達二十五人；沒有挨批鬥或大字報「火燒」的，最
後剩下「文革小組」的五個核心成員。多年後歷史檔案解密，
我才知道，北京當時定了個在大學、中學劃百分之一右派的指
標，而實際上最保守的估計也不低於百分之十，那時中學師生
有三千多萬、大學師生近兩百萬，這樣算下來，右派的數量就
是好幾個「百萬雄師」。

　　運動的深度則達到了程朱理學的理想境界──「存天理，
滅人欲」，將一切個人隱私暴露於光天化日之下，私人信件、日
記、愛人間的情話，乃至意淫、手淫、女生同性戀，都在揭露、掃
蕩之列。所謂「橫掃一切牛鬼蛇神」、「打倒在地，再踏上一隻腳，
永世不得翻身」，說到做到，毫不誇張。後來我聽經歷過1957年
「反右」的人講，文革那才真叫史無前例。朱正先生說，反右是
流產的文革；那麼，文革就是社會化、全民化的反右。

　　以Ｇ為首的文革小組頻頻找人談話，攻心、分化，重點是出身良好、與Ｌ接觸較多、平日膽子特小而明哲保身的人。至於Ｚ和我，明知道掌握許多Ｌ的「罪行材料」，也被故意冷落在一旁。譬如趙太爺賞給阿Ｑ一耳光，說：「你也配姓趙麼？」先讓你嘗嘗「不准革命」的滋味。平常混沌一氣的人群，在非常時期，很快就變得陣線分明起來，像剛剛出籠的大蒸糕，三刀、兩刀就切開了：Ｇ們是一塊，他們是革命動力，最安全、最興奮，因為以革命的名義而最具殺傷力；Ｌ、Ｚ和我是「一小撮」，是敵對陣營，被孤立進而被打擊的對象；中間層則大致分為兩塊，一部分可以依靠或者說可以利用，另一部分有這樣、那樣的嫌疑，靜觀其變，等待他們進一步分化，向左靠近的，拉；向右滑的，打。除Ｇ等人之外，所有人都惶惶不可終日。後來走出校門我才看到，整個中國都因此出現了這樣的大動盪、大分化、大改組，一夜之間，左、中、右變得格外分明。夫妻反目，父子成仇，朋友決裂，相愛的人毅然分手，同學之間拳頭相加、長矛相見，軍工廠搬出了大炮，相互轟擊……，一場空前戰火，遍及中國城鄉。就像那位嗜戰成性的「常勝將軍」所概括的，好人打好人，壞人打好人，好人打壞人，打得一塌糊塗，天下大亂，「攪得周天寒徹」。我當時自然預計不到事態的急劇蔓延升級，不敢設想天下大亂的局面如何收場。只是我從這分化和無情的爭鬥中，看到人性黑暗面如何盡興表演，看到人的道德良知，怎樣在暴力的轟擊下迅速崩潰，人性在一夜之間，像是咬破繭殼的妖蛾子，迅急異化成美麗的花蝴蝶。我覺得悲哀，所有人都跟我一樣卑微、渺小、

可憐；生命不抵一株小草、一隻螻蟻。多年後我才知道，中國曾經有過張志新、林昭、遇羅克那樣不怕死的人，有過傅雷、老舍、郭小川那樣敢於自殺的人，但你不得不承認，如你我一樣的芸芸眾生，不是人人都有抗爭或自殺的勇氣的，是割腕、是跳樓、是溺水都要琢磨半天的人，乾脆放棄這愚蠢的念頭吧。我曾想結束自己二十三歲的生命，怎麼死沒想好或者說根本沒去想，Z的一番話，當頭一瓢冷水，澆滅了我湧動的青春熱血，和我糊裏糊塗的自我尊嚴。我一天之內就長大了，老去十歲。Z是這麼說的：「你母親等了你五年，盼著你養老，幫她養育你弟弟呢。你死了，把悲傷和苦難留給了親人。」應該說Z的話很經典，以後若有勸生的需要，不妨如法炮製。當時我想，既然小草和螻蟻不甘死亡，都會掙扎一番，我得調動渾身的智慧細胞，搜索解救之術，拼死撬開黑暗的閘門，求得一線亮光、一絲空氣，苟延殘喘。

其實，生之選擇，就是死之選擇，肉體生、靈魂死。

災難隨時會降臨到我的頭上。但時間不能由我確定。一個明知犯有死罪的人，知道死期要比等待宣判痛快得多。我開始變得異樣的敏感、多疑。我發現Z和我一樣，無時無刻不在窺視L的眼神和一舉一動。L的心理防線一旦崩潰，那也就是我和Z的死期。夜裏，L在對面上鋪折騰不停，黑暗中他輾轉反側的聲響，具體而生動，卻又實在難以描述。全寢室的人也都徹夜折騰，黑暗中的每一個響動，都會激起人們內心的倒海翻江，是不是誰又挺不住了呢？他明天早上會寫誰的大字報揭發些什

麼？而自己會不會受到誰的牽連呢？從小說的角度來說，這是一個個極其單調、枯燥、乏味的夜晚，沒有故事的夜晚，除了人人自危—— 一個個大同小異的驚恐莫名的惡夢。

我的惡夢，總是在L的尖叫聲中突然驚醒。而我夢到的總是他，他扛不住了，把一切供了出來，包括楓樹林的密會……

我想，L的抉擇是極其艱難的——要麼他竹筒倒豆子，和盤托出，對所犯的言論罪供認不諱；進而反戈一擊，揭發Z和我和其他人的言論，戴罪立功；要麼咬緊牙關，死不承認——這才真叫「沉默是金」啊！我不知道L懂不懂社會上流行的「坦白從寬，牢底坐穿」的至理名言，我們太年輕，當時恐怕根本不懂承認罪行的後果嚴重到何種地步。我和Z也面臨生死抉擇——要麼咬牙硬挺，或者避重就輕，說幾句人人都知道的L的材料；要麼抖出L的「猛料」，求得自身解脫。

G如一頭嗅覺敏銳的狐狸，捕捉到我求生的欲望。在被他冷落了將近十天後，他突然對我投過一個「媚眼」。那是在飯堂打飯的時候，他神不知鬼不覺地出現在我身後。我剛剛一轉身，就看見他眼裏女性化的笑意。

我正疑惑著，他說話了：「只吃這一點點飯呀，注意身體啊，你瘦了好多啊。」

我不想搭理，想趕快逃離。

他說：「我要找你談談。」

要是在平時，我肯定不會給他面子，我會說：「免了吧，我不覺得有什麼需要跟你談的」，或者乾脆說：「有時間還是

多看點書吧，對不起，我現在有事。」此時此刻，他握著刀把子；刺刀下的談判往往是無條件的，我沒有膽量拒絕。

「你跟著我走。」他說。

這句話的含義非常豐富，既有帶走我的強硬，又有把我當作做地下工作的同伙、暗地接頭的神秘意味，還有略帶關照的溫柔性。G把我帶到飯廳外的竹林深處，開始「談心」。我斷定他事前看了我的檔案，因為他一開口就先捏住了我的七寸——我父親的歷史污點、我舅舅的戴帽、我堂兄的自殺，然後高度評價我的學業優異、人才難得，因此我應該格外懂得珍惜前程。他的用心一點也不含糊，以組織名義要求我與L一刀兩斷，仔細回憶這些年，L都講過些什麼「三反言論」，大膽揭發。最後留給我一線生機，叫我爭取做一個「可以教育好的子女」……假如我願意，我可以在他說上句時接下句，保證準確無誤，多年的政治薰陶讓我具備了這種本事，G的談話因此沒有任何懸念。我像當初他接受我的輔導時一樣，心不在焉，聽不進去，盯著陽光投射在地上的竹影出神。我突然想起「竹梢風動，月影移牆」，這是高鶚續寫的後四十回中最精彩的八個字。林黛玉焚了詩稿，叫了聲「寶玉你好——」便氣絕而逝。瀟湘館的淒涼冷寂，就這八個字，多一個、少一個字都不好……我真想回到一個月前，將這一靈感與Z分享。

我只能和Z在洗澡室裏裸裎相見，用最精煉的電報式語言，通報G的最新動作。

Z沉思地說：「他開始做分化瓦解了，看來不把L置於死地，他不會甘休。林沖要上山入伙，王倫向他要『投名狀』，你知道投名狀是什麼？是一顆人頭！」

他的聲音因憤激而顫抖，「什麼叫流氓勾當？這就是！你不要相信G的鬼話，他是想從你這裏打開突破口！我們必須堅持到最後一秒鐘。」

不過，Z頓了頓，臉色變得煞白，艱難而痛苦地說，一旦致命的言論被揭發，L精神崩潰，打算招認，我們若想求生，只有出此下策——搶在L前面……

我竟會默認了Z的這一「下策」！

我們似乎給自己留下了道德底線：按L現有的材料，他已經死定了，要他命的人畢竟不是我們；我們畢竟為了L，堅持「拒絕革命」到了最後一刻。明知道這是自欺欺人的邏輯，還是拿它當作背叛朋友的良心盾牌。

正是苟延殘喘的最低需求，人變成了窮兇極惡的野獸，不惜撲向自己的同類。這種蛻變的歷程，因為人有思想、有人性，而備受折磨熬煎。這是格外慘烈的靈魂搏擊，這是我此生活著下地獄的一次經歷，是背負一生至死也卸不掉的十字架。這內心深處最陰暗的角落，在任何時候、任何地方，一觸動就會陣陣痙攣，劇痛久久不散……

正好是在一百年前，一位被囚禁的大學生只因見到彼得堡市長沒有脫帽行禮而慘遭毒打；與他素昧平生的年輕姑娘薇拉，隻身從外省趕到彼得堡朝那個臭名昭著的傢伙射出了一粒

子彈。我讀到作家王開嶺講述的的這個故事時，我不敢往下看，我羞於面對那位在審判庭上慷慨陳詞的柔弱少女。我想起了另一位我認識的俄羅斯姑娘，我的女友，她的真誠、純潔、善良和火一樣的激情，曾讓同樣處在躁動期的我害了好久的相思病，那真如先民歌唱的求之不得、輾轉反側，可我竟然連保留她的相片和信件的勇氣也喪失了！所有青春的證明都化作了火光煙塵，只留下了她的殘缺不全的名字，她叫什麼什麼尼娜，家住阿莫爾河畔的哈巴羅夫斯克。

君特‧格拉斯在2006年成了德國乃至全世界的新聞人物。這位德國良心的象徵人物、諾貝爾文學獎得主，在八十高齡之際，一層一層剝開包裹在自己身上的洋蔥，露出歷史真相——他在六十年前十七歲時曾是一名武裝黨衛軍。他遭到了全德國「壓倒性的批判」。他真誠懺悔的重量，最終平息了德國人憤怒的狂潮。人們評價說，他的小說《鐵皮鼓》是殘酷的，但生活遠比小說更有懸念。人們意識到，沒有歷史的真相就沒有歷史的未來，把注意力集中到這樣一個問題上：文明發達的德國，為什麼會出現納粹和暴力？格拉斯儘管走下了大師的神壇，還原成一個普通德國人，一個有格拉斯的德國，卻令我這個黃皮膚、黑頭髮的人感到萬般無奈和羞愧，直到今天，我也沒見到自己國人的「剝洋蔥」……

我不能不佩服L，他應該算得上是神經堅強的人了。他在極端孤立的審判席上，腦子始終沒有犯渾，最終也沒有把我和

Z牽扯出來。平時天大的秘密、天大的犯禁的話，從他嘴裏說出來，就像悠閒地吐著一串串蔚藍色煙圈兒，而空氣頓時凝固成汽油，沒一個人敢接他的話兒，彷彿一聲嗯啊，就會點燃熊熊大火，叫自己和L同歸於盡。就連我和Z也不敢隨聲附和，還提醒過L，他講的話絕對不能讓G等人聽見。但他在很多場合照講不誤。我敢肯定，現在許多人都後悔不迭了，當時為什麼沒有喝止他、質疑他、批駁他，或者遠遠地溜一邊去呢？沉默就是認同，認同就是思想反動，因為L講的每一件故事，都會導致對最神聖的東西的懷疑和動搖。這是絕對不能允許的。人人自危的原因就在這裏——L只要交待他講某句話時，哪些人是在場聽眾，那些人就被看作落後、反動、反革命。現在看來，這當然是荒謬絕倫的邏輯，絕後雖不敢說，但絕對是空前的恐怖、慘絕人寰的迫害；但在當時，它卻是全國上下必須奉行的唯一正確的政治原則。L再堅強的神經也不堪一擊，因此，L對於我和Z來說，已經不堪信任。萬眾一心、萬炮齊轟的情勢下，他隨時有舉手告饒、全盤招供的可能。

　　批鬥會每每在群眾毫不知情的情況下突然宣佈召開。酷暑季節，在宿舍、在樹下、在路邊，群眾隨時被驅趕在一起，圈起來相互撕咬，就像一場精彩絕倫的鬥雞或鬥蟋蟀。其實，批鬥都是經過精心策劃，發言都是經過充分準備的。除了我和Z之外，人人都是可以向L投擲炸彈的「革命份子」，儘管這個無比幸運的身份隨時可能喪失——只要一點火星濺到自己身上，比如一張大字報、一封檢舉信，甚至一筆筆誤、一句口誤，你就馬上玩完，和L坐到同一被審判的席位上。L變得蠟

黃的臉，陰沉可怖，太陽穴青筋暴凸，一陣陣抖動。他就像一隻癩蛤蟆，墊在床腳底下，無論怎麼硬撐，那層薄薄的肚皮隨時都可能破裂。一個人的精神承受力是有極限的。就在生死抉擇的關頭，我、Z和L在進行無形的靈魂角逐，不是Z和我跑在前頭，先丟失良知，就是L跑在前頭，先喪失道德。上帝把我們精神力量和靈魂的稱量，精確到幾分鐘的時間之內。就在我和Z即將挺不住的幾分鐘之前，L選擇了「生」──他統統招供了。

　　我和Z死了，上帝卻把靈魂的「生」僥倖地贈予了我們。

　　我和Z成了繼L之後的眾矢之的，批鬥衝著我倆而來。我記住了這一天，是那天晚上從女教師的金殼英納格手錶上看到的──1966年7月31日。L成了死老虎，被丟棄一旁，等待收屍。儘管我已經做好了「死」的足夠準備，當我坐到被審判的席位，我才明白，L一連堅持了將近兩周的時間，有多麼不容易！而且令我至今欽佩不已的是，L僅僅交待他自己的言論，並沒有亂咬別人。我和Z之所以跑不掉，僅僅因為我們曾是L最忠實的聽眾。

　　我最擔心的，還是壓在抽屜底下的那筆錢。別的我不怕，我沒有L「兜子硬」，平時本不敢公開講出格的話，就連在L、Z面前，我也盡量克制情緒的發洩和內心深處隱秘思想的流露。當然，我也擔心G等人無中生有，捏造事實，篡改或深挖我說過那些話的原意。其實，五年來我究竟有沒有講過大家揭發的那些話，什麼時候、什麼地方、什麼情況下講的，我一概回憶不起或者記憶不清了。我只能撿一些我想我可能說過而

又感覺無足輕重、不至於將我往死裏推的言論，坦白承認，比如，我說過哪個女生長得五官精緻、瓷娃娃一般，哪個女生難看，女媧捏泥人時肯定在打瞌睡；說過讓我學工科是浪費了我的才華，我的興趣和志向在開創某種前沿理論；說過某某教授講課還不如我，因為他自己根本沒弄懂或者口舌太笨、缺少教學稟賦；說過國產電影大多不敢恭維，小孩說大人話、大人說小孩話，反正不像說人話；說過我討厭過團體生活，眾人一面、眾口一張，沒有人會在這種場合講掏心窩子的話；最嚴重的是，我說過系裏僅有的三個組織中的人，一個弱智（考試總不及格）、一個小偷（偷同學的飯菜票）、一個告密者（指專會盯梢、打小報告的Ｇ）等等。我知道，我必須守住底線，拒不承認有什麼「三反言論」，哪怕揭發者說得有鼻子、有眼睛，「五個Ｗ」的新聞要素齊備，我也必須咬緊牙關，否則我就會被抄家，那筆錢就會暴露，我就徹底完蛋。

　　我不知道我還能挺多久。我嘗到了下地獄的滋味，人類管它叫恐懼。科學家做過實驗，讓關在籠子裏的白鼠一直處於恐懼驚駭之下，生龍活虎的白鼠，不到一天就會死亡。

第四章

我骨子裏深埋了千年的「大同世界」、
「天下為公」的基因被啟動，蠢蠢欲動

　　1966年8月初的一天夜裏，全校的高音喇叭突然同時響起，一遍遍呼叫所有師生到操場集合。我預感出了驚天動地的大

事，拖著發軟的雙腿，隨著那些整人整得精疲力竭，和挨整挨得奄奄一息的人們，坐到熱氣蒸騰的草地上，豎起了耳朵……

「現在，全國機關、事業單位、高校同時傳達兩個重要講話的錄音」……

所有人的心都懸在了嗓子眼──最高集團的二號和七號人物，向全國師生作檢查，承認他們派工作組進入學校，拿老師、學生開刀，犯了「方向路線」的錯誤……我平生頭一回聽到了偉人的聲音，一個濃重的湘音，一個地道的川味。多年來一直有個小問題困擾著我，始終弄不明白：進城打工的鄉下女孩，幾天就能說一口的當地官話；這些偉人一生戎馬倥傯、走南闖北，後又久居京都繁華之地，怎麼就鄉音不改毫分呢？

那是個沸騰之夜、燃燒之夜、火山爆發之夜、瘋狂之夜。L佈滿血絲的眼睛湧出了熱淚，Z對我低聲說，任人宰割的日子熬到頭了。

我隨著瘋狂的人流衝向宿舍樓，不知道將要發生什麼事。L撕破被子，喝令我去樓頂曬臺上拿竹竿，回頭看時，Z已經把整瓶墨水倒進臉盆，拿棉花當筆在床單上龍飛鳳舞，寢室裏其他人亂作一團，解掃把、扯棉絮、紮火把……Z對我吼道：「笨蛋，快去呀！」等我一口氣跑上曬臺，早已有人捷足先登，我找不認識的一位同學分了根竹竿，就在膝蓋上一折兩段……四面八方的人流蜂擁到學校車隊的油庫……

霎時間，浩浩蕩蕩的火把遊行隊伍就這麼你跟著我、我跟著他地集結起來，分不清系別、年級，一張張互不相識的臉，

同樣年輕、同樣於疲憊中現出異樣的古怪而憤激的神色，想要弄清誰是發起者、誰是組織者，除非像後來那樣再來它個一次接一次的大清查。

我似乎被無形的氣浪捲起，拋來拋去，恍然如在夢中。我只有一個朦朦朧朧的感覺，過去的兩個月不叫革命，那叫壓迫，真正的革命大概就是這個樣子的，不是說壓迫愈深愈重，反抗愈烈，其發愈速麼？

不一會兒，廣播台被佔領了，一個沙啞的、哭泣的男聲，控訴著他所遭受的迫害；接著人如潮水，湧向檔案館……

我眼前的情景，令我心跳到快要蹦出來：樓上、樓下擠滿了發狂的年輕人，腳下到處是一片狼藉的檔案袋和零散的紙片，以及被踩掉的鞋子擠掉的眼鏡。黑材料、白材料，哪裏還管得了那麼多，統統被堆積在大院中間，熊熊大火剎時映紅了半邊天……

……那可是平時一聽就要暈倒的檔案，要背負一生、如影隨形的——魔鬼啊，難道就這樣在頃刻之間化為了烏有？革命的爆發如此迅猛？革命會如此輕易地成功？革命會不會導致更嚴重、更慘烈的後果？一道濃重的陰影掠過腦際，成為我此後思考革命的感性資源。

這大約就是人們常說的，苦難是思想財富。可是對於不需要思想、犯不著思想的人，苦難就是苦難。像我這個從小就嚮往過一種「一碗粥、一疊紙、一支筆」的華羅庚式的數學家生活的人，還有那些種地的、做工的、經商做小買賣的、教書的、做和尚尼姑或神父修女的芸芸眾生，壓根就沒想過革命是

怎麼一回事。你可以指責他們求溫飽、圖安寧，目光短淺、胸無大志，但如卡繆說的，你沒有任何理由強迫他們去赴革命的盛宴，革命總是少數超級強人的事業。其實，恩格斯也明確表達過意思相同的意見：「歷史的進步，整個說來只是極少數特權者的事，廣大群眾則不得不為自己謀取微薄的生活資料，而且還必須為特權者不斷增殖財富。」一面尊他為老祖宗，言必稱之，一面又對老祖宗老大不敬，把他的話當耳邊風，以至於「發展」到「反其意而用之」。從法國大革命到攻打冬宮，從陳勝到劉邦，從朱元璋到李自成、洪秀全，暴動事實上將無數無辜的人裹挾了進去。而革命一旦翻臉，要把他們送上斷頭臺的時候，他們還像阿Q那樣，盡量把那個圈圈畫得圓一些。

儘管我有不祥的預感纏身，我還是小心翼翼、如履薄冰地踏上了革命的不歸路。由最高領導人親自發動和指揮的文革已然造成了濃烈的火藥味，革命的邏輯單純而明瞭，要麼革命，要麼不革命，而不革命就是反革命。更其可怕的是，革命像一隻強烈的興奮劑注入了我衰竭的心臟。正如張明敏歌中唱的那樣，我的祖先早已把我的一切烙上中國印，我骨子裏深埋了千年的「大同世界」、「天下為公」的基因被啟動，蠢蠢欲動。

L和Z舉辦的一個展覽強烈地衝擊了我，我相信我的許多同學，那一天肯定跟我一樣通宵不眠、胡思亂想，可惜在當時的氣候下，所有想法都被納入了既定的激進主義的軌道。對於缺乏真正的歷史和思想資源的單純的一代人，被這種既定思想

牽著走，這是難以逃脫的宿命。殊不知在極端激進主義的外衣下，包藏著歷史極端的倒退，如王元化先生所說，經歷這場浩劫的過來人，都可一眼看穿它的皮裏陽秋，誰都知道「文革」是封建主義的復辟。但娜拉只有經歷過、只有徹底絕望後才可能出走。至於娜拉出走後怎樣，誰也無法預言。魯迅先生意識到需要改變，他說改變需要「鞭子」，「不是很大的鞭子打在背上，中國自己是不肯動彈的。……但是從那裏來、怎麼地來，我也是不能確切地知道」。

　　展覽設在能容納兩百人上課的大教室，陳列著從學院頭號「走資派」家裏抄來的值得一看的所有家當。他只有十幾雙皮鞋、十幾套西服，他的年輕的妻子則闊綽多了，二十七件旗袍當窗掛了一排，從裘皮到薄如蟬翼，反正那些料子全都叫不上名目。講解員是一位低年級的小女生，顯出一副十分激動的樣子。她取下「薄如蟬翼」，變戲法似的往她的小拳頭裏塞了一會兒就變沒了。上百雙高跟鞋攤了一地，和數十年後大商場的專櫃一樣可觀。幾年前，她還是學校財務處的一名出納員，現在已經是人事處處長。一隻玻璃櫃裏，還有農村來的孩子從沒見過的琳琅滿目的古玩玉器。學校搞過一回收繳黃色書刊，《金瓶梅》、《肉蒲團》以及廣州學生從香港那邊帶過來的畫刊，沒想到都成了他們家的秘藏。

　　展覽在年輕的、貧苦的學生心裏引發的震撼可想而知。我站在那裏直發呆，腦子裏幻現的盡是我在黃陂大山裏親眼所見的一幕幕，那裏離這裏僅僅只有六十公里……L一直沉默不

語，他的家我去過，外國租界裏的一幢小洋樓，很大、很空，似乎沒有什麼像樣的家具和高檔消費品，書櫥裏裝滿了政治書籍。我猜L肯定在想，父母的級別不比學院頭頭低，怎麼沒有這般享受？革命造就了多少這樣的腐化份子？Z黝黑的臉上漲出紅光，嘴裏時不時罵一句粗話。他的父母雖也貴為革命依靠的對象，過的生活大概與我在黃陂大山裏見到的差不多。

我想，既然了不起的思想者顧准先生，也曾一度未能逃脫革命會帶來「清平世界朗朗乾坤」的蠱惑，1966年在校的大學、中學生，幾乎全數被激情燃燒起來，便不是不可思議的事情了。然而，他們最終做了替文革之罪的羔羊。迄今為止的所有小說、回憶錄，都有意無意地留下近兩個月的這一段空白，不去寫它，而更多對這段歷史不甚了然的人，有意無意地或人云亦云地在作品中，將L、Z和「我」一類的人混同於搞打砸搶的「紅衛兵」、保守的「造反派」或「工農造反派」。要想澄清歷史的迷霧，往往需要如我輩常人所不具備的勇氣。講述歷史不能為任何尊者諱，也不能因為任何尊者的一句指令，就封住所有想講真話的嘴巴。當然尊者不讓人講話，肯定有他的一番理由，但尊者的尊者不是有一句名言麼，忘記過去就意味著背叛，按照邏輯原理，又該聽誰的呢。歷史這面鏡子，為何不讓離它最近的親歷者、見證人擦拭乾淨，硬要把它藏著、掖著，讓它蒙塵、銹蝕，讓它將來像出土的青銅鏡一般斑駁呢？我無法解開這個歷史謎團，就像我讀不懂天書一樣。巴金老人享受了最高的禮遇，而他的肺腑建言卻被棄置在一邊，他的絕

筆「長壽是對我的懲罰」，是不是在訴說這無言的悲哀？既然
人為炮製的、子虛烏有的「收租院」可以風靡全國，為何不能
有一個記錄幾億人長達十年歷史的「文革博物館」呢？我原本
不想以小說形式記錄我所經歷的惡夢的，當代文學就像患了陽
萎的登徒子，過於怯弱，又過於溫情纏綿，難以把我插在心尖
的那把錐子連血帶肉地拔出來，呈現在讀者面前。我不得不突
破小說的某些戒律，把當年的我和現在的我，恣意訴諸文字。
我常常想，靈魂興許有它自己的文體，靈魂要跑出來自己講
話，衝決所謂傳統文體的束縛。院士剽竊論文、教授寫不通文
章、文憑可以買、考試請槍手的笑話告訴我，一個以金錢、權
力和性為軸心的粗鄙文化的時代已然到來，我還窮講究個啥文
體，豈不是畫地為牢、作繭自縛，傻到頭了麼？

　　Z在不久以後成了驚天動地的風雲人物。他打著「巴黎公
社」的破旗，佔領了院報大樓，接管了院報，自任主編。他辦
的報紙紙貴省城。他靠著幾篇重量級的大塊文章名噪一時，人
們紛紛傳抄、刻印、散發。他的文章標題詭異、富有衝擊力和
文學色彩，文筆老辣、文氣浩然，經典作家們的語錄和近代歷
史典故隨手拈來，無不恰盡其妙，最要命的是，他對兩報一刊
的社論，有著公安局警犬般敏銳的嗅覺，面對錯綜複雜的局
勢，他能將所有變數條分縷析，從而準確地預見運動的走向。
當L當上了紅色造反兵團的司令，Z就順理成章地當上了他的
宣傳部長。後來他沉迷於文革的理論研究，從廝殺和混戰中游
離出來，創辦了《松江評論》，因為日漸背離了當時的主流思

想而遭封殺，再後來便作為思想異端，度過了長達十二年的鐵窗生涯。

　　L在衝殺一番後突然心灰意冷，帶著他從某中學物色的一支校花，那個給他做辦公室秘書的小丫頭，滿世界遊山玩水去了。聽說他和「一支花」，在大漠草原的蒙古堡秘密舉行了婚禮。

　　而我呢，在一度充當了他們一名小嘍囉後，萬念俱灰，藉機回到故鄉。母親告訴我，弟弟不聽她的阻擾，跟著「般般大」的孩子「步行長征」去了，至今音訊全無。母親病憂交併，臥床不起。從此我在病榻前侍奉湯藥，做了個內心一點也不逍遙的逍遙派。

　　我們班分裂成兩派的起因或根由，其實再簡單不過：受迫害的二十五個人想獲取自由而「造反」了，文革小組的五個人想維繫他們傳統的優勢地位而「保守」著。我所在的大學乃至全國的機關、事業單位，凡運動初期派出工作組開展了反右鬥爭的，兩派群眾的分野和結構大致如此。我寫這篇小說的初衷之一，是讀到一些回憶錄，尤其海內外的一些研究、記述文革的文章，感覺「紅衛兵」、「造反派」的概念非常混亂，缺乏歷史的具體感，有必要給與形象地描述。

　　革命就是造反。這可不是我說的，這話太經典了，我哪敢掠美。革命一旦爆發，說混亂到什麼樣子都不過份。造反的有平時聾子、啞巴一樣的老實坨子，有一貫口無遮攔、愛激動

的異端，有野心家、陰謀家，和尚、尼姑，懶漢、二流子、瘋三，流氓、無賴，妓女、嫖客，開黑店的孫二娘，只圖混個肚子圓的赤貧者李逵，殺人越貨、無處可逃的魯智深，這都不奇怪。只要革命一時用得著，皆可盡入彀中。像文革這樣人類歷史上絕無僅有的革命，把幾乎所有人都裹挾了進去！每個人有每個人革命的動機和訴求，這是不可能統一規範的。歷史學家說，歷史乃是一個個活生生的人的活動總和，任何理論的抽象，都是對歷史的肢解、對生命血肉的漠視。

　　實際上，文革中的任何群眾組織、任何派別，當時全都打著造反派的旗號，沒有誰會承認自己是保守派，因為那就等於承認自己站在文革發動者的對立面上，這無異於自找死路。最早出現於北京的造反派，主要由高級革命幹部的子弟組成，破四舊、打砸搶就是這伙人先幹起來的，其代表作「老子英雄兒好漢，老子反動兒混蛋」，再清楚不過地表明了它的成分。這些人，因為革命革到了他們的父母頭上，狂熱一陣後很快就成了「保守的造反派」，又被稱作「保皇派」、「三字兵」。而農村所謂的造反派，乃是打著造反旗號的保守派，以鄉村幹部和基幹民兵（貧下中農的骨幹份子）為核心，其鬥爭、殺戮的對象恰恰是地主、富農份子及其子弟，這些長期受壓制、受迫害的人當中，即使有人想造反，也沒有革命的資格。海內外一些文章描述的殺戮事件，其實是傳統階級鬥爭和專政在文革政治氣候下的演變和升級，是它的暴力化、慘烈化。在1966年夏季到1968年（少數地方延遲到1969年），城市兩派鬥爭，也

就是我的小說中界定的兩派鬥爭，「保守的造反派」，由於具有傳統政治優勢和軍方或明或暗的支持，一直處於優勢地位；而「造反的造反派」，在運動初期（也就是我小說故事發生的時期）被打成右派或反革命，一直背著「另類」、「異端」的負擔，處於被動挨打的地位。兩派鬥爭其實就是高層鬥爭的延伸，震驚中外的武漢「七二〇」事件，就是典型的例子。而在「全國山河一片紅」後不久，造反派很快就被革命出賣，重新淪為被迫害的對象，成了一切罪過的頂替者。這一派的頭頭，幾乎無一倖免地被視為反革命份子判刑收監，它的普通群眾則開始了無休止地接受審查，清理階級隊伍、清查「五一六份子」、一打三反、查「三種人」……不一而足；而一帆風順的則依然是當初迫害他們的人，即使他們有過更激烈的暴力行為，也被免予追究。換句話說，無論城市或農村，又回到文革前的以階級身份，以是否順從、是否聽命於意識形態，作為人的社會分屬和標記符號。兩種造反組織的區分還有更簡單的方法，一種是群眾自發成立的，一種則是自上而下，有組織、有領導地秘密組建的。黃河清先生曾從人格上對兩派有所比較：「保皇派在個人品質上似乎普遍地比造反派差，逢迎、趨利、見風使舵、沒有擔當、善做表面文章……是他們的共性。」從歷史上看，歷朝的保守派多屬過份珍惜自己的羽毛，既得利益讓他們與權勢集團有著共生性，活得現實，不欲思變。要麼是被馴服為正統思想的奴僕，失去了獨立思考和分辨能力。希圖改變現實的人多屬不安分的人，注重個人權利和自由的人文精神似乎與生俱來，身上較少奴性而較多叛逆，同時理想主義情

結較重，喜歡想些不著邊際、不能吃也不能喝的事。從氣質上來說，他們較為浪漫，富於激情和幻想。當然還有一種情況，在政治恐怖時期，許多人「身在曹營心在漢」，內心為受迫害者抱不平，卻不敢公開地站在他們那一邊。1978年，我初涉文壇、進入作家圈子，互問之下竟都曾是「造反派」，於是有人戲言，不是造反派最好不要寫小說！那時候正緊鑼密鼓地清查「三種人」，作家們敢這樣講話，顯現出他們的性情。此後的撥亂反正、改革開放、經濟市場化，這些人無一不是堅定的鼓噪者或弄潮兒。當然，這種探討只是歷史家、社會學家、文化學者的興趣，在正常的社會、正常的歷史時期，思變的人、保守的人，不安分的人、安分守己的人，揚塵舞蹈的人和謹小慎微的人，一身正氣的人和投機鑽營的人，混沌一氣，同在一片天地裏忙碌各自的生活，相互之間並無什麼大礙。革命一旦發生，便會迅速地把他們強行驅趕到不同的營壘，讓他們彼此激烈衝突。想到這裏，我必須用歷史的考量說一句：文革，無論對於造反派、保守派、走資派，都是悲劇。就連發動者本人，也難逃其悲劇性的結局。而最無辜的，要算那些以滿腹學問、一身專長報效社會的學術精英和名流，那些手無縛雞之力的書生，以及原本就「不許亂說亂動」的「牛鬼蛇神」。所有在文革中死於非命的人們，歷史即使記不住他們的名字，也應該記住這個死難的群體。

　　文革是它的發動者所創造的理想神話，似乎他要親自率領青年學生對他的組織和官員進行徹底改造，給人民最大程度的民主和自由；我的小說中描寫的Z、L和「我」，包括顧准

先生，上當就上在這裏。事實上，文革當中狐狸就露出了尾巴——多次蛻變為傳統的反右，所謂「專政下的繼續革命」，迅速蛻變為繼續專政、繼續反右。唯有反右，才是不變的主旋律。反右是文革的前奏、縮影或流產的文革，文革是反右的延續、擴張，成為規模盛大的、全民化的精彩演出。右派—造反的造反派—思想異端，在當代中國思想史上一脈相承。所有人都中了「陽謀」，無論普通人還是最高集團的那兩位歷史大人物。對峙與衝突的「造反派」與「走資派」，在或生或死這一點上，形成典型的「異質同構」。這就像早死的G與那個早瘋、早亡的資本家的小子，同為祭奠文革的一對孿生兄弟。

所謂的「造反派得志」，其實時間極短，挨整時間極長——這是註定了的。是否可以說，文革從不曾真正地自由、民主——「無組織、無紀律」過呢？是否可以說，文革這一非正常形態，就是正常組織形態的轉換、變形、延伸呢？只好留給未來的文革理論家作深入探討。一切總在被掌控之中。「天下大亂達到天下大治」，亂與治，乃是掌控者手上的兩張牌，一張大王，一張小王。兩張王都攢在他手上，穩操牌局之勝券。

文革被封存了，就像鎖在故宮裏大清皇朝的密檔。皇城腳下那幾個名噪一時的造反司令與最高層的「熱線」，固然一時不可能浮出水面，筆者這裏講述的文革初期兩個月的歷史故事，卻隨著文革的被否定，而不被當局允許再予深究——非此即彼的思維模式依然沿襲著。八億人，惡鬥十年，歷史的單，誰來買？又成了呆帳。說是要畫一個圈，就畫了一個圈。也未

免把八億人的十年，把幾代人、把一個民族的苦難，把人類文明史上最黑暗的一幕，太不當數了。

　　至今沒有人研究文革領導人的初衷，與全國的參與造反者的內心訴求有什麼相同和不同。我加入造反行列，是最遲的，我的家族問題多多，屬於「非我族類」，無論我往哪邊站隊，哪派都害怕我會影響它的純潔性。但我渴望參與其中，就像盧嘉川、林道靜等人一樣，我以為那是反迫害、爭自由的、正義的革命事業……L倒是想格外恩典，發給我一枚紅袖章，可是Z說，就讓他先待在周邊。他還十分可笑地拿郭沫若、沈雁冰做例子說，把他們留在周邊對革命有好處。我很傷心，連革命都不給我機會。我強烈地意識到，我和Z和L天生不是一路人，革命的盛宴是預備讓他們大快朵頤的，我至多算一個追隨者、同路人，我就安分守己、無怨無悔地吃一點革命的殘羹剩飯吧。當時我絕對沒有想到，革命哪裏是赴宴？革命會隨時翻臉，將赴宴者送上斷頭臺！

　　我的小說中的Z、L和「我」，是造反者中的一類，自是不能以偏概全，但我所在的大學，在省城具有代表性，省城又是全國大學最集中的地方之一，他們的存在應該有典型性，至少能證明文革的複雜性。我後來從一位同事的文章中得知，從受迫害到造反，在文革初期，是極其普遍的情況，就連縣裏的衛生站、血防站、防疫站的基層人員，也未能躲避「工作組」的迫害。造反者中的部分人，在文革中、後期幡然醒覺的根本原因，是他們再次受到迫害後，導致對革命的質疑、對革命的

幻滅。當然，覺醒離醒悟、醒悟離清醒，還有漫長的思想距
離。四十年後，小說作者已年逾花甲，研究卡繆哲學和遊民文
化之後，還不敢說接近清醒。

　　我們當時「革命——造反」的主人感非常強烈、非常真
誠。紅衛兵的始作俑者、作家張承志下鄉時，把像章別在赤裸
的胸部肌肉上，像外國的AV女郎穿戴乳環，便是一個絕好的
例證。我也有類似的經歷和體驗。

　　L率領我們在某廳級機關的大院裏靜坐絕食，要求廳領導
就派出工作組到大型工礦企業，在工人技術人員中大抓右派一
事，承認犯了方向路線的錯誤，給受迫害的人平反。

　　記得我當時在學校接待站負點兒小責。接待站隸屬兵團
司令部下面的後勤部、聯絡部的雙重領導。外地來串連的，要
吃、要喝、要住，該後勤組安排；情況資訊則該由接待組向聯
絡部彙報。我被安排在接待組的本市小組，負責資訊收集和整
理。接待站是在校門口臨時搭建的一個帆布篷，當街兩張桌
子，背後鋪著幾床髒兮兮的草席，坐著我手下的三個兵伢子，
半糙子的初中小女生，正嘻嘻呵呵地聊大天。據說是「觀點」
相同的組織派來協助工作的。其實她們除了發傳單、領路、打
水，幫不上什麼忙。她們甚至根本說不清自己的「觀點」，卻
是充分享受著革命帶來的節日般的亢奮和激情。企業和學校很
不相同，因受到迫害而起來造反的是「少數派」，保守勢力非
常強大，這些可憐的少數人便冒死溜到學校「串連」和避難。
這些人見到我就像見到親人，一把鼻涕、一把淚的訴苦，苦情

不忍卒聽。他們把學校叫「解放區」，於是高音喇叭成天高唱
《解放區的天是明朗的天》。他們請求學生組織去基層單位
「點火」。意想不到的是，還有些老右派或歷次運動中的蒙冤
者前來造訪，而且越來越多，他們把興起學生運動當作救命稻
草，拿來了一包包的多年申訴的歷史材料，盼望能為其昭雪冤
案。我心情壓抑而沉重，又不知如何是好，感覺事關重大，便
直接去向L請示。

那天我去到兵團司令辦公室的外間，就被一個小丫頭擋駕
了。說是L司令正在商談兼併幾個小兵團的「要事」。那小丫
看上去還是個初中學生，卻高姚娉婷、美豔驚人，要身段有
身段，要眉眼有眉眼，而且口齒伶俐，渾身透出一股機靈。在
工科大學幾時見過這般美女，事實上與異性不曾有任何親密接
觸的我，不禁有些頭暈眼花，說話都荒腔走板、詞不達意了，
我說：「我是L的同班好友、難兄難弟、莫逆之交、親密戰
友」，她這才嫣然一笑，答應進去通報一聲，讓我稍候。L總
算給足了面子，讓她即刻給我放行。

進門時我就吃了一驚，辦公室足有一百多平米，上樓板、
下地板，地板還打了蠟，油光可鑒。一排書櫃佔據了整扇牆，
上拄天、下拄地。也不知哪兒弄來的地球儀，擱在地上有齊人
高。沿牆一轉，沙發上坐著七、八個人，一色的綠軍裝，從袖
章可以辨認出大約是各學校的兵團要員。

L看見我進來，打了個手勢，繼續他的講話：「至於要
求保留你們兵團的名稱，根本不可能，這一點，我可以肯定
地告訴你們，沒有商量的餘地！只能按照紅色造反兵團第幾第

幾分團統一命名！各校原兵團司令、副司令，把名單報上來，履歷要詳細，尤其文革初期的經歷要真實填寫，由我們逐個審查，重新任命。這是我最後的意見，你們回去考慮考慮。就這樣吧。」

L按了一下桌上的按鈕，門外電鈴驟響，那小丫頭聞聲進門。L說：「小花！安排客人去小灶進餐，恕不奉陪了！」

L走過來說：「笨蛋，我倆單獨去喝一杯吧，怎麼樣？」

我說：「改天吧，事兒多。」

L點燃一支煙，深呼吸一般地兮兮有聲，吸得很是貪婪，夾煙的手指已被薰黃。

我問他：「什麼時候染上煙癮了？」

「記不清了。」

我說：「我有要事找你彙報。」

他咧嘴一笑，給我一拳，「什麼彙報，跟我少來這套，酸！」抬腕看了看手錶後說：「給你五分鐘，夠不夠？」

我說：「不用，幾句話就完。」

可不待我說完，L眉頭一皺，果決地指示說：「不要揭榜！歷史情況太複雜，一時難以弄清，當務之急是批判『資反路線』。」

我又去院刊主編室找Z。Z正在寫一篇關於當前局勢的聲明，不時有人走過來請他簽發稿件。我只得斷斷續續、見縫插針地向他說明情況。聽到老右派要申冤，Z停住筆，抬頭對他的女秘書、一個戴秀朗眼鏡的低年級女生說，把門關上，一個人也不給進來。小女生照辦了。

　　Z說：「你去門口站一會兒。」說著，讓我在寬大的牛皮沙發上坐下。

　　我頭一回坐沙發，沙發很軟，感覺幾乎整個身子都要埋進去了。

　　Z問：「跟L講了麼？」

　　我說：「我找過他了。」

　　「他怎麼說？」

　　我說：「L的意思很明確，不能揭榜。」

　　Z擰緊了眉頭，沉吟了半天才說：「只能這樣。」

　　我說：「這不是昧著良心麼？」

　　Z說：「革命需要分階段的，仗只能一個一個打。不過，我很想瞭解當年的情況，你幫我弄兩份比較典型的材料來，直接給我，這事就不必對L說了。」

　　熬了幾夜，我為Z整理出兩份自以為精彩絕倫的材料。一個沒有正式編制的代課老師，「鳴放」開始時他的代課期滿，正要離校，校長騙他說，要給他開個歡送會，他不好意思推辭，去了鳴放會的現場。他自始至終一言未發，被戴上了右派的帽子。他問校長：「我一句話也沒說，憑什麼劃我？」校長說：「你為什麼一言不發？你是地主家庭出身，怨恨太多，不敢發言嘛，你一開口肯定走火！」還有一位煤礦工老右，當年在礦上技校做教員，鳴放時他也是多管閒事，對學校書記說：「你已經有五個孩子，不能再生了，再生，你老婆吃不消，孩子也養不活了」，還很有遠見地提出了所謂生命品質的問題。因此被劃為「中右」之後，他年年申訴，可謂不屈不饒，從縣

裏到省裏，從省裏到北京，結果從「中右」申訴成「極右」，從「極右」申訴到收監，刑滿釋放後又開始他的馬拉松申訴。

我對L的指示言聽計從，完成Z交辦的差事，一絲不苟，我什麼都不圖，心甘情願，就因為我們曾是患難兄弟。但我的感覺漸漸不那麼好、不那麼愉快，心裏有了模模糊糊的陰影。我意識到我們的關係有點兒變味了，我和這兩位兄弟的距離逐漸拉大，他倆當官我當兵，人家的「味兒」越玩越正、越玩越大了。

從那時候起，我開始琢磨權力這個怪物，它的本質屬性是善是惡？從古到今，追逐它、擁有它、玩弄它、享用它的人，最終都毫無例外地成了它的奴僕和犧牲，欲望因它膨脹，人情因它淡漠，人性因它惡化，它似乎不是什麼好東西。當時只是對它有所懷疑，後來才明白，權力導致腐敗，絕對的權力導致絕對的腐敗。人類社會沒有這個怪物不行，不拿繩子、鞭子將這怪物管住，限制它、制約它、監督它，必要時彈劾它更不行。它理論上屬於公眾社會，可公眾社會往往顯得很「空洞」、很無奈、很無能，因此需要精心設計一套嚴密的體系，人們稱之為憲政。憲政設計比孔夫子設計的仁政高明一萬倍，前者是經驗的，後者只是烏托邦而已。

就我瞭解的情況，學生造反組織做的事情，主要就是這種在各地基層「點火」，為運動初期被打成右派的人翻案，揪鬥迫害過「右派」的當權派，逼他們認錯平反。L很紳士，提出「絕食讓女生走開」，所以絕食者全是男子漢。到第三天，體弱者都暈倒了，橫七豎八地睡在烈日之下。淚眼汪汪的女生們，偷偷在開水瓶裏放進了白糖。Z喝了一口就全噴吐出來。

L問：「怎麼回事？」Z把杯子遞給他，他也一口噴了出來，舉起水瓶就砸了，還把女生們臭罵了一頓。是的，革命豈能摻假作偽？但是，無論造反的主人感多強烈、多真誠，都是虛假的。當我們把自己賣給造反，我們就淪為了奴隸或工具。比如胡風等人的命運，其實是註定了的，他帶著忠誠，同時也帶著他的主體意識，竭力巴結、討好「革命」也無濟於事，必定遭到革命的拒絕，革命只需要沒有思想的純粹的工具，像當時的流行歌曲所唱的，做一塊磚頭，哪兒需要哪裏搬，做一顆螺絲釘，安在哪兒你就在哪兒老實待著。

絕食鬥爭，因「走資派」答應了我們提出的「公開檢查方向路線錯誤、公開為受迫害群眾平反」這兩個條件而宣告「勝利」。在第五天時，恢復了進食。我們已經沒有氣力站起來，只能由女生和趕來聲援的兄弟組織的人，攙扶著走進廳機關的食堂，那裏為我們準備了稀飯和饅頭。我們幾乎喪失了食欲，也喪失了胃功能。就連喝稀飯也感覺喉嚨火辣辣地刺痛，根本無法下嚥。有經驗的人告訴我們，第一天不宜進食，最好喝點米湯或糖水，讓胃部逐漸適應。而許多送進醫院的人則靠輸液恢復體能。那天夜裏，躺在床上我無法入睡。我毫無勝利者的喜悅，心裏塞滿了悲哀。我們這些所謂的文革發動者所親自率領的「革命小將」，面對擁有權力的「走資派」時，竟顯得如此渺小、如此軟弱無能。我想到了革命的另一面——它的艱難。絕食就是以死相諫，是弱者對付強者的無奈之舉，是非暴力的抗爭，但又畢竟帶有要脅、恫嚇的性質：你總不會眼看

著我們餓死吧，我死了該你負責，所以實質上有一點耍無賴的意味。想到這兒，讓我心裏不舒服。而「走資派」個個鐵石心腸，絕不會心動惻隱；他們又根本不想認輸，一旦承認「方向路線」的錯誤，輕則丟烏紗，重則立刻變成革命的敵人。他們不過是害怕絕食會鬧出人命，讓他們承擔更嚴重的後果，這才作出虛假的妥協。由此我也對文革發動者是不是真的具有最高權威、絕對權威產生了懷疑。他同樣面對著一個悖論：他親手建立的龐大國家機器，照理說，應該比我們這些機器以外的人更加忠實於他，卻並不聽命於他的指揮調動，與他貌合神離的人多得很。利益才是機器的潤滑劑。現在你要「走資派」的命，它能不「負隅頑抗」麼？再說，你們絕食死了，他做個一紙檢查，這對等、合算麼？這一夜的胡思亂想，使我陷入了計算革命成本的「活命哲學」的怪圈，產生了逃避革命的動搖。我為自己的動搖感到害怕、感到羞慚，懷疑這動搖是不是階級出身的烙印？因為如果這是知識份子普遍的革命搖擺性，Z和L就應該像我一樣有這些奇怪的念頭。我無法忍受這些胡思亂想的折磨，卻不敢跟L說。他認定我經受了這次絕食鬥爭的考驗，剛鄭重其事地授予了我一枚「紅衛兵」的袖章。猶豫再三，我決定找Z單獨一談。Z和L已經出現思想分歧，Z對我說過，他只同意靜坐，不同意絕食，L當眾罵他膽小、怕死。那是在恢復進食後的第三天，我們撤回學校休整，L那天回家取東西去了。

　　入秋不久，宿舍仍然熱得難以入睡，我和Z一人抱一床草席到樓頂上露宿。五年來，我們都像這樣享受大自然的免費空調，讓我們在火爐城中得以捱過漫長夏季。初秋清夜，天穹湛

藍高遠，一片星光燦爛。好久沒有仰望星空了，我突然感到大
自然的可愛與親近，令我心嚮往之。

我說：「呆子你看，今夜星星又多又亮。江畔何人初見
月？江月何年初照人？人生代代無窮已，江月年年望相似。你
說張若虛看見的星空和今天一個樣麼？」

Z的身子分明抖動了一下，但他不搭理我。我知道他的
身體還沒有復原，絕食期間，就數他最累，他要為戰地廣播
寫稿，還要參與L同某廳官員的談判，換句話說，我們絕食是
躺在那兒裝死，他絕食卻像是吃飽喝足的人那樣在玩命。他
真的需要休息。但我發現他一直沒有闔眼，和我一樣仰望著星
空。這對他似乎是難得的奢侈和享受，我怎麼忍心打攪他呢？

不久，Z就另立山頭，與L分道揚鑣了。這時，大學、中
學保守的造反派已經七零八落、潰不成軍，剩下的少數散兵游
勇混進了保守的工人造反組織。而造反派也分裂成兩派——激
進的鐵派和策略的鋅派。鐵派拿「革命不是請客吃飯、不是繡
花、不是做文章」，攻擊鋅派是右傾機會主義，鋅派則拿「政
策和策略是生命」回擊，說鐵派左傾。我很為難，不知道應該
跟Z走還是跟L跑，我內心是贊同Z所在的鋅派的主張的，雖然
他們被譏為投機的中間派，名聲沒有鐵派響亮。正當我猶疑不
決的時候，Z主動約我談話。這次長談，實際上就是仰望星空
的那天夜裏，彼此憋在心裏的話匣子的敞開。

Z說：「笨蛋，我必須找你一談，革命正處在十字街頭，
我有預感，前途未可樂觀。」

　　Z就是這樣的人，談話善於開局，製造一種險峻之勢，抓住你，讓你非聽不可，然後條分縷析，事、情、理三管齊下，引你「入港」。他從紅衛兵運動的發生說起，仔細分析鐵、鋅兩派的構成成分：鐵派當中，中學生和大學低年級的學生佔了絕大多數，其次才是像L這樣家庭出身極好、運動初期受迫害很深的人。鋅派人數雖少，大學高年級學生的比例大，看事情、想問題，都比較冷靜也比較深入。

　　Z問我：「你想想，為什麼會這樣？」

　　我說：「鋅派，好像平時喜歡讀書、思考的人居多。」

　　Z說：「你幾乎說到要害處了。」他頓了頓，語出驚人：「我們是民國時代生的人，這就決定了我們早期教育的底子和那些小孩子不同，善良、同情心、正義感、愛，這些普世價值已經注入我們的骨血。革命所要求的脫胎換骨，是不是連這些普世價值也要拋棄？如果是，革命成功後，世界將會是什麼景象？我不敢深想又不能不深想。」

　　Z黝黑的臉上泛出亢奮的紅光，他說：「還記得我提起過的那位高中老師麼？他給我們上第一節歷史課時說，歷史是什麼？歷史沒有劇本，沒有落幕的一刻，沒有天堂或伊甸園。它像一個巨大的經驗的舞臺，你我都是隨機走上這個舞臺的業餘演員。它不是時間，不是數字，不是帝王將相的家譜，不是關於英雄們的傳奇。歷史是西周古墓葬裏一具具扭曲的白骨，是砌進紫禁城紅牆碧瓦裏的汗漬血污，是流淌在你我血脈中的基因，是活著的每一條生命的胎記。講歷史、學歷史的要旨，和所有人文科學的要旨，就在於喚醒你我人性中

最柔軟的東西——那是上帝給予人類最慷慨、最值得珍惜的
饋贈……」

這是我聽過的最精彩的「緒論」。Z說：「我敬重我的老
師，銘記他的教誨，現在我無數次想要否定它、推翻它，可我
就是做不到。」

我好像說過，Z的許多詭異見解，因為當時不甚在意，我
都忘記了，這段話由於講在特殊的時刻，而我又曾回味再三，
四十年後的複述，我敢保證幾乎一字不差。

那天，我覺得Z簡直神了，他竟然看出了我內心的惶惑，
他說：「前幾天晚上你想找我談，想談什麼我知道。我不是相
命先生，但你心裏的話全寫在臉上，L都看出來了，我能看不
出？L說：『笨蛋被這次絕食嚇著了、動搖了，你抽空跟他談
談。』L只說對了一半，你不是怕死，你有自己的思想。一開
始我反對絕食，只是憑感覺而已。在絕食當中我就動搖了，比
你動搖還早、還厲害。我那天不想同你談，是因為我還沒有想
清楚。老實告訴你，不僅絕食，架飛機、戴高帽子、掛鐵牌子
甚至動粗，所有不把人當人的言行，我都反感。而且，我知道
你心裏也不能接受。最近我做過個別調查，我身邊的人，內心
感受跟你一樣。革命的可怕在於，它造成了一種越左越革命的
氣勢和氛圍，架著你走。革命不容許有異見，不容許有雜音，
我不能不懷疑它是否正常合理。跟著L鬧了幾個月，我發覺我
的自我喪失殆盡，這不符合我的信念。和L對立，我也很難
受；但我必須選擇走我自己認為正確的路。」

Z最後講的話，我也記得很清楚，因為很快就得到了應
證，他說：「L處境很危險，我替他擔心。我相信，你我都不

怕死——我們已經死過一回了，但是，我們犯不著在明知的情況下去為某個神明殉葬。」

就在我加入Z的鋅派不到半年之後，1967年寒冷料峭的早春，綿綿陰雨澆滅了不久前的狂熱硝煙，殘留的大字報在冷風冷雨中瑟瑟顫抖，突然變得荒蕪冷清的城市瀰漫著陰霾，四周充滿了令人窒息的殺氣。革命的反巴掌第一次搧了過來，幾天前還是不可一世的造反組織紛紛遭到取締。有內線消息說，L的鐵派造反兵團很快就會被宣佈為反革命組織。如果情報可靠，L就有可能遭到逮捕。我剛巧收到故鄉發來的電報說我母親病危，我猶豫著要不要回去，這時候離開共患難的朋友很沒義氣，且有當逃兵的嫌疑。L主動找到我，送給我一張回老家的輪船票。那天他看來特別消瘦，鐵青的臉顯得十分疲憊，眼珠子轉動無常，特別心神不寧。

他說：「Z告訴我了。你回去吧，趁早孝敬你母親，以後的事情誰也說不好。當初Z不讓你參加進來是對的，幸好你陷得不深。」他突然惡狠狠地罵道：「他娘的，老子們又上當了！」

正在我驚詫莫名之際，Z氣喘噓噓地跑了過來，瞧了我一眼，然後將L拉到一邊，對他神秘地附耳嘀咕了一陣。

L走過來，給了我一拳，苦澀一笑，說：「笨蛋，再見了！希望我們還能活著見面！」

L又給了Z一拳，神情嚴峻地說：「呆子，跟我走吧，你這麼聰明，怎麼就一根筋呢？」

　　Z卻一臉的沉鬱，說：「我別無選擇。沒有退路。即使為了不被『秋後算帳』，我也得再往前走，能走多遠，我還不清楚。從理論上說，革命不徹底，我們似乎永遠沒有活路。不過，你們倆放心，我不會再參加任何組織，打算約幾個志同道合的人，一道研究這場革命。」

　　Z的這番話，當時來不及展開深談，並沒有引起我的特別關注，但我聯想起不久前他同我講過的「動搖」，隱隱感覺有某種潛在的危險。後來我才想明白，真正處於危險境地的是他而不是L，因為以他的氣質性格，和他那鑽研歷史的牛勁，他的思想不可能與革命哲學合拍。他開始系統研讀馬克思的經典著述，從這裏開始，直接切入中國農民戰爭史和法國大革命，以及英美憲政史。這在當時，絕對是屬於「離經叛道」的。我萬萬沒想到，Z會因言論罪坐牢如此之久，直到後來撥亂反正還維持原判，照理說，否定言論罪本來就應該是撥亂反正的實質內容。

　　三個難友抱作一團作生死離別。停在宿舍樓下的那輛司令部的軍用吉普嗚咽著喇叭，在催促L上路……

　　L逃走後，Z告訴我說，他和L徹夜長談，彼此誰也說服不了誰。Z說，L已經徹底絕望，決心告別革命。他父母已被接往北京保護起來，他應該沒有後顧之憂的。但他玩了一把覺得夠了、煩了。Z還說，L的父親寫來一封信，裏面只有兩句詩：「百代都行秦政事，十批不是好文章」，也不知是誰的話。

　　我擔心地問Z說：「聽說一枝花懷孕了，他打算怎麼辦？」

　　Z說：「L答應娶她。」

Ｚ忽然沒頭沒腦地說：「大浪淘沙，人是會變的。……我感謝生活，讓我有幸經歷了這場暴風雨的洗禮。一切歷史的記述都活了、有質感了，細節豐富、具象、生動。我會終生受用。我正在思考一些歷史文化的問題。這既是現實需要，又是我的興趣所在，我不會放棄。衝衝殺殺的暴力行動我一向反感，但我勸阻不了Ｌ。你知道的，那次行動，我就只同意靜坐而不同意絕食。我不怕，我沒有做一件過激的事情。文化革命要考慮文化建設。『破字當頭，立在其中』的說法未必正確……」

我嚇著了，「這可是老爺子說的……」

「那又怎樣？」Ｚ一激動，黝黑的臉上就會泛出紅暈，他說：「我誰也不崇拜，只尊重自己的體驗和思想。就算他說的是真理，那也只是相對真理，世界上不存在絕對真理，人類只能一步步接近它，但永遠不可能到達。這就像數學上的無窮大、無窮小，是作為極限的存在而不是具體的存在。」

我在Ｚ的面前總是只有當聽眾的份，因為他想的問題我根本沒想過。當時我的確認為他了不起，但Ｚ居然懷疑關於破立的思想，這豈不是自己找死？又著實替他捏一把汗。

我說：「前一陣子流行『懷疑一切』，據說是馬克思說過的，你相信『懷疑一切』麼？」

Ｚ想了想，說：「這個命題存在著悖論，懷疑一切，要不要懷疑『懷疑精神』本身？」記得我的歷史老師說過：「萬物懷陰抱陽，沖氣以為和」，做學問的人都應該手執一枚硬幣，一面是質疑，一面是寬容。記得Ｚ還引用孫中山的話說：「中國

人之心性理想，無非古人所模鑄，欲圖進步改良，亦須從遠祖之心性理想，究其源流，考其利病，始知補偏救弊之方。」當時我只聽了大概的意思，後來才從孫先生的文集中查找到這段話。

Z說：「我送你一句話、一首詩。那一句話是：對誰都不要輕信盲從，除了自己的眼睛和腦子。詩則是于右任先生的〈漢武帝陵〉，很早我就記得，最近才似有所悟：『絕大經綸絕大才，罪功不在悔輪台。百家罷後無奇士，永為神州種禍胎。』我有個感覺，終有一天你會對文史感興趣的。你要走了，你我就此道別吧，我動用最後一次權力，派車送你去碼頭……」

誰會想到，這一別就是半年，直到夏天「畢業分配」時才匆匆一聚，然後關山阻隔、天各一方，再相見已經是三十年後的事了。

多年後我曾拜訪過L。L面色紅潤，略有發福。在寒暄中得知，一枝花現在是他的「全職太太」。

我問L：「你當時想了些什麼？」

問這話的時候，他已經是某省某廳的廳長了。在他的插著兩面不大不小的旗幟的闊綽辦公室裏，他抽著上百元一支的香味誘人的古巴雪茄，想了想，說：「先是害怕，人一害怕，腦子就不好使了。我挺不住，主要是我的自尊受不了，什麼東西！在我面前搖頭震角地那般羞辱我！那天晚上，我突然有了靈感──那時不是正流行『血統論』麼，我的命運根本不取決於我，也不取決於G等人！我父母死，我死；父母生，我生！我承認不承認那些屁話都一樣，我需要時間來替我說話。」

我說：「我是專程前來向你贖罪的，你假如再堅持幾分鐘，我和Z就要出賣你了。」

L瞪大眼睛盯住我，讓我無地自容。

他深吸一口雪茄，說：「你好像變迂腐了，那些破事還提它做什麼！」

他向我打聽Z的近況。

我說：「已經出來了，被一家私營文化公司聘去做文案。」

L說：「他還幹這個呀。」然後就沒有了下文。

L當時的想法，我看至少有一半是真的，我們的文革經歷完全一樣，命運卻截然不同。這以後我沒有再見過L，逢年過節也很少打電話互致問候。說我們選擇了不同生活、處在不同的社會地位，未免太書卷氣，這麼說吧，我們各忙各的，再交往和交談的興趣不大了。只是Z，還會與我偶爾通通電話，也不過互問平安罷了。

第五章

多年來我把這一天認定為我的遲到的成年禮

可以說，文革改變了我一生的命運，雖然我的命運原本就是由嚴密的計畫體制決定了的，所謂改變也只是某種程度上的不同而已，該發生的遲早都會發生。當我清醒地看透這一點時，為時已晚。我總在掙扎，如蜘蛛網黏牢的一隻小蟲，直到掙扎得筋疲力盡才認命，從此閉上眼睛，在無邊的黑暗中坐以

待斃。我不得不從事的、毫無意義的、簡單重複的勞作，儘管可以換取麵包和水，但如果沒有一絲空氣，黑暗的大磨盤一樣會將我壓扁，叫我窒息而亡。所幸我的生命裏存有一縷星光，在最陰冷的日子裏給我撫慰，儘管它是那樣微弱、那樣遙遠。

令我意想不到的是，就在第一次批鬥我的大會上，她出現在現場。

我已經把她遺忘。當我陷入生死掙扎的泥淖，一切美好的東西，包含人性善良的一面，都被黑暗所吞噬，就連在夢中，再也沒有夢見她的溫存了。我感謝上帝，在我絕望的時刻，把她送到了我的身邊。

她失蹤很久了。我幾乎沒認出來她來。她的波浪式捲髮拉直了，用一條白緞帶挽了個馬尾巴。夏天常穿的布拉吉，換成了一件草綠色的大翻領短袖衫，有幾分像女軍裝，又不是很像，我猜想是她自己設計的。線條精緻的裸臂，仍然白皙得耀眼，左手手腕上的英納格依然金晃晃的，這不免令我擔心。她的臉色失去了紅潤和光澤，儘管看上去仍然比她的實際年齡年輕。眼睛還那麼圓、那麼亮，只是沒有了熱情的電光，顯得沉靜而憂鬱，還有點迷惘，總像在想自己的什麼事情。我感覺，那些針對我的批判的暴烈言辭，她並沒有入耳。她的眼睛沒有在任何人的臉上停留，但我敢肯定，就在我偶爾（只能是偶爾）朝她一瞥之際，她的目光與我對視了一、兩秒鐘。僅僅兩個月前，船舷邊的一席長談，她不會忘記，就像我還記得所有的細節一樣。但她此刻的眼神空落落的，像湖水般平靜，似乎

我與她形同陌路。轉念一想，她毫不露怯的鎮靜，毫不閃爍、毫無內容的眼神，恰恰是一種深刻的內容、一種暗示，她在告訴我說，她沒有看錯人，無論她或我，都不會在某種場合以某種方式互相傷害。而且今天對我的這些批判，並沒有擊中要害，在她看來無足輕重。幾天之後我才知道，就在她失蹤的日子裏，她經歷了從天堂到地獄的跌落。

　　那天見到她之後，我很想再見她一面，這個念頭像魔鬼般纏住了我，好像這是我今生今世最後的奢望。我想起她曾經說過，她每天晚上，無論有沒有月光，無論起風或下雨，都會到山腳下的梅林散步。當時我沒有在意，沒有深究她說這話的意思。現在我忽然領悟，她這是在暗示我，可以到那裏與她單獨會面。我在心裏狂叫起來。感謝上帝的成全，那天天剛黑，G等人就又去「碰頭」了，不知道惡運又將落到哪個倒楣鬼頭上，而其他人是根本不敢跟蹤我的──我已經被揪出來，誰和我單獨相處，誰就會遭到懷疑。我先去上廁所，蹲到兩腿酸麻，捱到天色大黑，然後溜出宿舍，一徑奔向校園後門。山下梅林，在慘澹的月色下，疏影橫斜，只是夜氣中並沒有浮動的暗香。遠遠地我望見一個於林間徘徊的人影，立時斷定是她。我放開喉嚨大叫：「老師──」聲音哽咽，全然沒有預期的那麼響亮。

　　她快步迎了上來。她先開口說：「我有預感你會來。我其實很久沒有來這兒了。」

　　我脫口而出：「我知道。」

「你知道什麼？」

我沒話說了，我什麼都不知道。

昏天黑地的鬥爭，讓我早就忘記了日月陰陽。我對她說：「我想知道今天是什麼日子。」

她抬腕看了看金手錶，平靜地說：「1966年7月31日。」

我說：「記住了。」

月光映著她慘白清瘦的臉，她把目光投向黑黢黢的遠處，陷入沉思——

……省城有個最大、最具名望的資本家，1949年，朋友們勸他去香港，他卻執意留下。他把全部產業都無償捐給國家，換取了一個政協副主席的名份。他從此賦閒在家，練練字、畫畫圖，吃一份皇糧，還有定息可拿。他總是要求他的女兒發憤讀書，追求進步。女兒很乖，一路順利地讀到大學畢業，還加入了組織。她一直被當作「可以教育好的子女」的典範，她的自我感覺也不錯，她喜歡教書，幻想哪天能遇上天才學生，將來成為一流的科學家，那就是她的成就。可以說，她的所有心思都在這裏。她得承認，她很孤獨，因為眼光很高，周圍沒有一個她看得上的人……然而，幻想很快就破滅，因為她發現並沒有天才成長的環境。天才都是另類，這裏只允許平庸的同類，不允許天才的另類。於是，她第一次也是最後一次，對她喜愛的學生透露了心跡——

我的眼眶潮濕了，我喊了一聲：「老師！」

「你聽我說完。」她自顧自地說下去，「但我很痛苦，我不能敞開來談。我的顧忌太多。我想，他很聰明，他會在今

後的路上回味我的那番話，懂得學會保護自己，營造一個小環境，潛心學問。就在十天前，我的家被查抄了，父母突然失去了自由，我才明白，個人的任何努力也許都是徒勞的，社會太強大，太強大了！」

她的聲音顫抖著，瘦弱的身子也顫抖著，我湧起一股衝動，想要擁抱這個比我更孤獨、更無助的女人。但我突然間意識到我的戴罪之身，激情驟然冷卻下來。

我想，以她的敏感，當時肯定洞穿了我的心思。果然，她說：「不管哪方面，你都不要為我擔心，我比你有經驗。倒是你，我擔心你扛不扛得住。」

我強打精神，硬氣地說：「我不怕，我沒有什麼『三反言論』，他們不至於……」我想到我最害怕的事，我不能再向她隱瞞，我說：「只是……」

「只是什麼？能告訴我麼？」

「只是我抽屜裏藏著一筆錢……」

她苦澀的笑了，「多少錢？」

「一百多元吧。」

「哪兒來的呢？」

「不知道。」

「怎麼回事呢？」

「我真的不知道，我想過無數次了，就是想不清打哪兒來的。也許我夢想有一筆錢，想了千遍、萬遍，上帝憐憫我，賜給我的；或者像寄生在肌體、大腦裏的蟲子，不時蠕動一、兩下，然後就長大了、變異了，變成了那筆錢。」

她笑著說：「我懂了。」

我覺得很奇怪，她居然笑了，而且還說「懂了」，我後悔當時沒有問她，她說懂了是什麼意思。也許是她接下來的話嚇壞了我，我根本來不及發問。

她說：「這不成問題，萬一他們追問錢的來歷，你就說是我送給你的。我想送支手錶給你，你不要，我就讓你自己去買。」

我趕忙說：「我不想連累你。」

「我比你想像的勇敢。再說，老師資助學生，說得過去。」

我謝謝她，她說：「我不過開了張空頭支票，值得你道謝？應該道謝的是我呢！」

「為什麼？」

「你信任我。」

我忘情地一把捉住了她的雙手，一股暖流衝向腦門，只覺得天旋地轉，萬物不復存在，接著便聽見我和她的心怦怦跳動。她一動也不動，凝望著我，她的眼裏閃動著淚光，就像這夜空的星辰。月亮藏進了雲層，她向我靠了過來。我聞到一股異香，清淡而雅潔，感覺她的呼吸越來越急促，溫熱的氣息在我臉上輕拂。

我囁嚅說：「能讓我摸摸你的手錶麼？」

她突然一聲輕笑，抬起左手腕，拿那支金手錶輕輕地在我的面頰上蹭了兩下，然後緩緩移到我的唇邊……我卻很不老實地捧起她的手，狂吻不止……

就在我渾身發軟、腦子迷亂發暈，快要失去知覺的時候，她抓住我的手，緊緊一握，說：「你該回去了，要當心啊。」

我漲紅了臉，怯怯地問：「你呢？」

「我還想待一會兒。」

「那我再陪陪你。」

「別這樣，這⋯⋯不好。」她別開臉去。

我正要悻悻離去時，她突然說：「你回來。」

我又重新回到她身邊，等著聽她最後的囑咐。她的眼睛裏噙滿淚水，望著我半天卻不言語，嘴唇不停哆嗦著。我從這哆哆嗦嗦中，讀出了她微弱的唇語：「抱抱我」⋯⋯

這聲音迅速放大，咚咚地撞擊著我的心鼓，我不顧一切，給了她一個男子漢的強力擁抱。我感覺她全身都在顫抖，她面頰灼熱，淚水汨汨而出。我吮吸著她鹹濕的淚水，嘴唇情不自禁的想要去尋找⋯⋯她拼盡全身力氣，掙脫了我的摟抱⋯⋯

後來我讀到無數的回憶錄，我得出總的印象是：無數的戴罪之人要麼終生沒有嫁娶，要麼沒有愛情，和太監、宮女並無二致。我只記得一個例外，那就是寫《北極風情畫》和《塔裏的女人》的作家無名氏，他靠上海弄堂裏踩縫紉機的、幾乎不識字的女人養活到七秩之年，逃到臺灣後遇上了一位如花似玉的青春才女，締結良緣的儀式由蔣經國主持。我曾為他的才情所折服，不知何故，他晚年的著述我竟沒有心情找來一讀了。

多年來，我把這一天認定為我那遲到的成年禮。我會這麼認定，當然有我的理由。一位女性，當你感覺她既是情人又是

朋友，甚至還是姊妹、是母親的時候，你才長大成熟；更重要的，我經歷了被迫害的革命和反迫害的革命，經歷了內心恐懼和掙扎，經歷了對歷史、對社會、對人性淺薄卻認真的思考，經歷了黑暗和從她身上僥倖見到的一根火柴的光亮。我就像賣火柴的那個小女孩，在漫長的寒夜裏一次次劃亮我珍藏的這根火柴，直到它最後燃盡，我才沉淪於無邊的黑暗和無盡的絕望之中，然後才像娜拉一樣毅然出走。而我一想到「出走」兩個字，我就會想起她，她讓我懂得了，即使在最黑暗的去處也有人性之光，只要地球上人類的生命沒有毀絕。我還會鬼使神差地聯想起瞿秋白和他的《多餘的話》：中國的豆腐很好吃，《紅樓夢》還想再讀一遍⋯⋯

第六章

我贏得了苟活，卻輸掉了作為人最不該輸最輸不起的東西

　　A把我喚醒的時候，太陽就快要落山，漫天晚霞如火燒火燎一般，整個原野瀰漫著淡青色的暮靄。奇怪的是，偌大的園子變成了小巧精緻的花園，A的公寓原來是一幢白色別墅，掩映在參天林木之中，分外幽靜。這就是她的森林物語麼？她什麼時候把我帶到這兒來的呢？我摸了摸額上冷涔涔的汗珠，昏昏沉沉的夢魘還沒有走散⋯⋯

……我最終還是被抄家了。理由是我攻擊了系裏僅有的三個組織中的人，而攻擊他們就是攻擊組織，而且是全面的惡毒攻擊。G等人搜走了我從十四歲到二十三歲寫的十幾本日記。當日記被一本本抖開時，我的臉色嚇得煞白——奇怪的是，我的那筆錢竟然神話般的不翼而飛了！當時我並不為錢的丟失惋惜，我暗自慶幸，再也不用將她牽扯進來。她為我設計的那段說詞，至少會讓人們瞠目結舌，讓G等人妒火三丈的眼珠子瞪掉下來……現在我不得不懷疑，我究竟有沒有那筆錢了，當時她說「我懂了」，是不是根本就不相信我有那麼一筆錢呢？我又想到了Z。他比我聰明，他把他寫的讀史筆記「人不知鬼不覺」地寄回了農村老家。三十年後他才告訴我這件事。他說，那些東西現在他無論如何也寫不出來了，儘管思想更趨成熟，激情和犀利的筆鋒再也找不回來了。當時他的思考已經接近現在的歷史學者，只是後來有過動搖而繞了個大彎子。他說：「你還記得我的那隻小掛包麼？」我說：「記得，你的中學歷史老師送給你的。」Z望著遠處，說：「我在牢裏，除了你，他也來看過我。我頭一年考上了師大歷史系，他不讓我去，他要我把學工當飯碗，把歷史研究作為精神生活。我的筆記是他保存下來的，他用油紙一層層包裹，塞進土罐子，埋在他屋前的青石板底下。他是右派。前年他走了，我給他送終。他一生沒有婚娶，把我當兒子。我在牢裏練出了一手絕招，把思考用反面文字表述。」Z說，他將給兒子留下遺囑，在他死後的某一天交付出版。我說：「如果現在想出版，我可以幫忙。」Z淡然一笑，說：「還得打磨，還得寫。」他頓了頓，又說：

「更主要的，我想，活著就好。」Z臉上慘澹的笑，就這樣刻印在我的腦海裏……

這個曾經預言，我有一天終會對文史感興趣的鬼才，將自己包裹起來，盡量低調的活著。但我相信，他的銳氣和才氣絲毫不減。他又想在、走在我前頭了，而我卻還在重複著他當初的老路。我寫過數百萬字的東西──小說、評論、隨筆、雜記，什麼都有。我和自己約定，不講假話，只說真話，為此我不得不煞費苦心。我感到很悲哀。人們今天不再需要魯迅的吶喊或彷徨，故而推崇梁實秋的雅舍小品。我精神上活得累，Z卻自在得多。這次談話讓我從此陷入一個矛盾之中，是選擇直面社會、人生，還是選擇大隱於市？哪種活法更有意義？

「做什麼美夢呢？你睡得好香啊。老在叫喚一個女人的名字！」

「沒什麼，一個長夢。」

「說給我聽聽，知道麼？我最會圓夢的。」

我不再說話，跟著她走進了她的白色別墅。我覺得很累，況且這會兒我根本不知道該上哪兒去。

「你一上車就睡著了。我還以為你會陪我說說話呢，真掃興！」她半是認真半是撒嬌。

她讓我去洗洗澡，我叫她先去洗，我想坐一會兒。很快地，淋浴間裏就傳出嘩嘩的水流聲。我隨意打量寬敞的客廳，裝修精緻高雅，蔚藍色的主調顯出一種濃鬱的澳洲海濱的南太平洋情調。一只碩大的熱帶魚缸上方，懸掛著一幅澳洲牧場的

照片。那可能是她待過的地方。牆壁上泥金相框鑲嵌著幾幅抽象油畫，線條、色彩十分潑辣，洋溢著澎湃的激情。最引人注目的是那套音響，產自加拿大「楓葉之聲」這個牌子。這比她那支勞力士金錶不知貴重多少。她的那位同學不懂音響，但我卻是個小有名氣的發燒友。看來，A是講究生活品味的小女人。我突然想起，我好像是為了來省城買支手錶而找她搭車的。我不禁啞然失笑。我現在早就是手錶收藏的愛好者了，哪裏需要買什麼勞什子的上海牌呢？一個人的夢竟然如此荒唐。抬眼看見對面牆上的數字鐘，草綠色的螢光定格在1990年7月31日。距離我的夢境，已經整整過了二十四年，轉眼我就是年過半百的人了。人生如白駒過隙，如花美眷、似水流年，浮生若夢，事如春夢了無痕，真是這樣的麼？人的一生中有數不清的故事，大多會被時光的篩子無情淘去，然而畢竟有抹不去的記憶，那沉澱下來的物事，才是生命的血肉精神，才彌足珍貴……

「你還在想些什麼呢？」

她從浴室嫋嫋走出，一襲米色的真絲睡袍長裙曳地，悉悉索索，帶著清涼的水氣和我叫不出名字的香水味。應該說她是容光煥發、性感迷人的，我應該很有風度的誇讚她一句「你真漂亮」或者「你氣色真好」，但我當時鬼迷心竅，心思全然不在她身上。

「你知道什麼叫抄家麼？」

她一愣，然後作出一副很認真的樣子回答：「當然，查抄榮國府，我讀過你寫的文章，想考我呢！喂，《紅樓夢》的後三十回，真有賈府的第二次抄沒麼？」

我沒有搭理她，一任自己的思路滑行，「你擔心抄家麼？」

「說什麼呢！這一切，都是我打拼來的，又不是非法所得！你真渾！」

她當真惱怒了。

我盯著她左手手腕那支金晃晃的勞力士出神……Ａ太像她了，也是齊耳短髮，也愛穿長裙，圓圓的、紅潤的臉，又圓又大的眼睛，膚色白皙得透明發亮，嫩藕一般的裸臂，算不上漂亮，但極有風韻，而且最重要的，總是標誌性地戴一支金晃晃的名錶……時光像一塊哈哈鏡，在我眼前晃蕩，恍兮惚兮，一下子又倒轉了二十四年……

「又想什麼呢？……剛才罵你了，對不起……」

「不不不，該罵，我的問話實在混帳，我該道歉！」

「大男人知錯能改，不錯！我要犒賞你！」

她從茶几上的法國刻花玻璃果盤裏挑了只蘋果，熟練地拿起削皮器旋轉起來。這種削皮器我在北京燕莎見過，價格千元以上，當年夠我買十支上海牌手錶……

「給。」她拿了削好的蘋果叉上，便往我嘴裏送，我趕忙用手去接，她打掉我的手，說：「髒」，堅持把蘋果餵到我嘴裏。

她孩子似的一屁股「頓」在我身旁的沙發上，孩子似的靠在我的肩頭，笑盈盈的望著我說：「我喜歡看你吃東西的樣子。」

我握著叉子，咬了一口蘋果後，嘟噥道：「就這？」

「這還不夠呀，太貪心了吧！一個人吃相好看，什麼都好看。」

「中看未必中用。」

「你說誰呢！」

「說我自己。」

她嘟起了嘴，說：「幹嘛呢，自己損自己！喂，你知道我喜歡你什麼？」

我說：「什麼？」

她用指頭點向我的額頭，說：「這兒！知道麼，你是個天才！」

苦澀的笑凝固在我的嘴角。《沒用人的一生》，那部俄羅斯小說的篇名，幽靈似地又冒了出來。小說令人窒息的氛圍，凡讀過者，終生揮之不去……或許她看了我的業餘論文《流體質點旋轉速度的數學證明與辨誤》，才決定與我作那番長談的吧？理論物理只是我的課餘愛好，它需要的數學準備，遠遠超出了對一個工科學生的要求。這是A不知道、不理解的，她卻知道、理解，她說：「我懂了」，是真懂。聽說她早已經飄洋過海，定居於人間天堂溫哥華了，今生今世再也見不到她了。A不過讀了我的幾篇不像樣子的小說和文章，竟也以為我是天才。難道我當真是天才？即使A和她不是出於女性的偏愛，我也頂多只是個沒用的天才。畢業分配時，唯一一個中國科學院的名額，在毫無爭議的情況下給了我，不久我被告知政審未獲通過。我被改分到一座小城的一家小廠裏。我因為被革命裹挾、參加了一年的「停課鬧革命」（準確地說，不到五個月），那些愚蠢的遊行集會，靜坐絕食，聲嘶力竭的吶喊，而在革命中後期及革命結束之後，不得不接受一次又一次的「審查」。革命對我的懲罰，是叫我蹉跎了年華。我和我們一代人的苦難，足夠寫無數部多卷本的長篇小說《沒用人的一生》。儘管如

此，我和小我幾歲的弟弟妹妹們相比，仍然幸運得多，後來一切的「革命政策」，從上山、下鄉到下崗，他們全趕上了。

「你知道文革麼？」我嚴肅地問Ａ。

「文革？不就是十年動亂麼？造反……」

我伸出食指貼在她的唇邊，讓她噤聲。然後鄭重地告訴她：「這很複雜，不像你想像中的那樣。」

她迷茫的眼神告訴我，她不懂。

「他們中間不乏爭取個人自由的人。」

還是不明白。她天真地搖晃著腦袋。

「讓我為你具象地描述吧──我曾是他們之中的一員。」

「哇，真看不出你有那麼神勇！」

我徹底絕望了。戀愛中的女人，可以頃刻之間轉換情感、轉換心理、轉換詞藻，把問題和疑點斷然抹去，用激情的幻想取代現實，把由衷的讚美賦予她鍾情的、幻想出來的偶像。世界上再沒有比她們更可愛也更糊塗的人了。

我站起身來，想了想，用一種調侃的方式向她作別：「多謝你的茶，多謝你的煙，多謝你的板凳，我坐了半天！」

她果然被逗樂了：「貧！」

我說：「其實，我就是個耍貧嘴的末流作家，小姊你千萬別把我看高了。我該告辭了。」

Ａ差一點沒有反應過來。她突然一臉的失落和傷感，撲過來箍住我的雙臂。

「你是不是認為，你的那位朋友是個障礙？你太不理解我了，我怎麼會喜歡一個亂嚼舌頭、小心眼的男人呢？」

「我理解。」

「我知道他對你講過，這支手錶，你想聽聽它的故事麼？」

「不。」

「……那，你還猶豫什麼？……我想得到你……真的很想……」

說著說著，她倒在我的懷裏。

不知是出於感動還是憐愛，我輕輕摟住了她。我曾經的熱血湧動、曾經的男子漢的強力擁抱、曾經的青春和欲望的燃燒，如那山下梅林的疏影，如當年的那輪明月，都成了遙遠的夢，再也不復得見……生活讓我變成了一個冷漠的人、純粹理性的人、怯弱的人，有思想卻不敢言說、有情感卻不敢表露、有骨頭有血肉卻不敢擔當的人——我贏得了苟活，卻輸掉了作為人最不該輸、最輸不起的東西。

我懷裏的姑娘，肉體和靈魂都那樣鮮活而真實，她不懂得我根本沒有資格也不可能想得清楚，我愛不愛她或者該不該愛她。我得承認我對她的輕蔑，我所經歷的歷史，如一本艱澀厚重的大書，她連一頁都沒翻過。我還得承認我對她的妒忌，應該說她比我幸運一點吧，她畢竟依照自己的內心真實，敢說敢做。我的眼光，落在對面的熱帶魚缸和它上方的澳洲牧場風景照上。我就像一頭被流放的老羊，在不毛之地的山裏覓食，還要面對虎豹豺狼。她像那頭羊羔，卻是吃別人的奶長大的。牧場寬闊，有吃不完的青草，她看不見遠處的柵欄，就像熱帶魚看不見透明的玻璃一樣。我想，她其實是很無辜的，要求她分擔我所經歷的苦難，這不公平，對歷史的遺忘和無知令人遺

憾，但這哪是她的過錯；該負責任的是我們這些當事人、過來人，是我們嚇破了膽，或者未老先衰，或者犬儒化了，害怕或懶得去講述歷史。生活總是殘酷的，因為生活就是活著的歷史。無論是我也好，她那位同學也罷，真不該只看到她幸運光鮮的一面，她有屬於她這個時代的另一種怪異的、更難的難題必須面對，我們倒好，把擔子輕悄悄地往她們身上一推，落得清閒，還自以為挺深沉。我也想過，她莫非是上帝給予的禮物？上帝憐憫我經歷了太多的苦難？只可惜，時間的箭頭只有一個方向，這同樣是上帝的決定，不由我們說了算，在宇宙時空的坐標系中，我和她的軌跡錯開太遠。

我總在欺騙自己也欺騙別人，現在我不能不玩一把真誠，我說：「你聽我說，必須聽我說。你想得到的想法，我相信是真實的，你有表達欲望的權利和自由。我可以給你，但我清楚，我所能給予的，對一個女人是遠遠不夠的。我的心早在二十四年前的一個月夜死了，一定要說它活著，那也已有它屬，屬於一個女人，不過你永遠不必妒忌她。」

我能說出這番話，實在很了不起，我自己也吃了一驚。原以為一輩子學不會拒絕的，竟以自己的方式說了一回「不」。

我把A一個人撇在了她的白色別墅裏。隱隱傳出的啜泣聲，叫我心痛欲裂。我知道我又在逃跑，我咬著牙告誡自己：「不要回頭，不要回頭。」

寬恕我吧，我的上帝！

後記

　　丙戌夏月，溽暑兼旬，予不耐冷氣，斗室如蒸，思力遲鈍，顓腦昏然。時下人魔，糾集襲擾；前塵往事，紛至遝來，意緒紛雜，如流不暢，壅塞難泄，若不訴諸筆墨，則有潰堤決岸之虞。無可如何，乃重理舊業，以虛構之文體，演當世之幻象。恣意揮灑，縱情任性，忽得五萬餘言，名之為小說，似在無可無不可之間。章法不循成格，文字罔計工拙，尤以第四章為甚。磨勘實驗，得失在心，唯披瀝肝膽，略存亂世鴻爪而已哉。

思雨樓主人識
丙戌暑月下浣

2006年8月二稿
2006年9月5日三稿
2006年10月再改

思雨樓夢稿

風景

我們幾個男人，兒時就是玩伴。後來，戀愛的戀愛了，成家的成家了。但在這天，一個女生也沒有，就幾個兒時的玩伴，去了很遠的地方。走出喧嚷的城市，走過荒冷疏落的村鎮，然後鑽進了密密的雜樹林，林子一片濃蔭，遮天蔽日。也不知走了多久，出了林子，始見天光。回頭看那片森林，竟急速向後退去，漸遠漸小，縮至一黑點而消失。但見芳草鮮美，碧色連天，頓覺心胸豁然。極目四望，無際的天、無邊的地，不見人蹤鳥影，萬籟也屏住了呼吸。天是綠的，地是綠的，連心也綠了，像是這天和地給染的，像是竹葉青給醉的。這裏似乎離出發的地方並不遠，卻那樣陌生，彷彿天涯地角。惺忪的醉眼裏，這蔥綠的、靜謐的天地，搖搖晃晃，忽然切換了鏡頭，成了雪白的世界，白的天、白的地。沒有陽光，沒有風，沒有雪飄。置身無垠的雪原，全身卻是暖融融的。看看腳下，不見積雪上有自己留下的印痕。這才明白，我們是迷路了。

抬眼望去，遠遠的有兩個人影，農夫兩手拄著鋤頭把，支頤於其上，農婦一手扶著耙，一手插在腰際。兩人盯住我們這幾個闖入者，眼睛裏既沒有鄙視、嘲諷或者敵意的凶光，也沒有驚詫，亦看不出同情和愛意。那種沉靜，分明是智者的安詳。不過，在這神仙境界，我倒真想遇見夢中的拈花者，給我們看那神秘的微笑。

「請問，我們這是在什麼地方？」

「在你們在的地方。」

「我們打哪兒來的？」

「從來的地方來。」

「我們往哪兒去？」

「往去的地方去。」

「……那麼，二位呢？」

「跟你們一樣。」

我們驚訝於農人的腳下並沒有壟畝稼穡，也沒有一絲剛才耕作過的痕跡，卻不便再問。倏忽間，農婦、農夫便雪人似的融化了，與白茫茫的雪原融成一片，好像從來不曾存在過，更不曾與我們說過話。但我敢肯定，方才所見不是幻覺，我聽見嗡嗡嗡的聲音，空曠的雪原，殘留著我們剛才大聲說話的回響。

我們不敢朝著農人站過的那個方向走去，其實，那個目標也看不確切了。我們並不曾商量，不約而同地朝前走，很有默契地稍稍偏離那並不確切的幻象中的目標。

艱難的登上雪原高處，隨意坐下休憩。我的手觸摸到地上，卻不覺冰寒，那不是雪。暖融融的、毛茸茸的，是「地毯」，是密密匝匝連成一片的無名小花。五瓣的野花，蕊呈微紫，花瓣張開來也不過綠豆般小，花朵一樣大小、花莖一般高矮，一色的、萋萋的，宛若雲錦，從腳下一直鋪向天邊。沒有一個同伴發出驚呼，也不相互詢問，這發現是真是幻。難怪雪原白得耀眼，白到極致，其實是隱約摻了點兒微藍的。我忽然憶起岳陽樓那無數楹聯中，最短的一幅：「水天一色，風月無邊」。最美的物事，原來最簡潔、最單純。眼前的景象，「海

天一色」四字便足以形容。整片原野，是花的海洋，白得耀眼；整片天空，是雲的海洋，也白得耀眼。連風和月都沒有，是可以省略的了。

再往前看，便是要朝下看了。花海起伏著，原野也起伏著，我正坐在一個巨大的「盆」的邊緣。來的路是陡坡，前行是盆地，山谷一般深的，卻因為極大，才不顯其深。近乎半邊葫蘆的形狀，展開一個碩大無朋的極光滑、極優美的曲面。對面那海天相接的去處，才是「盆」的另一處邊緣，朦朦朧朧，一條若隱若現、似有似無的地平線，輕紗般地浮動著。

差不多同時，我們幾個坐在盆地的邊上，旋過身子，向下滑去。坡很陡，無須一點作為，便順勢往下溜，儘管花地原是厚而鬆軟的，溜得倒挺順當。這感覺好美妙，如滑雪般享受。不一會，速度加快，越來越快，頓時天地搖晃起來。幾個玩伴，居然不時飛騰到半空中，玩些空翻轉體的花樣。我也想領略一番飛翔的快意，露幾手人家不會的絕招，然而，不過皮球似的蹦跳了幾下，飛不起來。想想大約地勢、路徑的不同，由不得自己想的。不久，又天地旋轉起來。海天一色中，旋轉的判斷，全憑身子的急劇震顫和陣陣發緊的心跳，適才半夢半醒的微醺，變成驚悸、變成恐懼。兩手下意識地去抓那無邊無垠的野花，卻只見花瓣漫天飛揚，如大雪天降。完全失去自我控制的能力，完全變成了一個皮球，完全由慣性支配著加速往下滑去。倘若花的地毯下，有泥淖、有陷阱、有銳石如刀……真不敢深想……再過一會兒，腦子竟木然了，兩眼緊閉，任它天昏地暗、任它生死禍福……全然失去了知覺……

　　等到漸漸清醒，早已經飛越了盆地的波谷，藉著慣性滑向對面的上坡。上坡較下坡稍顯平緩，滑行雖快，卻漸行漸慢。往前、往上看時，餘下的路程似乎不長，但其實也頗遙遠的。心境倒是漸趨平靜安穩。回想這一路的經歷，忽然想有所述說，想有人與之分享。這才後悔，竟沒有攜女伴同行。這才懂得，耶和華造金髮碧眼的洋人，女媧造黃皮膚、黑頭髮的我們，何以總要一陰一陽，成雙成對。不過也就這麼想了一想而已。萬一她吵著、哭著、撒嬌著要回去呢？我願意再經歷一次這樣的奇境、險境，穿過那密密的雜樹林、走過那荒冷疏落的村鎮，回到喧嚷的城市麼？況且，來路早已迷失，永遠也回不去了。

　　盆地的另一邊緣，終究會抵達。那又是一個山巔。到達那兒，會看見什麼景象？崇山峻嶺，峽谷險灘？還是百鳥啁啾的世外桃源？風雨如晦，黑暗無邊，還是一片陽光明媚？現在自然是無從知曉的。瞥一眼玩伴，多少有點迷惘和無奈，籠罩在疲憊的臉上。不知他們看我，是一副什麼樣的神情。好像滄海巫山，都已領略，我理應心如止水的，但仍不時地有微瀾泛起。我別無選擇地選擇了虛擬的探險，等著看後面的那一道風景呢。

身世

　　那一天的怪異氣氛，就這樣印在我的腦子裏了，多少年了，揮之不去。

　　那天家裏突然來了許多人，大約好幾個吧。我們家一向十分清靜的，單家獨院的一棟木樓，父親說，它是我的祖父留下的。順著小院裏高高的木柵欄，種著一圈洋薑和向日葵；當中一株參天古樹，冠蓋如雲，冬天發暖氣，夏天散冷氣，父親說，它叫「冷暖樹」；父親的齋號便也叫「冷暖閣」，父親說，那是取「冷暖自知」的意思。木樓地處城市僻靜的一隅，綠色的院牆又隔離了外人的窺視。我家從來沒有來過這麼多人，我覺得奇怪，也覺得懼怕。父親默默不語，在房子裏走來走去，照那些陌生人的意思走來走去。陌生人很客氣，只是不斷地問這問那，臉上露出一絲難以察覺的傲慢而陰冷的笑。就是這笑，令我緊張、害怕；令我緊張、害怕的，還有父親默然的走來走去，還有父親抱出來的一摞摞的同樣那一部書。

　　其實，我只記得幾句話，當時我太小，只能聽懂幾句。

　　陌生人問：「印了很多麼？」父親說：「一百部。」「多少？」「一百部。」「就一百部麼？」「就是就是。」「怎麼差十部？」「賣、賣掉了……」「十部……那錢呢？」「在這裏，都在這裏……」

　　於是，父親又走來走去，把書搬出來、把錢拿出來。陌生人只說：「嗯，好的」，這讓我汗毛倒豎，背上冷颼颼的。

陌生人把錢和書弄走了。父親後來有事情做了。父親之所以會有事情做，好像和陌生人的造訪有某種聯繫。每月總有那麼一回，關餉回家，父親把錢塞到母親手裏，不看那錢，也不看母親，木木的、默默的，轉身便去爬那又窄又陡的木樓梯，嘎吱嘎吱地響。小閣樓是從不讓我上去的，我趁父母不在時，曾偷偷上樓看過，「冷暖閣」的竹匾不翼而飛，全是書、舊書、舊刊，線裝書也不少。臨窗有一桌一椅，一盞荷葉邊的白熾燈罩，蒙著好幾層硬紙片。窗子拿木板釘死了，糊有厚厚的舊報紙，好像是《申報》，紅紅綠綠的漫畫，我在更小的時候看過，現在不知怎麼看不到了。

有一天，家裏來了一個高高瘦瘦的青年人。我的父母神色大變，比那回來了陌生人更叫我緊張。青年說：「我來看看弟弟。」弟弟兩個字，他似乎嚥了回去，但我肯定他說的是「弟弟」。父親望著母親，默默的。母親把我牽過來，說：「這是你……表哥。」表哥走近我，想摸我的頭髮，我不想讓他摸，便往後退，撞到母親身上，彈了回去，反而被他逮住了。我的心撲騰亂跳，渾身不自在。就在這時候，我有一個驚心動魄的發現。

表哥一走，我喊叫道：「他……他……他是特務，有手槍！」父親大吼：「不許亂講話！」從沒見過父親對我發火，我嚇壞了。我再不敢提這事，惡夢卻經常光顧我的童年。我漸漸變得乖戾、多疑，也變得不聽話了。經常莫名其妙的對母親發脾氣。夜裏醒來，聽見父親、母親討論我的變化，很憂慮似的，我暗暗得意，感覺自己一天天長大，於父母眼裏不再無足輕重。

不久——也許是很久很久以後，一天，那青年已經變成了中年，頭都有些禿了，肚子也脏了出來，他來了，還是那句話：「我來看看弟弟。」我和他差不多高了，我不再怕他。我沉著地走向他，眼睛一直盯著他右手邊的腰間……腦子裏重複著重複了無數遍的假想動作……

連我自己也感到震驚，我居然成功的從表哥腰間拔出了那把手槍！

我將手槍對準自己的太陽穴，瘋狂地叫道：「你是誰？為什麼叫我『弟弟』？還有那部書，那些陌生人，還有樓上……爸爸做的事情……你們必須告訴我，不准撒謊！不然，我不活了！」

父母親臉色蒼白，渾身顫抖。禿頭的表哥倒是十分鎮靜，他對父母親說：「別擔心，沒有子彈。」我正疑惑地打量著他那把手槍時，他突然竄過來，繳了我的槍。

母親摟著我，慟哭了老半天。我有些後悔，我傷了父母的心。越來越長大以後，我才懂得，真正活得不容易的，是我的父母親。

父親照例早出晚歸，風雨無阻；母親接送我上學，也是風雨無阻。父親做的事，就是不斷修改那部書。書出版過幾次，第一版、第二版、第三版……父親把稿費交給母親，木木的、默默的，便又去爬那又窄又陡的木樓梯，嘎吱嘎吱的……母親拿父親掙回的錢買米買菜、紮灶門……就這樣年復一年，日子平淡得像一瓢井水，連表哥也斷了往來……

後來，我們家被大字報封了門，父親站在三張八仙桌摞

起的高臺上，接受批判。一個大雪漫天的夜裏，父親從家裏出走，再也沒有回來。母親什麼也沒有告訴我。我那時正在大學裏鬧「造反」。靜坐絕食到了第三天，我因虛脫而暈倒了，高燒中亂說胡話。同學說，我不斷叫著一個人的名字，我問那是誰，他只是吞吞吐吐的回說：「沒……沒聽清楚。」家鄉的老同學後來告訴我，那天正是我父親出走的日子；有一個人還肯定地說，這絕對不是巧合，是心靈感應云云；大家一時駭異不已，半天沒敢出聲。後來我問母親：「父親留下了什麼話麼？」母親只是搖頭。我下意識地望望小樓，那又窄又陡的木樓梯，已經不復存在了，嘎吱嘎吱的響聲，卻依然沉重而清晰……

　　母親去世那年，在外顛沛流離多年的我，帶著妻子和兒女，回故鄉奔喪。母親晚年一直靠表哥關照，這次就是他給我發的短信。表哥已是年過花甲的老人了。他是從公安部門退休的，難怪他當年腰間總別有手槍。我原以為他有話要告訴我，但他似乎不願意舊事重提。我也失去了再詢問什麼的興趣。

　　父母的遺物和房產總算處理完了，我把妻兒安頓在賓館，決定單獨在兒時的故居度過最後一夜。下半夜，在迷迷糊糊中，我聽見閣樓上有聲響，屏息細細聽來，是父母親在樓上走動，接著，又聽見隱隱約約的說話聲：「……看這世道亂的，不說給孩子聽，怕只怕天有不測啊……」母親說。「我是怕來不及，給孩子留了一封信。」父親說。「怎麼不告訴我呢？」母親問道。「你不曉得比較好，你看，我把樓梯都拆了……」我急忙大喊：「爸爸媽媽！」……猛然驚醒，睜開眼，卻是漆黑一片，豎耳靜聽，夜籟俱寂，不覺冰沁出一身虛汗。

開了燈，急忙去雜物堆中翻揀。窄窄的木樓梯居然還在。爬到小閣樓上，我翻出一個布包袱，將它打開，卻發現那是「冷暖閣」的竹刻匾額，看了看題款，是此地一位名士的作品，依稀記得父親曾帶我去拜會過這位老先生。在書桌的小櫃裏，我發現一只上鎖的鐵匣子，是八位數的密碼鎖。我想，父親是不會為難我的，這密碼應該是我們三人都曉得且記得住的……就在此時，靈光乍現，我撥了我的生辰八字，匣子果然應聲彈開。裏面是一摞摞的書，同樣的書名，不同的版本。其中有一個最早的版本，應是那些陌生人問及的那一百部中的一部。我小心翼翼地打開它，扉頁裏真的夾有一封信，是父親留給我的：

> ……這是你祖父留下的一部歷史著作。他本人就是這段歷史的親歷者和見證人。我和你父親都是他的學生。我和你母親沒有孩子。你父親有遠見，賣掉了田產，將你祖父的著作印了一百部。他要走，你哥哥不想走，你又帶不走，書也帶不走，就都交給我了。我因此得到了事情做。每改一稿，離史實就更遠。但我必須按人家的意見來做。我已無顏見你的父親和我的老師……不要怨你哥哥，他總想來看你，是我不讓的。這些年，他總盡力地照顧我。你的生母是在你出生不久後去世的，你父親出走未成，據傳說客死他鄉。你現在的母親和你生母曾是閨中密友，她像你的親生母親一樣疼你……

父親的文筆樸實簡潔極了，就像他的為人那樣。我頭一次認真讀父親的文字，竟讀得老淚縱橫。再看正文，淚眼迷濛

中，字跡模糊不辨，橫看豎看，分明滿本字縫裏都密密麻麻的藏著「真相」二字⋯⋯

我把父母的遺物，包括樓上的書稿統統打包，寄往北京，只隨身攜帶祖父的遺著和父親的遺書。我站在沒有了洋薑和向日葵的、早已荒蕪的小院，向我的小木樓作了深深一揖；那株「冷暖樹」多年前被人砍去，樹的老根還在，宛若大地暴凸的筋脈；粗壯的樹樁上，披滿蒼苔，百年年輪，陸離斑駁，倒還依稀可辨；哪年哪月才能吐出新的枝芽，是很難說的了。

我去「表哥」家道別。兩兄弟的手，頭一回緊緊相握，但卻彼此無言。一切似已多餘，一切又似盡在不言中。表哥的小孫子和外孫女，滿屋子咿咿呀呀的追逐嬉戲，對兩個老人默然的作別，偶爾投來詫異的一瞥。

歸去來兮

我躺在草坪上，頭枕著一顆大南瓜。所有人全都躺在那兒，東倒一個，西歪一個。草坪早已荒蕪，剪不斷、理還亂的癩痢頭一般。渾身快要散架，一點力氣也沒有。所有人都和我一樣，換了腎、換了血，病懨懨的，一點精神也沒有。所有人的腿，都像發酵的麵團般地粗了一圈；臉像刀砍的陀螺，又尖又黃；眼睛熊貓似的一圈青烏。太陽還是那麼精神抖擻，金晃晃的亮得耀眼。據說它的能量無窮無盡，可以讓我們恢復元氣，我卻受不了它的刺眼，拿起「熱力學講義」，打開來蒙在臉上。

我的夢，是從我沒有辦法吃那顆枕在頭下的大南瓜開始的。儘管荒蕪的草坪上，人們四處撿來些破磚頭，隨便一壘，就搭起了千奇百怪的小灶，狼煙四起，眼前還有一堆堆餘燼，我還是不懂得如何將南瓜煮熟。我想，南瓜是可以生吃的，便在這「萬戶蕭疏鬼唱歌」的意境裏，饕餮般地啃吃起來……聽見有人對我大叫：「你是一條魚，怎麼吃南瓜呢？」我說：「我餓」；那人說：「餓也不該生吃」；我說：「南瓜是母親讓我帶上的，我挑著它走了上千里路呢」；那人不耐煩了，指著我的鼻子吼道：「你這條魚！」，我這才清醒。這人比我大不了幾歲，白白淨淨、圓圓乎乎、文質彬彬的，說話像個女人，卻讓我避之唯恐不及。我平時只敢在心裏偷偷的叫他「食人魚」，總是擔心他會聽見，他若聽到我就死定了。現在他說

我是一條魚，又是專指我而非泛指其他什麼的，那麼，我確實是一條魚了。

很久以前，有一位智者告訴我，我是從水裏來到這世上的。我是一條魚，或者我長成了一條魚，或者在人們的眼睛裏看來是一條魚，或者我感覺、我認知我是一條魚，這些說法，都無關宏旨；只是我沒有類屬，比如青、草、鱅、鯇之類，或者黃菇、泥鰍、刁子，再具體些，我不記得自己的姓名；人們不會關注一條魚的姓名，而我也因為長期不在意而淡忘了。人們看見我時只會說：「那是一條魚」，如此而已。我清楚記得，我曾會游泳的。還依稀記得更早些時候，我游得更漂亮、更自在，在水草或珊瑚之間，優哉游哉。那是在大江裏游的。後來在白龍潭或護城河裏也暢游過。那時，白龍潭護城河的水還很清亮，嗆幾口水，鼻子有些酸酸辣辣的難受，水卻甘甜；不像現在市售的純水，號稱一個比一個純，卻瘌嘰寡淡的，沒有了那種清甜。有人說，游泳和騎自行車，一輩子都不會忘記；我不信，後來的我就不會游泳了，連狗爬式都蹦躂不了，一條不知被誰丟棄在岸上的魚，乾躺在那兒，炙熱的太陽烤著，身體的水分蒸發殆盡，大張著嘴，腮幫子一嚅一嚅的，上氣不接下氣。我已疲憊至極，迷迷糊糊地睡去。

有一慈眉善目的老叟偶然路過，看我可憐，心想不過舉手之勞，便拎起我往長江裏一拋，我得救了；後來又有一青春貌美、金髮碧眼的少女，拿了盛水的塑膠袋把我裝上，帶去一個很遠很遠的地方。她生在嚴寒的北國，於是教我滑冰，偌大的溜冰場就我和她兩個人，雪大如手，一團團旋轉著，漫天飛

舞。她送我一張賀年卡，上面一朵怒放的玫瑰，沾滿晶瑩的露珠，背面寫著一個叫什麼斯基的一段話，每次看到其中那一句，只敢一瞟而過，可還是禁不住臉熱心跳。這以後，她把我養在魚池裏當玩物觀賞，一天她發了善心，也許是看膩了吧，將我扔進大海，是死是活，聽由我去掙扎，怎麼都行，她反正是懶得管我了。就在被扔到半空中的時候，我還在想：行啊，總比待在這兒烤著、喘著、等死要強……但我最終還是乾躺在岸上，腮幫子一嗫一嗫的……

我想，我能活下來，只因時有天陰天雨，我能獲得一些水氣，或者是在黑夜裏，沾點露氣。

某天，濃雲密佈，遠處響著沉沉的悶雷，我一隻眼埋在沙裏，一隻眼仰望天空，企盼會有奇跡出現。少頃，雲端果然有一老叟若隱若現，童顏鶴髮、道骨仙風，竟與夢中多次所見者酷肖；他天籟般的聲音，莊重而慈祥：「憐哉孺子，汝自水中來，當回歸水中去也。」我感動不已，說：「仙翁慧心法眼，一語言中了我的心思；還請老神仙搭救弟子。」老叟說道：「汝在夢中，夢中之事，老朽亦過問不得矣。」我顧不得那麼多了，說：「不是說『天若有情天亦老』麼，莫非神仙無情？」老叟歎道：「惡夢中之孽障，法力無邊焉；此等孽緣，雖是千年難遇一回，怎奈汝等生逢其時，正所謂劫數難逃耳。」我生怕老神仙離我而去，連忙問道：「那麼，何時孽緣方盡？」老叟苦苦一笑：「嗚呼，天機不可洩漏，何苦為難於老夫？汝若命大，或有出頭之日，也未可知；果能若此，必先有一驚天巨雷，捲地狂飆；汝當好自為之！」言畢，老叟已然

消逝，杳如黃鶴⋯⋯待我睜大一隻眼看時，閃電正撕扯著長空，隨後一聲巨雷乍響，頓時天昏地暗，日月無光，飛沙走石⋯⋯

不知過了多久，也不知是哪年哪月，出了一位神魔，據說他人形神質，心地極是慈悲，拿雲握雨，法力好生了得。他一念咒語、一揮手，岸邊的魚兒們便蹦蹦跳跳，紛紛跳進了大江裏。我曾有幸目睹這神魔，只是在數百米之外，難辨尊容，他揮手時，自然連我的魚鱗也沒碰著。但我很慶幸、很感激，我也是其中的一條魚。我記得很清楚，我那天還哭了，哭得很動情，只是我已經擠不出幾滴眼淚。我臨走的時候，什麼都沒帶，只小心地藏好了我從讀初一開始寫下、失而復得的十八本日記；心想，如果不帶上它，我那流逝的生命，就是一片虛無。

我怯怯的觀望，看魚兒們如何動作，然後開始拙劣的效仿。我終於也能游動了，便四處張望著，緩緩前游。原來這並非一條大江，一個水池而已，倒也有龍宮氣象。門口有一座牌樓，類似我就讀的小學旁的文廟前的石牌坊，不過沒有「德配天地，道冠古今」的鐫刻，兩邊貼的是白磅紙、黑墨水書寫的對聯──「廟小妖風大，池淺王八多」。魚兒們問我：「你的生命是誰給的？」我說：「上帝呀！」魚兒們又問：「到底是誰？」我想了想之後說：「父母呀！」魚們便不屑地說：「難怪會把你扔在岸上！」我不懂，但魚兒們已經朝黿鱉遊去，胡亂啃噬起來。那些黿鱉，身形健碩無匹，盔甲亦堅韌無比，刀槍不入，游動到牠們身旁時，我早已自慚形穢，哪還敢輕舉妄動呢？我終於覺得無聊，忽又想起老神仙的告誡，便趕緊從血

水中逃離，沉入水底，尋一叢珊瑚礁，躲了進去。四周血浪翻湧，咆哮聲震耳欲聾，我心驚肉跳，竟自昏厥過去。

不知怎麼的，不知什麼時候，又被打撈起來，一網又一網，一條條魚被扔進了魚簍。……好像是一間逼仄的密室，煙霧騰騰，粉牆壁都被熏黃了，所有人全呆坐著，耷拉著腦袋，眼裏露出臨死前的惶恐……忽然之間，密室場景切換成了五等艙，唯一的艙門已經密閉，時值隆冬，江上飄著鵝毛大雪，艙內如冰窖一般寒冷。密密麻麻的男男女女，沒有了性別，沒有了情欲，橫七豎八，摟摟抱抱，相識、不相識的隨意紮堆，彷若屍體橫陳在一團團的稻草堆中。這是我睜開眼的幾秒鐘所看到的景象，我已經麻木，就這麼懶懶的看了一眼，便又闔上了眼，繼續我那昏昏沉沉的長睡。

我從小就害怕擁擠的混亂和濁氣的憋悶，所以格外信奉《牛氓》裏那位牧師的悼詞——「長眠就是安寧，長眠就是幸福。」有人試圖喚醒我，又搖、又拉、又扯的，我像個扶不穩的醉漢，任由他擺佈，只是睜不開眼，只是不回答他的提問。事實上我回答不了，我聽清了也聽懂了問話：「我們這是在哪裏？我們到哪裏去？」我心想：鬼曉得，老神仙都說不明白呢，就算我能悟穿玄機，能說出來麼？想到這兒，我大吃一驚，我那十八本日記沒了！我盡力回想，依稀記起大約是被我所愛的一條魚燒毀了；是我那天想起它們，追問下落並且猜出大致是怎麼一回事，她才默認的。……當時心如死灰的我，腦子幻化出焚稿的場景，心裏冒出了兩句詩：「那滿屋子飛舞的黑蝴蝶，是你不死的精靈」；我苦笑著對我所愛的魚說：「也

好，上百萬字濃縮成了兩句，斷然不會忘記的了。」結果，卻是連這兩句也差點忘卻了。

等我完全清醒過來時，發現我的枕邊放著兩本書。我猜想，大約是、應該是那位雲中老者所賜，便視為真經地捧讀起來。我早已翰墨荒疏，幾成文盲，如饑似渴之狀，可想而知。從此我才逐漸明白，其實我患上一種不知名的癔病，常常發呆，自言自語卻不知講了些什麼。翻遍醫書，竟找不到相關記載。雖也有隻言片語，似乎對症，卻不確切。我開始自學醫術，一有機會，便找幾副死者的大腦來解剖，並用心撰寫自己的病情主訴。

某日，我已幻化成人形，端坐在寬敞明亮的大廳。會議大廳，也就百十人的樣子，所以顯得特別大、特別高，空曠而冷清。百十人圍坐的橢圓形桌子，只佔了大廳的一小旮兒，或許是大廳中一個小舞臺的一角，下面觀眾席黑壓壓的一片，無聲無息，忽明忽暗的光照下，方才辨出竟是空無一人。找不著樓梯之類的來路，也似乎看不見門和窗子之類可以透氣的孔洞，如巨大的悶罐子車廂一般。沒錯，就是悶罐子車，我隱約聽見車輪聲吭哧吭哧的響著，如老牛破車，不堪重負。但廳內空氣倒還清新，冷暖適度。這百十人互不相識，我的熟人和朋友，就只有C君一個。他和我一樣，有點詫異；和我一樣，一聲不吭，對這陌生的地方、陌生的人，抱著「拭目以待」或者「靜觀其變」的態度或心情。我猜想，C君也有點忐忑，不知道討論的議題，也不知道該說什麼，甚至根本就不知道有沒有我們說話的機會。回想起來，這也不像會議，桌上空空如也，連水果、香煙、礦泉水都沒有擺，便是不合時尚的明證。

　　眾人七嘴八舌：口若懸河的，東一句西一句的，慷慨激昂或冷言冷語的，鬼頭鬼腦或怪模怪樣的，罵人或罵娘的，開始發言或說話。我和C君一愣一愣的聽著，但可以肯定，一字未漏，而且可以肯定，所說所講，皆彰顯出各自的性情，大咧咧地，毫無顧忌，一副莊子門徒的派頭，莫不以「判天地之美，析萬物之理」為己任。我想起來了，這些人都是魚幻化而來的，應該在密室或統艙裏見過，都是一網打上來的魚，只是沒有姓名，都是灰頭土臉的模樣，便也無從辨識。這些人講話，不乏新奇之處，不過牢騷太甚，情緒化者居多；爭辯起來，也少點雅量。大部分涉及的話題，卻與癔病和醫術相關。我歸納了一下，大概也就四個，兩個已經作古的人，一個民間文人，另一個亦官亦文的紳士；還有兩個什麼有形、無形的東西，看不見也摸不著，卻又魔力無邊、無處不在的東西。C君忍不住說話了。他不同，雖然慢聲細氣，聲音遠不比那些人激昂，但卻口齒清晰，吐糟粕、涵精華，懷孤發宏，非尋常論者所及。當然對他也有不屑的眼神和噘起的嘴，不解的眼神和微張的唇。我說過，我曾解剖過幾副大腦，結合我多年所患的癔病，又仿照佛洛德的筆法，寫過長達數十萬字的病情主訴，對此也便不覺得生疏，甚至還能聽得出一些破綻。C君做事、說話，一向極為認真，加之性情狷介，頗有鋒芒，偶爾不免會有些張揚。

　　就在C君的話漸漸深入的當口，忽聽有人大叫一聲：「出不去啦！」眾人倏忽間從座位上跳將起來，四下張望，這才明白原來這裏既無來路，也沒有去路。一陣不大不小的驚慌在所

難免，因為如有不測，比如火災或煤氣洩漏，一個也溜不掉。我早有察覺，心想生死由命，便安之若素，異常的鎮靜。剛才那些最是慷慨激昂者，眼下最是惶恐。兩樣表情，同樣給我極為深刻的印象。

　　看來，會議是開不下去了，尋找出路才是當務之急和頭等大事。所有人都陷入了痛苦的思索。有一人，鼻樑上架著一副金邊眼鏡，腋下夾一本《貫華堂第五才子書》，極為斯文的樣子，張嘴卻屬聲屬色，提議拆掉這屋子，天花板、地板、牆壁，怎麼幹都行，逃生最要緊。讓人不得要領的是，說到牆壁，究竟是東牆還是西牆，概念模糊漂移。他的雙手蒼白纖細、青筋暴凸，孱弱得像是一碰就要斷掉似的，不禁令我大為疑惑，但我確實欽佩他的果敢。幾乎所有人都搖頭，所持論據，無非是手無寸鐵，而且大家都文弱得要命，有幾個人真能動得了手呢？更何況，一旦拆屋，搶磚搶瓦的便會蜂擁而至，大家難免死於哄搶者的亂棍之下。而一位氣宇軒昂的學者、美髯公，目光炯炯，鼓動大家一齊發氣。他從經典物理說起，論證氣的力量，可以讓這屋子逐漸膨脹，等到牆壁薄如帛紙的時候，它便會像氣球一樣自行破裂。眾人佩服其勇氣，但這與神道密宗或偽科學如出一轍，早已被質疑過。還有人抱持著溫和的中庸態度，力主「挖洞說」，或地板或牆壁，說是只要引進一些光和空氣，便能苟延殘喘；引證的竟是古人鑿壁偷光的典故；又以愚公之論，說明點點滴滴的累積終能奏效。仍是一片搖頭晃腦，以為早就憋悶難受，性命攸關，時不我待……忽然，又有一聲大喊：「要爆炸了！」所有人一齊屏住了呼吸，

張惶四顧，那滴答滴答的聲音，分明在什麼看不見的地方響著，而且越來越急促。我像許多人那樣，拿手捫住胸口，怎麼都不像是自己的心跳聲。不過，那種極度的恐懼和絕望，非常奇怪，只持續了幾秒鐘便消逝了，餘悸中更多了類似涅槃的期許⋯⋯

正在有所期許之際，一位女郎從她的座位站起身，走了出來。她的面目不甚清晰，後來我仔細回憶，可以肯定的一點是：她非常美麗。鶴勢螂形、嬌憨率真，很像我意想中的史湘雲；她步態瀟灑，活力四射，又似乎很時尚、很前衛；而細想她的衣著髮型，金髮垂髻，長裙襲地，分明就是歐洲古典繪畫中的天使。總之她的形象已然模糊，所謂回憶，其實假想的成分可能更多。她在眾人的注目之下，從容地走向一堵牆壁，氣運丹田，雙掌憑空出手，轟然一聲，洞開兩扇對開的大鐵門，朗聲笑道：「這就是出口。」眾人驚喜之餘，連忙問她如何知道的，她溫婉的笑道：「我也是偶然的靈光乍現，大約是神諭吧。」門竟有這麼寬敞，樓梯亦歷歷在目，大家便紛紛擇路出走⋯⋯不過，現在我實在記不起來，最後大家究竟是什麼時候出去的、如何逃生的，是走大門前的樓梯，還是穿牆破壁，是慢走還是奔跑，有沒有人摔跤、跌倒，有沒有傷亡，我一概忘卻了。我只記得，隱約聽見那位美麗的女郎說過，那棟樓是很重要的部門，電信或者網路什麼的。於是，我在第二天（其實應該是第N天了），一個陽光明媚的日子，饒有興致的想去實地考察一番。

我果真找到這麼一棟大樓，會議廳與那天所見一模一樣，也是對開的兩扇大鐵門，也是很寬敞的樓梯。我找到橢圓形的

桌子，認出我所坐過的座位，居然地上還有煙蒂，正是我抽過的那個牌子，煙蒂頗長，也符合我平時抽煙的習慣。我又走到那位救命女郎的座位前，看見一瓶香水，可能是香奈兒的牌子。我小心地收好，心想，這是我的經歷而非夢幻的證據。一共也是百十把座椅，只是那張碩大的會議桌上，蒙有厚厚的一層塵土；門窗破損、牆壁斑駁、滿地狼藉，盡現劫後餘生的情狀，令人唏噓不已。顯而易見的是，那天並沒有發生大爆炸，只是一場虛驚而已。人在極度恐懼或極度窒息的狀態之下，很可能會產生不祥的幻覺。雖是幻覺，記憶一樣刻骨銘心，已然成為生命的一部分，不可抹去。歷史也一樣。歷史不是實現既定目標的工具，它不過是一個個具體的活生生的人的存在和活動罷了。但是，來路不可能刪除，不是僵死的印記，也不是古董一樣的陳跡。歷史從來沒有新的一頁，我們不斷覆蓋過去，而在塗寫今天的顏色時，昨天的底色便會翻出，兩色相洇相混而成間色，如是而已。

　　回去的一路上，淫雨霏霏，街道上冷冷清清，行人寥落，像空了城似的；市面蕭條，還不到八點鐘，商店都已關張；幾星鬼火樣的殘燈，冷不丁響起的零落槍聲，以及尖叫聲的怪異混雜，愈發叫我怕得發冷，牙齒不停打顫。我一路小跑，跌跌撞撞地上了樓，趕緊躲進自己的那間小巢裏。鏡子裏的我已經不是我了，蓬頭垢面，衣衫襤褸，一副失魂落魄、大病初癒的容顏。我忙著打電話給C君，線路竟然不通。十年生死兩茫茫的憂傷，立時籠罩心頭。幸好我所在的街區，水道系統還沒有完全損壞。好不容易才放滿浴缸的水，把自己赤條條地泡了進

去。水的浮力，讓我有一點飄飄然，但也就一掂一掂的，並不能浮起來，自然更不可能游動。心想，我終究不能變回去，變成水裏的魚了……忽兮恍兮，我的身體變得輕飄飄的，扶搖而上，浮游在雲層裏，雲霧翻捲，眼前一片茫然。我划動兩臂，如游水一般，漫無目標的尋覓著，怎麼也抓不到那位道骨仙風的老叟的衣袂，兩手所握，僅是濕漉漉的霧水而已。看來他是不想見我了，對於窮究物理的人，他聰明的選擇了規避……其實，我不過想問問那個常識性的古老問題：知與行，孰難孰易……

　　……時間的箭頭只有一個方向。我知道，那是上帝的手所指的方向，絕對不可逆轉。那也是熱力學第二定律的結論：封閉系統裏，只會熵增，直到「熱寂」而死；真經上說過，一位叫束星北的先生，稱之為變不回去的「真變化」。站在來路與去路之間，我只能朝前走，永遠也回不去；又只能朝後看，永遠不能預見前面的去路。這是宿命。最後的秘密，似乎是永遠的秘密。雖然說我來自於水，卻不是魚；自從我從水裏誕生，有了兩足，就必須不停的走、不停的流浪……我想起，就在我解剖大腦、研究腦病理時，曾讀過一篇權威論文，說是唯有深度腦損傷的病人，才是最愉快的人。於是，我想親自體驗一下夢寐以求的東西，看看什麼是愉快。我將身子慢慢往浴缸的水面下滑去，直到把腦袋完全浸入水中……時間的箭頭一往無前地掠過腦際，呼嘯而去，大腦漸漸處於缺氧的狀態……奇妙的幻覺真的出現了，隱藏於大腦深部結構中的一切正常人的情緒：恐懼、悲傷、狂暴、憂鬱、煩躁不安、憤懣不滿，通通都消失了！我變得無憂無慮、和善仁慈，且輕鬆無比；我帶著

孩子般的微笑，游向長江，游入大海，然後游向海的深處。那
裏的水，溫暖且清澈，寧靜得能聽見自己的呼吸和心跳。我的
同族或異類，無不友好的歡迎我的到來，儘管我聽不懂全新
的、陌生的語言，我仍是興奮不已，我相信，那聽不懂的喧鬧
聲，就是自由生命的交響曲；那場面，就是生命的狂歡節。我
知道，我將按照唯一的法則——上帝的法則活下去，直到有一
天我與大海融為一體……更令我驚異的是，我居然找到了那一
叢曾經掩護過我的珊瑚礁，以及我那失落的日記，不過現在的
我，可是沒有心情再去翻看它了。

先生

斷斷續續與先生幾次面晤之後，我以為我可以寫寫他了。

可不可以寫，端看我能不能面對記者們的發難。比如我知道，記者必問：「你說的那位老先生究竟是誰呢？」答曰：「不知何許人也，亦不詳其姓字。」記者會問：「你與先生是什麼關係？」我說：「亦師亦友，師，先生為我一席談師；友，先生為我一宴飲友。」記者問：「老先生現在在哪裏？」我說：「我與他見面，每次都在不同的地方；老先生常年雲遊四方，但有定居時，亦狡兔三窟，深居簡出，每作蟄伏狀，其行蹤何能預測奉告？先生的部落格，一年前就封筆了，伊媚兒也早已關閉，推理的難度已超出我的智力所能及。」又，娛記必問：「先生的弟子多為年輕的女部落客，奧妙何在？我說，關涉先生個人隱私者，我概不替先生作答；可以披露給各位的是，我也曾以此相詰問，先生戲曰：『我雖老邁年高，皮鬆齒活，唯性事一如當年頑健，若有女子以情相許，此乃上帝所賜，若拒人千里之外，與冷血動物何異？』諸位應該能想到，以先生詭辯之才，我等皆不是對手，先生捏著半片嘴，出口也是一篇洋洋灑灑的文章，或可題為〈唯愛情高潔論〉、〈唯性事為美論〉，可供諸位刊載而不必擔心被駁難。」好了，假想記者招待會到此結束，以下為正文。

我初次見到先生，是在巴山蜀水間一簡陋的茅屋之內。蓋友人透露其行蹤，囑余即日啟程前往。余見先生，童顏鶴髮，

精瘦出奇，卻目光如炬，一口牙潔白如銀，便覺驚訝。乃問起養生之道。先生笑道：「子曰：『不可說不可說。』」經不住我刨根問底，先生乃正色言道：「疼痛不往心裏去，此秘訣也。人生八苦，俗人最難捱者，無非有二：憎相聚苦，愛別離苦；余中年喪妻，並無子嗣，一生落魄，九死一生。後雲遊天下，遠離塵囂，茶為酒，書為友。日出，則坐於山之巔，沐蒼天之精魂，日落，則游於波之谷，浴江河之靈魄，仰觀宇宙、俯察眾生，心馳萬仞之山，神遊八極之地。引曹雪芹、魯迅、莎士比亞、托爾斯泰為摯友，與尼采、佛洛伊德、哈威爾、顧准作徹夜談。童年往事、溫情瞬間、緣分邂逅、感情羈絆、人事糾纏，乃至於歷史風雲、政治事件、個人罹難、親友遭際，一生之喜怒哀樂、悲歡離合，紛至遝來，無不化為生命之感悟、哲思之資源。余以孑立之身，無牽無掛，以耄耋之年，置生死於度外，世俗意義上之愛與憎，已然於我無緣，唯口吐真言為快，敢哭敢笑、敢怒敢罵，敢發人所未發之言。或謂真言何來？從心、從性、從智、從情而已。同道謂余『狂叟』，余不過『真人』而已。」

先生與我初次見面，即縱論天下，侃侃而談，令我受寵若驚，於是我問道：「先生何以如此信任我這個素昧平生的人呢？」先生燦然笑道：「余不過山外之人，除了一肚子的話要說之外，家徒四壁，別無長物，閣下跋山涉水，不遠千里而至，所為何來？余不敢自誇，有魯迅三、五句話內識人的本領，亦閱人多矣，汝之目光，看人不避不閃，不疑不懼，智慧而無狡詰，沉靜而無心機，正派人也。」獲先生這番評論，心

存感激，本欲當面敬謝，又恐唐突，正不自在間，先生正色道：「不過，你我有所不同，我獨來獨往已成習慣，口從心，心從自然，世俗雜念已絕；你從塵世來，原本無所謂之小心事、小芥蒂尚多，雖是無可厚非，畢竟未臻自由之境也！」我驚訝之餘，不禁應聲諾諾。先生復又仰面朗聲大笑，說道：「余每作戲言耳，汝何必認真！」在先生茅舍盤桓鎮日，翌日先生將遠行，余欲伴駕隨侍，先生「逐客」道：「孺子意欲奪余自由乎？緣若未盡，後會有期也。」

　　二次面見先生，乃於一位朋友信中獲悉，先生近期將往邊陲小城，赴吾友之私人聚會，與會者七、八人而已。我當即電告友人，我與先生曾有一面之緣，能否叨陪末座。獲准，乃擇日啟程。即至小城，友人水酒已備，眾人入席。唯先生未到。問友人：「如何與先生聯繫？」答曰：「先生無手機、電話、筆記型電腦，無從聯絡。」內有一女士，見余愚鈍，乃笑道：「偶有相聚，總是先生先來信、來電，隨先生之意，臨時安排耳。」然先生一旦允諾，風刀霜劍，亦必赴約。說話間，先生飄然而至。時隔年餘，先生竟一眼看出我是圈子中的新客，並脫口徑呼我的名字。與先生見禮既畢，女士竟以先生遲到為由，令其先飲三盅受罰。先生道：「山路濕滑，大客車超載嚴重，老叟多事，坐在司機身邊不停嘮叨，囑其慢行。既遲到，當受罰。」遂連飲三盅。席間，一觴一吟，談笑風生，其樂也融融。所涉話題，社會、人生、藝術，如抽絲剝繭，變換無盡，如「集體意識流」者也。並非先生主講席，各自興致所至，張揚思想、彰顯性情而已。內中一老者，年約七旬，每每

提及他的一部著述，津津樂道於其中之某章某節，絮絮叨叨，令余心煩生厭，余以為功名心重又自我感覺良好之雞腸小肚者流，混雜於此間，未免太煞風景。每當此公作自戀狀，眾人便都緘默以對，唯拿不下情面阻止耳。如是者凡三過，先生起身言道：「汝之大作，諸位早已拜讀，所云某章某節，耳熟能詳矣，何必絮煩！朋友相聚，談話如佐酒菜也，應以眾人喜聞之話題為話題，似汝自斟自飲，有何樂趣？」余聞先生言，既喜且驚，先生之真性情，高乎吾輩之上，何以道里計！先生繼續言道：「曹翁嘗云，作文章者，須世事洞明、人情練達，察言觀色，融一己於眾生，擇言精當、臧否有度，譽不過其實、毀不失其真，此有關個人修養之事也。老夫虛長汝十歲有餘，方敢當眾直言拜上。汝若不存駁面子之類之俗見，老夫當欣甚幸甚矣！」七旬叟連忙起身應諾：「豈敢豈敢。」余正為此戲劇性場面驚詫不已，身邊一中年學者耳語與余道：「解氣解氣！此公著述，其思想多得益於先生，平日無忌放言。先生之一女弟子頗覺不平，欲在網上發帖，討伐此文抄公之行徑。」余恍然若有所悟道：「原來如此。」不料中年學者哂笑道：「汝想必會錯意了。先生對女弟子正色道：『休得如此！吾之思想，得之於天下蒼生，得之於上帝所賜，不過上帝及天下人假吾之口，以為傳遞耳，豈是吾一人之私屬？叟或有沽名之心，然其將吾之思想回饋天下，合吾本心，勞苦功高，吾理應心存感激，何能以怨報德？』」余聞之感佩不已。

余友原係中學教員，1957年罹難，回鄉務農。得改正時，有右派朋友感激涕零，余友喝阻道：「汝被人無端擊倒在地，

扶汝起來，理所應當，何言感激！」上欲恢復其籍，余友曰：
「貴籍或已不似當年，敝人或亦不似當年，當年之事，當作
罷。」乃自食其力，承包山林經年，已是富甲一方。兒女移居
國外，老妻亦隨行，唯余友獨留山鄉，因問其故，答曰：「余
平生好交友，他鄉雖好，無故人也。」乃傾其所有，構建茅
舍、瓦樓十餘間，一派民國早期風格，平日作經營鄉間旅遊之
用，一年數度歇業，專以接待天下豪放之士。當日秉燭夜談，
天將明方散去。翌日晏起，女傭早已備好小米粥、湯包之類。
眾友陸續入席，先生亦至，唯不見其女弟子。余友笑問先生，
先生答曰：「或問此女可挑剔之處，唯梳洗裝扮特費時耳。」
眾友大笑。於是乎拿先生好色且情欲頑健逗趣。先生正色道：
「爾等說吾可，休得當吾女友說笑！」又道：「人之精氣，常
數也。似爾等面色灰黃，蓋透支之故；吾中年喪妻，多有積蓄
耳。」眾友復大笑不止。

　　一連數日，諸友作三五聚談，天文地理，無所不至。然余
每欲與先生獨處一時而不可得。一日飯後，先生來余居室，笑
曰：「吾女友欲從吾雲遊，遭吾婉拒，甚是不快，今晚飛回北
京。吾送之登機後即返，與汝作徹夜談如何？」余大喜過望，
喏喏稱妙。是夜，先生興致頗高，談古論今，縱橫捭闔，余雖
不能全然領悟，亦解惑多多。今抉其要，略作追記。思之再
三，擬取語錄體，蓋效法《論語》，欲求高古之趣也。一笑。

　　先生曰：「歷史蓋英雄造，英雄寫。奴隸所渴望者，衣
食溫飽而已。自由思想上升為理論，非目不識丁之草民所能輕
就。兩千年歷史，一言以蔽之，曰造反，即為爭奪最高權力而

戰。春秋無義戰,三國亦無義戰。造反領袖,李自成、洪秀全,從古至今,皆不得志之小知識份子也。是故吾國歷史,周而復始、原地打轉,改朝換代,招牌換記而已;治統固凶,道統更悍,自由思想處於二者夾擊之下,斷難生長矣。唯隋代文中子王通,現代大先生梁啟超、胡適、魯迅,當代思想者顧准、張中曉,為看透歷史之先知也。」

先生曰:「吾國文化,先天不足。所或缺者有二,一曰宗教精神,一曰科學精神。農業社會,看似穩定,其實代價極大,國民精神奴化、人格矮化,尤為慘痛。雖在宋、明兩朝,有商業經濟之萌芽,經濟實力位居世界之首,資本主義卻斷不能生長。深究其因,與其說夷族入侵導致文明倒退,不如說是漢文化之基因缺陷。此國人之宿命也。」

先生曰:「孔子學說,以『仁』為核心的政治理想主義也。《論語》中,人與民相對,誨與教、訓相對,所謂『誨人不倦』,『有教無類』,涇渭分明,必不混淆。孔子所謂『人』,又有君子、小人之別。『君子』者,君之子也,世襲貴族也;『小人』者,擺脫奴隸身份之自耕農、手工業者、新興地主也。後者經濟地位上升,必有政治訴求,在孔子眼裏,即是『犯上作亂』、『禮崩樂壞』。近有小女子於丹者,開講《論語》,謂『小人』為『小孩』,諸如此類,皆信口開河,貽笑大方耳!」

先生曰:「歷史演化,無劇本、無終點、無彼岸,是故烏托邦精神可嘉,施行於世,大災難矣!自漢武罷黜百家、獨尊儒術,孔子思想遂日漸僵化、神化、妖魔化,形成儒學。儒學非教似教,蓋權力者強制推行,令天下才俊盡入彀中,精神

閹割。歷代政治思想，外儒內法而已。士人因此一分而為三，欲入仕者，不得不崇儒；既入仕者，外儒內法；鬱鬱不得志而無力抗爭者，則崇道皈釋耳。隋代大儒王通者，古今第一思想家也。文中子曰：『不以天下易一民之命』，將孔子之『仁』改造為徹底之人權，又以『變通』為『道』，謂變則活，守成則死。而老莊之道，優劣互見：『上無為』，乃民主思想之萌芽；避世自保，則其消極面也。」

先生曰：「釋家之所謂『人生八苦』，孰能例外？故持因果輪迴之說，以修來世。釋家曰：『順境則貪，逆境則嗔，是謂癡也。』所謂慧根，戒貪戒嗔，由癡而悟也。」先生又曰：「儒、道、釋，唯釋有形而上之思辨，故釋為哲學，儒、道則形而下之實用主義哲學也。」

先生曰：「吾學物理出身，受唯物論影響極深。1859年，《物種起源》、《資本論》問世，歐洲『上帝死了』之聲，甚囂塵上。自然，非上帝也。畏自然而不畏上帝，自是世界無寧日矣。」

先生曰：「現代天體物理證明，宇宙並非無限，其生命亦非無限，四百億年而已。生命自何處來？現代生物學證明，遺傳基因DNA，似能由數種基本元素偶然『碰撞』生成，然自然生成基因，需10之87次方次「碰撞」且次次擊中，準確無誤！即或以電腦最高運算速率——每秒一百萬億次，比為碰撞速率，且次次命中，以宇宙從生至今約一百五十億年計，僅能作48之17次方次「碰撞」耳，距10之87次方遠矣！則人自何處來？進化論謬也，唯物、唯心，亦不過思維之人為分割也。人乃上帝所造，宇宙亦為上帝所造，尚可存疑乎？」

　　余就最為關心之歷史問題，求教於先生，先生沉吟良久，歎曰：「吾雖苦思多年而難得其解矣。憲政乃世界潮流也，孰人可擋？然時日難以預計，其間動態曲折，更多玄機。吾雖力主漸進漸變之說，然突變亦非絕無可能；蓋遊民文化向為動亂之因也。吾雲遊四方，即欲與海內諸子探討出路，或有高人指點迷津，令吾茅塞頓開，亦未可知；若是，乃吾今生之大幸，雖死亦可告慰於釋祖也。」

　　先生曰：「吾於年前頓悟，今欲皈依佛門，作山外人矣。」余欲從先生皈依，先生正色道：「了生死方入門內，具大智即成菩提。汝不似我，塵緣未盡，難做世外人矣。汝若有頓悟之日，再議不遲。離別在即，吾贈汝一言：世事紛擾，宜靜觀玄覽；世風污濁，當潔身自好！」

　　翌日晨起，即往先生住處送別，已是人去樓空。問友人，笑曰：「莫道君行早，更有早行人。」欲問先生去向，又止，心中悵悵然，若有所失。

一夜同行

她從一座海島來，他從另一座海島上來。

孤男寡女，不知怎麼地在這荒草地裏相遇了。殘陽最後一抹餘暉剛剛濃隱去，暮靄四合，夜的涼氣襲人，齊膝深的野草鋪向天邊，在風中沙沙作響。四望無人，也不知身處何地，天地一片淒清，他便感覺孤獨，便想看見、聽見什麼，便想和誰說說話。她出現了。她卻不在意他的存在，眼睛一直望著遠方，似乎有點迷惘，但又有些清高，看都沒看他一眼。夜色漸濃，他一直想像著，彼此的對話打從哪兒開始。但她躺了下來，自顧自地睡去。他望著她的睡姿，帶著幾分慵懶、幾分嬌弱，心裏生出一絲絲甜意，一種無可名狀的愛憐和渴望，和一些模糊的、瑣碎的情節斷片。今夜，他肯定是無眠的了。

半夜裏，她醒來了，發現自己竟躺在一條大木船上，頭頂幽暗蒼穹，天籟那樣單調、那樣淒厲，一個女孩，孤零零的，便有些惶惶不安了。或者說，他看見他和她躺在一條大木船上，她在船的那頭，他在這頭。大陸似乎並不太遠，城市深夜裏星星點點的燈火，隱約可以望見，卻不見月亮，也不見星光，眼前是濃重的、墨黑的夜霧。那個男人，好像就是我——我現在可以肯定就是我了，是從船那頭一團黑影的動靜中感覺到她的存在，她的孤單與惶惶不安的。

那個男人，也就是我，終於忍不住了，向她慢慢挪近，一邊怯怯地觀察著她的反應。我躺到她身邊，不敢動彈，大氣也不敢出。她早已聽見響動或者感覺到另一個人的體溫，緩緩

轉過身，朝向我，微微擺了幾下頭，覆於媚眼的幾縷秀髮未能拂去，便用手攏開，然後打量著我，目光仍有點迷惘，卻也安詳，並沒有對闖入者的防範或對陌生人的警惕。被她信任的感覺鼓勵了我，我輕聲問她：「想不想去陸地上？」她說：「當然。」我告訴她：「你可以站起來，試著到處走走，這船前面的水，原不是水，只是一片野草叢生的沼澤地而已。」她將信將疑地看了我一眼，突然，果決地一手扳了船舷，翻身一滾，下了船，站到一塊乾硬的草地上。風吹動著她的長髮，吹動著分辨不出顏色的風衣，她仰頭望望天空，長籟一聲，恢復了清高自信的樣子，然後朝燈光映紅的天的一角走去。我連忙下船，追上她，與她同行。我一路攙扶著她，而她從一開始就沒有拒絕。在黑暗中深一腳淺一腳，在草叢裏跌跌撞撞，撲棱棱驚飛起一群夜宿的野鳥，接著，又只剩下風聲和野草的霍霍聲與我們相伴。我有些羞愧，剛才我說錯了，哪是什麼沼澤地呢，這只是片草叢而已。她會不會以為我騙人，或者認為我是個自以為是的傢伙呢？

　　走了很久很久，城市的燈火絲毫沒有拉近，依舊那麼遙不可及。荒草地卻突然消失了，腳下突然晃動起來，竟連站也站不穩。我們在一座浮動漂移的小島上搖晃著，回不去，前方也沒有了路，那湧動著的暗褐色的一片汪洋，分明就是大海。我感到恐慌，透骨的寒氣讓我意識到，這是一塊不大的流冰，非常平坦、光滑，在夜的幽暗中，隱隱泛著青白的微光。早知如此，不要輕易離開那艘木船就好了。我卻不敢吱聲，擔心又說錯話，擔心令她害怕，擔心她的責怪。她事實上已經害怕

了，哆嗦著問我：「這是怎麼了，我們在冰島上麼？」我聽出她只是驚駭於浮冰的乍現，擔心迷路，並沒有埋怨我的意思。我很感動，告訴她：「這是流冰，但不要緊的，你看，它正在向岸邊移動呢。」果然，都市建築群的輪廓浮現在暗紅色的背光下，大陸真的不遠了。就在這時，那浮冰卻定住不動了，不再向陸地靠攏。我們就這樣被困在黑夜的冰上。很快的，我感覺已經要凍僵了，寒氣還在腳下直竄，侵襲全身。忽然間，她臥倒在冰上，矯健地爬到冰的邊緣，像游泳者作陸地練習一樣，用手臂划著水。我震撼不已，為著她求生的欲望，為著她的遠遠高過我的「AQ」。我立刻匍匐到冰上，一邊向她爬去，一邊急不擇言地對她說：「我是從海島來的那個人，你不認識的，和你相遇，不是預謀，是命中註定，你我必有一遇，我知道，你不在意我，我難過，但我明白，各有各的隱情，各有各曾經的故事，我只想讓你知道，一個人從島上到大陸，有多不容易……」她偏過頭來。她的眼睛離我的眼睛這樣近，近得在黑暗中能看見她眸子裏瑩瑩的光亮。四目對視，足足有好幾秒鐘，她終於開口：「你想告訴我的，就是這些？」我膽怯了，結結巴巴地說：「就這些……這些，沒想到會是這樣……這樣，我很抱歉。」她眼裏晶瑩的閃光熄滅了，偏過頭不再看我，一邊復又划水，一邊說：「……我不怨你。我是迷路了。我心裏從沒有別人，從不關心別人的生存艱難。現在，我只對你說一件事，你我必須回去，不然都會凍死在浮冰上的！」一股熱流從心裏湧出，直衝向我的眼眶。我立刻拿手當槳，和著她的節奏，拼命划動。當時只有一個意念主宰著我：這浮冰就

是船，手臂就是槳，我要幫她逃過眼前的劫難；我想，當時我對自己的生死已經無所謂了，我只是不想眼看著她死去，死在我面前，死在這無人知曉的地方，死得不明不白。我想，上帝是仁慈的，他把希望，那黑暗王國的一線光明，埋藏在我們內心深處的某個地方，每當我們身陷絕境，只要有一點溫暖，它便會萌芽。當時我來不及想這些，只在心裏祈禱，為她祈禱，祈禱她能夠平安。奇跡居然出現了——浮冰向岸邊一點一點緩緩地移動過去。我和她默默無語，只一個勁划動著……就在浮冰與海岸猛烈撞擊的一瞬，我們忽地嗷嗷大叫起來，手牽手，一躍而起，跳到了岸上。

　　一回到陸地，她就變了一個人，自信、清高，眼裏沒有了迷惘，滿是快樂的、激情的光亮。她步履匆匆，又不失優雅，朝我並不清楚的目的地走去，連一聲道別也沒顧得上，當然更沒有交換彼此的手機號碼。我想，那肯定是她回家的路。我目送她，看著她的身影消失在都市的晨曦之中，卻沒有期待中的一眼回望。此時，我應該往哪兒去呢？後來，應該想像得到的，我回到了我的孤島。我想，我不會再去尋找她的，除非不經意的邂逅；那時候我想做的，就是給她說說我還沒來得及講的故事，當然，我很想知道，她是否還記得我們的一夜同行，但我肯定不會先開口問她。

節日

　　我的臥房，隔窗臨著小院。那是個初春的清晨，寒氣把我冷醒，我去關窗子，才發現這老式的木窗並沒有窗扇和玻璃。昏慘慘的夜光下，我看見外面窗臺上堆積著厚厚的一層泥土，濕濡濡的，像是誰特意伺弄過，十分疏鬆、勻整。我來到院子裏，掐了一支龜背竹，插入窗臺上的泥土中，立時就活了，剛勁挺拔。我便接著插了起來，一支一支地立了一排，看著看著，龜背竹竟拔節而長，長成了一個個倒立的「人」字，濃蔭便遮蔽了窗子。

　　正待入室再睡個回籠覺，迷迷糊糊中聽見有人說話，眼前隱隱現出了高考的現場，卻不是教室之類的地方，是片空曠之地，一條長河流貫平原，曠闊的原野很荒涼，花草疏落，極遠處才有一抹黛色，淺的是山巒，深的是森林。一幅印象中的尼羅河上游河灘的鳥瞰。說話人的身影也不時的淡淡浮現，我大致辨出，主考者是一位女教師，十八世紀淑女式的古典盤髮，面目不清，有著藝術體操運動員一樣的體態，反應敏捷，說話節奏快，手和臂比劃著，肢體語言富有感染力。我便遵她之命，以「人」為題，在腦子裏構思作文。語句毫不費勁的汩汩流出，全然是眼前所見所聞的一幅白描──

　　一群古猿，從尼羅河上游的山洞來到河岸邊。這天正值初春時節，陽光格外燦爛，尼羅河宛如一條蔚藍色的絲綢，在微風中飄動，河岸沙灘閃著金子般的光澤。寬廣的金色沙灘

上，點綴著稀疏的一叢叢的綠、紅、黃、紫——那是夏季尼羅河肆虐過後的遺跡，山谷的風把種子帶來這裏，生命力極為頑強的野草、野花活了下來。雌的、雄的，老的、幼的，古猿們全身赤裸，嘴裏咿咿哇哇，相互關照著什麼。一概都是快快活活的，在河灘上散開來，自得其樂，爬行正歡。大約在洞中憋悶太久，這是難得的一次猿的盛大狂歡節吧。……我拿不准應該稱它們為古猿、類人猿，還是猿人，正待琢磨，耳邊便傳來女教師的聲音（她人已隱身，不知其身之所在），她提醒說：「沒關係的，不必拘泥於科學的準確，那是學者要做的事；文學的要義是燃燒你的生命，化作自由奔放的想像。」我便放棄了考據，將注意力集中於眼前的情景。

這時候，河邊沙灘上有一隻壯年的古猿，威猛健碩。牠的前肢緩緩離地，企圖站立起來。它很努力，也很使勁，雙拳緊握，渾身痙攣，嘴裏嗷嗷直叫，一次又一次，卻一直不能成功，頭和上身過於沉重，後肢似乎承受不起，顫顫巍巍。這叫我十分揪心。我恨不能上前扶它一把……就在這時，牠轟然撲倒在地，牠的前肢倒剪在背後，居然沒有用來救助，面部徑直摔在砂石上，只見殷紅的鮮血從嘴鼻湧出，順著濃密的面毛直往下淌。我正待跑上前去，卻見牠躬身向後移動重心，已成跪臥之式，前肢依然倒剪，欲藉膝蓋、腳踝之力，重新站立起來……這時我身後一陣如雷的悶吼，回頭看，是一隻老猿，在離牠數十米的一塊岩石旁，一直緊盯著它。老猿實在是太老了，癱臥在巨石旁，身軀龐大而笨拙，毛髮脫落，像長了一塊一塊的牛皮癬，喉結不停滾動，想叫喚，聲音卻沙啞，低沉而

渾濁。它鬆弛的皮肉抖動著，看得出在為那隻壯年猿的頑強和「驚猿之舉」激動不已。順著牠激動而痛苦的眼神望去，壯年猿雙膝已然離地，雖是有些佝僂，這一次卯足了勁，兩眼精光灼灼，渾身肌肉塊塊飽綻，足足持續了好半天，眼看就這樣立定了。老猿扒著岩石，掙扎著，好不容易立穩了四肢，接著便出動了，使勁地爬向猿群，往來穿梭於其間，哇啦哇啦地叫喚不停……女教師的喟歎之聲鑽進了我的耳朵：「多少年了，牠們只能爬行，太累了，站立會讓牠們感到從未體驗過的輕鬆和自由；而且手的解放，才是人類創世紀的真正序幕。」我立即答應她，一定想法子把這層意思寫進去。來不及與女教師多說，無比壯觀的情景就出現了：所有的猿，雌的、雄的，老的、幼的，一動也不動，齊齊將目光投向那隻壯年猿，前肢舞之、後肢蹈之，哇啦哇啦的叫喚聲響遏行雲。這是悲壯的一刻、神聖的一刻、驚天地泣鬼神的一刻，那隻壯年猿，就在眾猿的狂歡聲中，呲開濃密鬍鬚中的大嘴，雪白的暴牙咬得嘎嘣直響，佝僂的身子一點一點地伸直，最終站立起來！不可思議的奇跡跟著發生了，所有的猿，剎那間都安靜了，我也同時屏住了呼吸，只聽見天風的吹拂和尼羅河的水響。雌的、雄的，老的、幼的，所有的猿都像牠那樣，前肢緩緩離地，佝僂的身子一點一點地伸直，全都站立起來！壯年猿向前邁一步，眾猿就向前邁一步；壯年猿探步向前移動，眾猿就探步向前移動；壯年猿雙臂高張，舞蹈般地繞行一圈，眾猿就雙臂高張，舞蹈般地繞行一圈。就在這一刻，就在這最原始的舞蹈——一個莊嚴的儀式當中，完成了人類文化的創始，人類從此走上了文明

的不歸路。然而，也就在這一刻，那隻老猿訇然倒下，閉上了眼睛，停止了呼吸。牠實在是太老了，承受不住過度的興奮。牠的眼窩裏老淚盈盈。我想，那肯定不是悲傷，而是激動的淚水。

我在腦子裏完卷時，女教師方才現身，依然像一張淡化的淺灰色底片、一個霧氣般的映射，面目不清，但感覺離我很近，氣息可聞，她望著我，過了半晌才吭聲：「……老猿可能死於心肌梗塞。」我突然憂傷的想到，那兩隻猿，我竟不知道牠們的名字；她接著說：「歷史湮沒了太多的細節，甚至是一部部的英雄傳奇；就只當是牠們的血液在你我的脈管裏流動吧。」言畢，化作一縷青煙飄然而逝。

晨光熹微時分，我才醒來。頭一件事，便是去看窗臺上的龜背竹。非常遺憾，龜背竹蔫了，但我親眼看見的，它確實曾經剛勁挺拔，呈倒立的「人」字，只是想不到它如此孱弱，耐不住早春的寒霜。我本想把它掩埋在小院裏，以憑弔它曾經的生氣和悲壯，與曾經給我的靈感；但我還想再看看，天氣回暖的時節，它還能不能再活過來。

青花

我家的小庭院，有兩株梅，一株紅梅，一株黃梅。老人們叫臘梅，臘月裏花事最盛。我喜歡梅花。大雪天，寒氣裏，她們給這單調的、清冷的世界，點綴一點半點的紅、一星半星的黃，紅而不豔，黃而不俗。一切人間的濁氣，都被大雪吞噬了，而一切人間的煙火氣，也掩沒了，只有寒，只有冷，一種很純淨的氣息；雖純淨，卻也嫌寡淡；這時，唯有梅，獨自吐著她的暗香，在夜氣裏浮動，幽幽的、淡淡的、嫋嫋的，那樣醇、那樣雅、那樣高潔。梅的香是她的體氣、她的精神氣。冬夜於是有了生機，也有了精神。

夜裏，被那嗶剝嗶剝的聲音驚醒，心裏不禁生出生命的蒼涼和悲壯：不阿世的竹也不堪大雪的重壓，不忍痛苦的彎腰，劈啪劈啪的折斷了。窗臺上的菊，抱香死在了枝頭；曾經芬芳馥鬱的米蘭，早已畏寒地躲進溫室；我不免擔心「四君子」的最後一位──梅的命運。披上厚厚的棉袍，來到庭院。雪大如手，月色慘然；如銀的雪地，卻無光澤，顯得灰暗，那樣蒼白，那樣無情無義，寒氣從腳下直往上竄，徑直朝骨節裏頭鑽。梅枝是峭拔的，虯曲蒼勁，冰裹著、雪壓著，墨黑的骨骼，不折也不彎，堅挺依然。我於是放心了，腰身也跟著直了，骨頭也跟著健勁了。

我採擷了兩束梅，一枝黃，一枝紅。踏雪回屋，清香隨我灑滿了一路，滿屋子飄逸。空寂靜謐的書房添了冷香，頓時顯

出生氣。一時卻找不到花瓶供她。我望著梅，幻象迭生，拿出想像中的各式花瓶配她，覺得只有青花瓷瓶的淡雅、高古，或許宜於供她。小心翼翼地將她輕放到書几上。想著天明時早早去江瀆宮，逛一逛集古齋或者醉陶軒，為她挑兩只青花瓷的梅瓶。

　　早就不知去過多少趟了，總是嫌貴，捨不得出大價錢；仿古的或粗糙的，殘破的或不雅的，又總瞧不上眼。主意既定，頓覺一身輕快，回頭依依看了幾眼書几上的梅，便熄燈睡去……

　　……摸了摸鼓鼓囊囊的口袋，逛古玩店便豪氣了許多。本來就不大喜歡窯變，儘管稀罕，有皇室貴胄之氣，無論窯紅、窯藍，色澤總不免有些誇張，不素不淨，欠了溫婉含蓄。粉彩也不入眼，華麗而繁複，人物、花鳥，形象具實，或許大千世界見得太多，也都嫌鬧騰。在我心裏，以梅的清雅，是不宜別的故事摻合的，愈簡素、愈淨潔愈好。眼睛便只盯著青花看。官窯自然沒有，有也是「做舊」；大凡天下物事，一旦使巧作假，便煞風景、倒胃口了。於是專揀民窯精品來看。倒有兩只頗覺得可心。一只形制大，高二尺餘，細頸削肩，扁腹長身，一副玉樹臨風、風姿綽約的樣子，正待談價交割，卻見瓶嘴處有一道細細的印痕，就著檯燈光，取放大鏡辨認，非是因年代久遠而自然生成的所謂「沖」，或「雞爪紋」，分明是修補的痕跡。長籲一聲，再看另外一只，呈扁壺狀，高亦盈尺，瓷釉細膩，發色正，我一向以為累贅的一對環耳，居然小巧玲瓏，頗能接受。此梅瓶似為清代嘉慶年間的民窯精品。我捧穩它，

伸遠雙臂，瞇了眼，想像紅梅或黃梅插在其中的感覺，不知怎麼地總有點不對勁，青花似乎過於濃烈。縮攏來細觀，原來纏枝荷花圖案，過份細緻，滿滿當當，墨色亦一致的濃藍，流於瑣碎、板滯，遂顯小氣。須知此乃供梅之大忌呀。悻悻然地離開古玩店，心中若有塊壘鬱結，百思而化不開。

我終於明白，我心中的青花梅瓶，其實是唯一的；歷朝歷代任何的工藝大師燒製的梅瓶傳世珍品，其實也是它，或者宮廷督造官心中的那個唯一。天底下，倘若想得到我的唯一，需由我自己繪畫燒製。

將炭火正旺的火盆移至書房，連夜作畫。展開宣紙，理一理，壓上紫檀鎮紙，取了我珍藏的「香山居士」李唐端硯，將一直捨不得用的一枚「乾隆御製」的徽墨也取了來，不久前尋得的一只民國初年的五足海星抓手小水沉，此時也頭一遭派上用場。磨好墨，蘸飽，提管在手，凝望書几上的兩束寒梅，一股馨香沁入心脾，不覺元神朗澈，情思大勃。氣貫筆端，入紙成畫；如有神靈捉手一般，忽兮晃兮，如醉如夢，筆揮墨灑，騰龍走蛇，中、側、轉、逆諸鋒，無不運腕自如，木鐸震聲，出神而入化。一幅接著一幅，轉瞬間一氣呵成。手倦擲筆，通體暢爽極了。

一地的梅瓶青花，竟都是大寫意，筆勢汪洋恣肆，形神得兼。揀了兩幅最得意的，俱都見所未見：形制古樸、隨意，亦巧亦拙，風骨古雅；青花圖案，則寥寥數筆，或濃或淡，或修或短，若斷若續，似有似無，塊面和線條，宜留空處留空，欲飛白處飛白；雖抽象不可名、不可解讀，筆趣、筆意，卻似有

禪機深藏，其玄妙可心會而不可言傳。乃欣欣然題款曰：「丙戌大雪思雨樓製。」

撥了撥火塘，架幾枚新炭，墩上銅水壺。不久，水沸，熱汽竄出，嘶嘶有聲，滿室暖和如春。沏上一杯苦丁茶，邊呷邊觀畫。心想著該去一趟景德鎮，請民間高人如畫燒製；再呷一口苦丁，竟甘之如飴。睡意漸漸襲來，這才折回臥室，和衣睡去……

翌日雪霽初晴，一覺醒來，已是日上三竿。冬日暖陽透過窗紙，照射進屋，亮亮堂堂。起身疾步入書房，卻見滿地的青花，竟一一掛上了骨壁，佈局錯落有致；只是少了夜間心儀的那兩幅。四下尋看時，卻見書几上、書桌上，那採擷來的梅花，竟恰到好處地插在兩只花瓶當中，那兩幅畫作，已化作兩只美輪美奐的青花瓷梅瓶，看瓶底，竟有朱紅款識，文字與我的題款，一字不易。回憶昨夜情景，歷歷在目。但我並沒有驚駭，甚至平靜得有些異樣，唯有一種福至心靈的充實、滿足與感動。我想，梅的品格是獨特的，只有獨特品格的梅瓶才配供她。上帝聽見了我內心的聲音，上帝才成全了我的。

感謝上帝，阿門。

祭

姑父今年春上去世了。春節期間，問起姑父的近況，表弟還說很好，只是精神有些不濟，說走就走了。都說老人最難熬的是春頭臘尾，沒想到姑父也會這樣。那幾天剛好遇上倒春寒，氣溫陡降，風雨如磐，整個城市一片晦暗。所有上輩親戚當中，姑母、姑父是最疼我的人。孩提時代，去姑父家「走親戚」，小住些日子，是我最快樂的時光。姑父的家，兩層木屋，在長江邊上。夜裏，我躺在安靜的小閣樓裏，諦聽輪船的汽笛聲和船上水手們隱隱約約的吆喝，彷彿置身在童話世界。我和妻子冒雨去靈堂弔唁。獻花圈、上香、叩頭，眼淚在眼眶裏直打轉。姑母去世時，我泣不成聲；姑父很剛強，我不想讓他感到他的侄子像女性那樣軟弱。

姑父九十歲了，堪稱耄耋老人。老屋拆遷後，晚年在小表妹身邊，很幸福。表妹夫在醫院做事，住處有暖氣。在這座南方小城，除了首要的機關大院，大概只有醫院有這樣優越的條件。但在彌留之際的最後兩天，姑父大喘不止，很痛苦。我的表弟說起來就傷心。自從姑父去表妹家安享晚年，我就很少再見到他了。這之前，每逢五八臘，我都會買煙酒、點心，去他那世代居住的老木屋探望，陪他抽兩支煙，聊上一陣子。印象最深的最後兩次見面，一次是姑母感覺自己快不行了，想與我的母親見上一面。那時母親也已七十高齡，行動不便。姑母一生沒向我提什麼要求，這是唯一的一回。那時城市還沒有計程車，我也借不

到小車，同妻子商量，借來了她們單位辦案用的挎斗摩托（筆者注：即三輪摩托。），把姑母、姑父載到江津湖畔我的家中，讓他們老姊妹見了一面。不久之後，姑母就永遠離開了我們。那時的姑父，身體還挺硬朗。多年以後，聽說他腿疼，下蹲有所不便，我借用單位的小車，接他到家裏，請來一位氣功師給他發氣治療。氣功師比劃一陣，讓他蹲下試試看，姑父一時間竟能蹲站自如。他很高興，忙不迭拱手稱謝，說：「今日算是遇到神仙了。」

七十年代初，我從工廠調到文化部門，姑父、姑母很高興，我從郊區來到市區，離他們近了。周三或周四，姑父來文化館接我去吃飯，我的家在近十公里外的荊州城內，姑父知道我周末要回家去。那時，表弟、表妹還在鄉下，很叫人惦記，我去陪兩位老人坐坐，或許對他們有所慰藉。除了談談鄉下弟妹們的近況，姑父、姑母最關心的，是知青返城的小道消息，有一陣子，這方面的謠傳很多，我會揀最好的消息說給他們聽。此外，同姑父所聊的話題，總離不開戲劇。姑父家世代開漁行。童年記憶中，姑父家還有一位慈祥的長者，我叫他「黑伯伯」，他小名黑子，是姑父的父親收養的義子，一生沒有婚娶。一有空閒，他手中便是捲煙葉子，一支接一支的吞雲吐霧。他與姑父情如手足。姑父家朝門裏、堂屋中還有前後小院，盡是些大大小小的魚缸。每到黃魚（中華鱘）的上市時節，一條就有四、五米長，佔據了整個堂屋。黑伯伯總是大聲的叫喚我的乳名，問道：「想吃什麼？鱔魚、團魚還是鯽魚？」我朝地上一指：「牠！」姑父便哈哈大笑，說：「乖兒子，滴嘎都不『苔』咧。」祖父也在一旁呵呵的笑著。私營改

造後，黑伯伯去飲食公司做了掌勺，姑父則在食品公司做了多年採購。姑父年輕時就走南闖北，多有見識。他看過四大名旦、四大須生，每談到這些往事，便掩藏不住喜悅和興奮，顯然，他以此引為這一生的榮耀；然而，此一時彼一時也，不免叫人生出莫名的感傷。對本市名角，郭叔鵬、姜雲霞、蔣畹華，還有漢劇名老生江金鐘的表演和代表劇目，姑父如數家珍。尤其麒派老生郭先生，《古城會》去關公，《跑城》去徐策，扮「紅生」的那種精、氣、神，常為姑父所樂道。姑父還喜歡講我小時候的故事，說親友聚會，常常讓我唱一段《打漁殺家》或《斬經堂》，為大人們助興。他問我記不記得；兒時的記憶，其實已經淡然了，我還是笑笑地點點頭，不願讓姑父掃興。我懂得，進入老年的人都愛懷舊。剛到文化館做事的時候，戲票、電影票還很少，我則是近水樓臺；有好戲、好角，我便會給姑父送去戲票。後來，京劇漸漸不景氣了，姑父總會向我問起他這幾位偶像的近況。有一次我談到，和蔣先生一同乘飛機去參加省文聯的會議，同郭先生、江先生一道，在人民劇場的千人大會上，經直接投票選舉，當選為文化系統的人民代表，姑父總也不敢相信是真的。姑父自尊心強、脾氣大，說話從不知道拐彎，快人快語。親戚之間，有什麼他以為不滿的事情，評說起來，也毫不客氣，一點也不給人留情面。他是性情中人。細想他這一生，值得；儘管後來過得不如前半生寬裕，不再那樣自由、瀟灑，沒有遭遇大的劫難，已屬萬幸。這樣高壽，走的是順頭路。但我還是很傷心。心裏總覺得有什麼未竟之事。

　　……晚上下起了大雨，親友隨便在殯儀館門口的小飯店吃飯，準備今晚守靈。小飯店光線暗，外面大風呼嘯，冷得叫人禁不住直打哆嗦。這時候，坐在我身旁的妻子突然附耳對我說：「姑父沒有死。」我大驚，低聲囑咐她，千萬別亂講。話未說完，我就感覺到，我另一旁原本空著的位置，坐了一個人，偏頭一望，真的是姑父。姑父很高大，看上去至少有姚明那樣高，腰板挺得很直。仰頭看去，看不太清楚姑父的面孔，整個頭部融在夜色裏，影影綽綽。我生怕姑父坐不穩，連忙拿手臂挽住了他。姑父沒有講話，但睜著眼睛，俯看著在座的人。奇怪的是，好像就只有我和妻子看得見他。其他人，我的表弟、表妹，鄰桌的親友，也都沒有察覺。店堂很黑，似乎沒有燈光。客人們來來往往，竟也沒有察覺巨人般的姑父。記不起是我的意思，還是姑父有某種暗示，我挽著姑父，站起身，走出小店，去靈堂內外走了一大圈，這才又回到酒席桌前。姑父一直沒作聲，依然睜著眼睛，看著表弟。我想，我不能再瞞著表弟了。我努力保持鎮靜，對他說：「姑父沒有死，就在我身旁。」表弟將信將疑，我讓他伸出手臂，也像我那樣，將姑父挽住。他試了一試，沒有感覺到。正在這時，姑父忽然伸出手來，捉了表弟的手，去觸摸他自己的面頰。這下表弟感覺到了，趕忙去挽姑父，也挽住了。我和表弟挽著姑父，來到靈堂當中，坐穩。我先攙扶著他，表弟匍匐在地，向姑父九叩首；然後，表弟攙扶著他，我再匍匐在地，九叩首。姑父這才悠然而逝……

　　像我的所有上輩人一樣，姑父是很講究禮行到堂的，我們肯定在什麼事情上考慮不周。今日傍晚，我和妻子前來靈堂

的時候，沒聽見唱堂會，而隔壁過去幾家的靈堂，分明有鼓樂之聲傳來，心裏曾有所觸動，覺得今晚應該給姑父唱一場京劇堂會的。但我沒有對表弟說，他太忙、太累，可能把這事給忽略了。他自己身體本來就不怎麼好，在姑父住醫院期間，他和弟妹遠從北京趕回來，連著操勞了十幾天，一副很疲憊的樣子，又正在極度的悲痛中，我不忍心對他講出我心裏的念頭。我曾轉念想過，姑父喜愛的幾位名角，姜先生早已經作古，郭先生、蔣先生、江先生也都是耄耋之年，早就結束了粉墨生涯；如今跑堂會的角兒，大都五音不全，哪裏談得上字正腔圓呢？以姑父的鑒賞眼界，怎麼瞧得上呢？雖說做了這樣的自我解脫，仍然心有戚戚焉。表弟雖只小我幾歲，對姑父曾是京劇FANS，已經是所知不多、理解不深了。這不能怨他。我是民國時代生的人，民國時期，每天看戲，有時一天看兩場，下午到鄂西大舞臺看漢劇，晚上在龍門河畔看京劇。祖父率隊，兩家的先生和女眷們每每結伴同行，當時我是黃氏門宗唯一的小孩，當然不會被拉下。記得看連臺本漢戲《孟麗君脫靴》，一連看了幾個月，孟麗君的靴子就是脫不下來，為了揭秘她究竟是小腳還是大腳，散戲時女眷們（包括我母親）總要說講一番，頗費猜詳；這時候，男士們是不發表什麼意見的，他們所談的，是到哪裏去飲酒、吃茶，祖父或姑父，最後還要徵詢我的意見。記得我最想去的，還是祖父所在的「瀟湘酒家」。那時我就知道，荊沙名廚有九人，結為金蘭兄弟，祖父排行第九，號「黃老九」，兼擅紅白兩案，我最喜歡吃他做的甜點，外酥脆、內嫩爽，落口便消。黑伯伯和姑父都燒得一手好菜，

便是得益於祖父的親授。表弟出生在兩個政權交替的炮火聲中，便沒有我那麼幸運了。表弟僅知道姑父喜歡打牌，於是在姑父的靈前，放了一副麻將，還有一千元零錢。那麼我想，我要做的就是，按此地風俗，向紙馬鋪預訂一臺影碟機和幾套京劇名家的DVD；在逢七的日子，或者清明節那天，在姑父靈前焚化。而今，紙馬鋪老闆想得越來越周全了，還特意準備了通往那邊的商檢證明和准運證之類，還有付給那邊郵局的銀票，賄通那邊重重關防的美金，以及避免孤魂野鬼們打劫而需要打點的碎銀。這麼一來，姑父肯定能夠安全收到我的祭品。我想，姑父和姑母打牌打累了，聽聽梅程荀尚，余言譚馬，還有海派的麒麟童，一定會很愜意的。

三筆字

應邀赴鄂西出席某紀念慶典。與會者中多有熟人。飯後三三兩兩去散步。大街，似為新建者也，道路劈開山巒，橫貫其間，筆直寬敞，只是工程尚在煞尾，冷清而略顯凌亂，唯路燈已於新近裝畢，蓋為慶典活動作準備，點綴盛典氣氛。燈型不倫不類，細看，燈箱而已，皆書寫有文字，不中不西的，令我不得辨識，筆墨粗礪狂放，頗覺怪異。身後有一從從容容的女聲，正釋讀燈箱上的文字，竟頭頭是道。扭頭看去，似某大姊。我不便攪了她的談興，未前去交言。依照她的釋讀，重新辨認，仍不得要領。竟有幾分些懊喪，頂著文人虛名，居然不識漢字，畢竟可悲。

不一時，路盡，抵一小型廣場或遊覽景點，早有人駐足觀看一巨大石刻，如山寺、如高樓。近看，乃鵝黃色石壁，刀削一般屹立眼前，上面刻滿對聯，長短參差，長者凡數百言，僅上聯而已；心下猜測，下聯必定在山石之另一面。此聯文字，依舊不中不西，難以辨識。其中最長一聯，與沿街燈箱上所書，出自一人之手，當可斷定。有當地民眾及文人墨客，立於數米外的坡頭，瞻望石刻、交談，指指劃劃，評說各家聯語及書藝短長，如數家珍。忽聞提及一人名姓，乃是我熟知之人，當年與之曾有過往，只知其能畫，不知其能文能書者，N姓，有口吃之疾。因湊近了看題款，果為N氏所撰、所書。交談者中，有一人說道：「這乃是N氏獨創之『三筆字』，無論漢字

筆劃幾何，每字均作三筆寫成，斷連無法度可循，隨心所欲而已，用筆亦N氏自創，以逆鋒、側鋒多用，猖獗而怪異，故辨識頗有不易。」並拆數字講解，以為頗得N氏秘法。又謂，N氏如今已是一字千金，洛陽紙貴云云。我一旁靜聽，心中豁然。據此人所言秘法一一辨識，所記文字，得以解讀，乃辭賦體，文筆花俏誇張，無非歌頌升平而已，不覺大為掃興。記得N氏就在文聯院內後牆邊的一間小屋居住，原想抽空去拜訪，順便求一墨寶，此時意興消失殆盡。乃順石牆繞行，入一山洞，多處有出口可通，光照進來，洞內並不晦暗，亦不多曲折，形如巨大的龍爪，兀立於地。又見一石刻，圍觀者甚眾。前去看時，凌亂無章，不成文，字亦如粗通文字者所書，歪歪扭扭，毫無章法。細看方知，乃各界市民所刻，時間紀錄，文革期間居多，上溯可到1949年，下迄當日。皆以一句似通非通的留言，記述自身的特殊經歷。我頓時領悟到，其價值非前述石刻上之文人雅士所撰對聯可比也。轉向此碑石另一側看時，不覺倒抽一口氣，竟是一名人塑像，年代已久，殘破斑駁，依稀可辨而已。心想，對面必有另一名人塑像與之遙相呼應，走過去看時，卻不是預想之人，不過倒也相配，無可厚非。此像亦殘破，滿身所刻，與前此無異。一種沉重的歷史感襲來，令我唏噓不已。因想到此行極度無聊，若無此洞之遊，當後悔不迭。

次日晨起，見所居招待所外，銀裝一片，起起伏伏的山巒已為一夜大雪所覆蓋。眾賓客紛紛坐於雪地上，隨山勢自由滑行，不亦樂乎。我試著坐下，果然不用氣力，竟也滑行如飛。忽見一群山羊奔跑其間，一陣突突特特的聲響，氣勢磅礴。正

　　驚異間，砰的一聲槍響，卻見是山民狩獵，一隻大獸正撕咬著
山羊，大獸雖已應聲中彈，仍死咬山羊不放。眾人一致驚呼：
「野豬野豬！開槍開槍！」卻見大獸緩緩直立起來，揭開面
具，現出人形，鬍子拉茬、皺紋滿臉，竟酷似N氏，不禁心生
惻隱，歎息不已。此人用力撕扯開衣襟數層，拿手摳出一枚石
子般帶血的子彈。見他僅傷及皮肉，並無性命之虞，方才心中
釋然。獵手及眾人皆驚呼不已。原來N渾身著數層盔甲，已作
中彈之防禦，臀上所繫，竟然是一隻巨龜。

玩具

　　局長的電話把我叫醒的時候，是夜裏兩點鐘。這是常有的事情。他親自開車來接我，卻不符慣例，極為罕見。他習慣了不說去哪兒，我也習慣了不問幹什麼。憑感覺，我知道車子跨過了一道道警戒森嚴的地界。這也見怪不怪。車停在一幢豪宅門前，迎候我的竟是我的兒子，這是我做夢也想不到的。局長同兒子握手，轉身對我說：「給你一周休假，好好玩吧，老頭！」然後駕車自去。

　　我那彆扭勁，兩天都沒有緩過來。和兒子有多少年沒見，已經記不清了，這些年他在哪兒、幹些什麼，他隻字不提。我們其實很少講話。他甚至沒有問候他母親一聲，兒媳也一樣。唯有五歲的小孫子把我當親人，成天「爺爺」、「爺爺」地叫個不停，孫兒繞膝之樂，讓我很開心，我只是擔心這把老骨頭，禁不起他的折騰。

　　孫子老吵著要給他買玩具，而且一定要買飛機。難道玩玩具的特殊喜好也有遺傳？我從小就迷飛機，現在幹的這一行即與此相關。只能說到這裏為止——我的身份，決定我的言行有諸多不便。

　　我在燕莎轉悠，飛機玩具琳琅滿目，一看就知道造型是外行設計的，可能仿真飛機涉及專利，成本會有所增加。這當然讓我有點掃興。而當我眼前一亮的時候，我的心也同時提到了嗓子眼。那架玩具飛機的外形——我只能說，我太熟悉了！我請銷售小姊取給我看。我的第一直覺告訴我，應該拿在手上

掂一掂它的重量，而就在這一掂的瞬間，我的臉色肯定變得煞白。我差點沒有一聲尖叫出來：「my god！」我的特殊職業和身份，不容許我明明白白地告訴您，這是為什麼。我也許只能在若干年後——我死了之後才能說。我請小姊多拿幾架給我「挑選」。「My god！」這次我真的叫出聲來。小姊連忙問：「您怎麼啦？」我急忙掩飾道：「沒事沒事！我要了兩架玩具飛機。」——我只能說它們兩隻，絕不能對她說這是一對。

　　正當我刷過卡，準備做賊似的離開櫃檯時，一個身材魁偉的男子走到我身邊，輕聲說：「先生，能給我看看麼？」我憑多年的經驗，認定他並非凡人，幹的事情與我差不多，儘管他也穿著便裝。但我屬於那種刀架在脖子上也不能隨便吭聲的人群，所以只能裝傻：「您讓銷售小姊拿給您吧，我得走了，我的小孫子還等著我呢。」儘管我笑得極其自然——這也是訓練有素的，那便裝男子卻不苟言笑。在這一點上，他應該遭到我的鄙視，他只有一張面孔——業務素質還差得遠呢。果不其然，他說話也生硬，「我就要看看您買的這兩架！」我心想：今天可算是遇到刺頭兒了！我仍然笑得一臉陽光，說：「好吧，您拿去看，看仔細點。」我對小姊說：「這位先生就是您的下一位顧客了，您讓我另選吧。」小姊卻耳聾似的，不理不睬。我這才明白，他們倆是一伙的，或者說，小姊已經知道這男子的特殊身份。

　　男子極其內行，像我一樣拿手掂掂這架飛機，又掂掂另外一架。又拿眼睛逼視我幾眼，沉著臉說：「請跟我走一趟。」我知道今天得跟他耗下去了，心裏不是滋味。我說：「憑什

麼？我犯啥事了？」我知道他現在唯一要做的，是掏出派司。誰知他的派司竟然是商場的保安！在這種情況下，我若跟他走，是有失我的人格和尊嚴的，雖然幹我們這行的，人格尊嚴已經磨礪得所剩無幾，但此刻，我必須以普通人、正常人的面目出現，也就必須表現出起碼的尊嚴。我說：「你如果不說清楚我違反了商場的哪條規矩，我是不會跟你走的。請把你們商場經理叫來！」那男子一怔，他可能沒遇到過像我這樣的主兒，老百姓習慣了屈從強權，誰有權力標識，誰就是爺，哪怕只是商場保安，也會令他們六神無主、神色慌張，這一來，越發引起對方懷疑，結果事情更糟，不是屎都是屎。當然，商場或公司保安毆打無辜致傷、致死的案例，近年來頻頻曝光，而且往往上告無門，這也使得好漢不吃眼前虧的哲學更加深入人心。我想，我是一個老人，衣著得體，外表儒雅，大概不會遭遇橫禍的。

那保安下巴一歪，又鑽出一個，像一個模子刻出來似的。兩人竟左右架了我，來到一間密室。提問單刀直入：「你為什麼單單挑選這兩架？」我說：「我喜歡、覺得有趣。」話一出口就後悔了，這不是直入殼中麼？「出示你的身份證！」我只好乖乖地拿出來。一個保安打開筆記型電腦，著手核查。結果不用說，我的職業不容許我有真實身份，我的身份檔案本來就是假的。作假作得不高明，是商人，而不是國家機關要害部門的職銜。我要求打電話，他們只准用他們的手機。這當然不行，我的電話號碼絕對不能存入他人的手機。於是，我被蒙上眼罩，帶上一輛小車（憑引擎聲，我能判斷是輛雪佛萊）。我知道，我將在城市和市郊兜一個大圈子，然後去一個神秘的地

方。我很鎮定，唯一讓我不快活的，是惦記著我的小孫子，他還眼巴巴地盼著爺爺回去呢。

取下我的眼罩時，保安不見了，換了人，軍警模樣，反正持有手槍。審訊室很大、很氣派，瞟一眼我就知道，一應設施齊備。今天我算是冤到頭了。我做了一輩子的神秘工作，身邊的同事來來去去，更換無數，去了的，杳如黃鶴。我是從來不便問的，有些知交，會時常想念，但我從來沒有往壞處想過。現在看來，我太幼稚，他們當中的許多人，可能都遭遇過我今天的困境，然後，像我一樣，在我的家人面前永遠消失——此時此刻，我才感到事情的嚴重性——我早已失去了我的「正常」身份，成了「黑人」；而無論遇到什麼情況，我只能保持沉默，等待組織營救，手冊上的某一條款就是這麼寫的。我們都是嚴格按照手冊行事的人。手冊上說，只要這樣，就沒有任何危險。是手冊錯了，還是我錯了？而幹我們這一行，實際上沒有「錯」字可言，錯就等於死。現在，我肯定我是錯了，那麼，是否意味著等待我的是……死亡？

我現在單獨被關在類似《真實謊言》中的一個場景：一間密室，一張折疊椅，面對一面玻璃牆，我看不見那邊的人，那邊人卻可以監視我的一舉一動。我的麻煩是，我正在休假，要讓我的上司發現我失蹤，還需要一周的時間，誰知道我活不活得過這漫長的一周呢？我的兒子會不會以為，我被局長召回去上班了呢？我一直在上班，而兒子從來沒有打聽過我做什麼事情，他一次都沒有來看過我——不過，問題出來了，這一回他怎麼從天而降似的來看望我，而且突然出現在基地呢？這太反常，太不可思議了……

這時，一個經過變聲處理的怪異聲音，開始在空蕩蕩的密室迴響著。我當然聽得懂他的提問，只是我什麼也不能說。我現在別無選擇，等著我「失蹤」的消息傳給兒子，再由他傳遞給我們局長——我突然腦子裏閃過一道閃電，我兒子和局長之間似乎有某種我所不知道的聯繫，兒子突然出現，並且由局長先接待他，然後讓我們父子相見，這本身就不合邏輯——局長從來不會在「家屬」面前露臉的，而且我們父子見面的地點也不對，在我的辦公處，而不是在離基地很遠很遠的某個招待所。想到這一層，我心裏有些不是滋味，好像被人算計了一樣，成了十足的傻瓜。雖然組織和紀律不容許我隨便說話，但阻止不了我的思想活動。這個發現卻讓我萬分驚喜，我還不能算是完全失去自由的「技術動物」，我還有一個誰也不能入侵、誰也不能佔領的領地，只因為這個領地被關閉太久太久，我已經不能感知它的存在。我這次遇險，於我無異於精神地震，我很慶幸，儘管我不知道能不能活著走出去。

我做出了一個令自己吃驚的決定，不再裝瘋賣傻，我要求見他們的最高上司，否則，休想叫我開口。

於是，你們可以想見的，儘管我暫時還沒有受到皮肉之苦，卻不得不分分秒秒地捱過不明結局的精神遊戲。我應該算是很幸運的，第二天我就被再次蒙上眼睛、押上車，轉移審訊地。這次的審訊室更氣派，可以說非常豪華，但同樣看不見任何人，只有怪怪的聲音從不明處傳來。我會仔細分辨它的語氣、語調、內容，由此揣摩玻璃牆那邊的人的身份或級別，必要時會要求他給予確認，或者請他破窗而出，讓我一睹真顏。

我相信我的職業水準，雖然我從事技術工作，但我見得太多、聽得太多，更主要的是，我有悟性，幾十年浸泡其中，心領神會，功夫了得。正在我自鳴得意之時，我聽見迴蕩屋內的空氣突然凝固，分明還伴有一聲歎息。不待我回過神來，果見一人破窗而入，此人不是別人，乃吾兒也！

　　局長也在，站在他的身後。

　　好幾天，我都懶得說一句話。對於夢魘般的險遇，不置一詞。兒子同樣沉默。局長倒有所解釋，表示「兄弟也是出於公務」云云。至於這件事情的謎底，我現在還是不能說；我只能告訴你，這是設的一個「局」，為著懷疑有人洩密；至於什麼「密」，我已經寫好了其中詳情及原委，放在我最信得過的一位朋友手上，囑咐他，在我百年之後，在這件事「解密」之後，公諸於世。

晨之曦

　　那天我醒得極早，夜霧濃重，街燈昏慘慘的，不見行人，一位朋友便來邀我出門。朋友請我在一家小攤上吃過早點，接著趕路，或許是散步，走得不快也不慢。似乎有風，寒氣襲人，是冬天。也可能是深秋，好像當時衣服穿得並不臃腫。吃過早點是無疑的，這會兒，腹中還有當時微飽的感覺。我的這位朋友還笑著說了一句「我從來不請客的」，我不明白，他說這話是要拉開還是要縮小他與我的距離，因此印象很深。這位朋友一徑無所謂地笑著，很瀟灑的，還有，他具有多數男子漢都有的癖好──抽煙。他抽煙的動作嫻熟老到，舒心暢快，顯出充分享受，也讓人感到，人生有許多不可思議的浪漫和享受。只是我記不清他的面目，事實上，天太黑，也看不清他的臉。事實上，細想起來，他也算不上是朋友，我與他從未心對心交談過。為何他也早起，邀我同遊，還請吃早點，大約他自己也未必講得出道理。他說過，他不喜歡講道理，就這麼活著怪好的。他說這話的時候，我還在穿開襠褲，覺得他說這話怪好玩兒的。

　　那天書店的門開得早，不然我們就只能在黑乎乎、空蕩蕩的街上走個沒完。

　　我們站在一排書架前，書架很高。記得我想抬頭看，看它究竟有多高，脖子險些扭斷，也就不敢再過份把頭後仰。我漫不經意地流覽書脊。雖然未想買什麼書，還是很失望，抽籤似

地一連揀幾本翻了翻，了無興味。我應該是懶心落意的樣子，不時瞟一眼不遠處的朋友。我的朋友似乎沒怎麼翻揀，隨手取一本，隨便翻開某一頁，背靠書架，吸燃一隻煙，饒有興味地讀下去，兩腿交叉的姿勢頗為悠閒，有如好萊塢某個男影星的瀟灑。我驚羨他隨便哪本書好像都有一氣看到尾的興致。於是禁不住仔細瞄了瞄那本書的封皮。

封皮上是一頭猙獰怪獸，銅鈴似的圓眼大睜，兩隻老樹般癥痕累累的爪，憤怒張揚，作圍剿之狀。我受了不小的驚嚇，那怪獸渾身磷光，閃爍不定。我說過，當時天色尚早，書店店堂漆黑一片，彷彿未開發的古溶洞，陰風慘慘。我竭力將這磷光想像成舞廳的紅綠燈泡，以感受一點人間煙火。結果還真奏效。我斷定這是一本講圍棋的書。當即想到我兒子喜歡下圍棋，他說，下圍棋有時憑感覺，黑白反差最大，黑子、白子構成的某種幾何圖形，對於弈者，就像是五線譜波浪起伏的韻律給予鋼琴家的感覺一樣。他的胡謅竟懵住了棋盲的父親，以為他有某種圍棋天賦。於是我也去書架翻棋譜。書架上頗散亂，大小開本相間，疏疏落落，歪歪倒倒。也好，抽書不費勁。我居然揀得兩本，第二或第三輯，第五或第六輯——不成套的兩本，定價奇廉，低於1960年的書價，總共才三、四毛。我決定買下。當然，說決定未免下筆過當，這樣的價位勿需動用決心。我又去書架中翻找，大約想有幸配齊一套。忽然手背上遭一記鈍擊，原來是一本精裝厚書被碰倒。這書既厚且沉，書脊泡鬆，快要散開，書頁黃黑，儼然一本舊書的模樣。對舊書的本能反應，拿起它先看定價。果然，好幾百頁才一元三角。又

是文藝論文集，作者盡是當年走紅的名家。我從前肯定藏有一本，但多次搬家早已不知去向。像我這年紀的人都有的懷舊情緒，讓我決心買下它。這次是有所猶疑的：恐怕今生今世我再不會讀它了，我兒子既然決心發展棋藝，有朝一日與東洋鬼子一決雌雄，自然更不會睬它。

好像沒與朋友搭訕，挾了書便走向櫃臺。當時我的朋友在哪兒、幹什麼，現在已經記不得了。

櫃檯照例應該很高，櫃臺後面照例應該有位小姊。店堂光線昏暗，看不清楚她的模樣，只覺得她看來很疲憊。而她的疲憊也讓人感到疲憊，疲憊得叫你看不清、記不住、說不上來關於她或者自己的什麼。

買賣者，交易也。交易在黑暗與沉默中進行。我當時解嘲地想，平生最熟悉、最習慣的交易，就在這張櫃臺上。我很有耐心地等了足足五分鐘，這才聽見「啪啪啪」蓋章的聲音。接著「咚咚咚」，書被拋上櫃臺。

「四毛五，下錢！」嗓音沙啞，喉嚨裏似有黏乎乎的東西，這女子睡眠不足。

「多少？」

「你聾了啊？四毛五！」

我當時吃了一驚。事後我對這一驚做過定量分析，那是七分驚訝、三分驚喜，既不會誇張我的高尚，也不致強調我的卑瑣。之所以對自己如此坦然，是因為二十年前，我就認同托爾斯泰關於人是高尚與卑瑣的統一體的看法。闡明這一點頗有難度，承認乃至接受人類，尤其自身，原本就是俗物一個，更不

容易。所有這些，一時半會說不好，說不好便不說也罷。我這人一向講面子，買東西每每因囊中羞澀出洋相，所以從書架去櫃臺的途中，我應當估算過，口袋裏的銀子足夠支付二元左右的書款。她的報價遠低於我的估算，怎不叫人竊喜？而這正是我的卑微委瑣之處。但我知道，正派人堪稱正派，不在乎剎那間的卑微，不在乎心理過程的複雜，要看最終的實際表現。於是，我清清嗓子，扶了扶眼鏡架。這意味著，我將維護我做人的原則，我的人格和尊嚴。

「我說，同志——」

「誰跟你是同志！」她反應神速，像勁射一發子彈。

我的胸口堵得慌，就像被女間諜拿手槍逼住了似的，半天回不過氣來。對付這種尷尬場面，我應該頗有經驗。我曾從法國電影的喜劇風格中悟出此道，我的那位朋友也曾向我面授機宜，此法名曰「幽默」，在那些性格剽悍的女性身上屢試不爽。我立刻改換一種輕鬆的、不帶惡意的調侃，化解僵局——

「我說，小姊！」此法效果甚佳，黑黢黢的櫃臺那頭動靜杳然，彷彿一座冰山正在悄悄消融。這無疑鼓勵了我的油嘴滑舌：「小姊，你別誤會，小姊這稱謂，在交際場合表示對女性的尊重，至於對方是小姊、大姊、老太太，都無妨的。正像從前流行稱同志，對方是兒子、老子，是國家元首、四類份子，倘若互不相識，都適用的。」

「那麼，先生」，她彬彬有禮地回敬我說：「你有話就說，有屁就放。我也解釋一下，『有屁就放』不是罵你的，祝願你消化道通暢，不得胃潰瘍、直腸癌……」

　　我還來不及欣賞她的伶牙俐齒、感慨國語的機巧靈通，「嘿嘿……」，一串冷笑從櫃臺那邊竄上來，彷彿陳年古井突然翻鼓開氣泡，令人不寒而慄。我這人，平生對笑最為敏感、最忌諱。我一生經事太多，回憶起來，竟是一串串林林總總的笑，譏笑、恥笑、暗笑、嘩笑，狎笑、浪笑、俊笑、諂笑，奸笑、獰笑、狂笑、乾笑……其中最讓人心驚肉跳的，當屬冷笑，文章很深，懷有陰謀，佈有陷阱，而你冥思苦索也難解其詳，明知來者不善，只有坐以待斃。憑她這笑，我斷定她不是天真未鑿的地道小姊，八成已屆更年期，要不就患內分泌失調、性冷淡什麼的。記得當時我也想笑，只是預感這笑很毒、很刻薄，沒等它泛出便按回到心井深處。克制即教養。領略過正人君子阿Q式的怡然自得之後，我神情嚴肅起來：

　　「你帳算錯了！」

　　「帳算錯了？」我的話以十倍的勁力，從她嘴裏反彈回來。「沒你的事！我閉著眼睛也不會算錯！你這人，看起來斯斯文文、人模狗樣的，心也太貪了吧！買了便宜還想便宜！回去問你老婆，如今月經紙多少錢一包！」

　　她一陣重炮轟擊，我懵頭了。我老婆火氣上來，說話便不照靶子，亂放排炮，我便頭大發懵、血湧腦門，如洪水暴漲，沖走了一切思維。老毛病一犯，我就會結結巴巴，忙不迭地賠不是：「不，不，不是的……」

　　「不是？！不是你就少廢話！胡攪蠻纏！起早了？撞見鬼了？下錢！走人！」

　　我趕緊掏錢，遞上，逃之夭夭。我記不清當時想逃往何方，去找我那位朋友？返回書架？奪門而去？全沒影兒了，只記得似乎有點踉踉蹌蹌，形如醉漢。

　　「呔！」

　　抬眼看去，一團巨大的黑影兀立在我的面前。黑影又高又寬，全然不成人形，竟會發聲，我嚇出一身冷汗。

　　「你買的？」

　　「……是的。」

　　「看看！」

　　我把書遞給黑影，手伸出去，觸及一團毛絨絨、泡鬆棉軟的東西，手一顫，書掉到地上。

　　「揀起來！」

　　我一本一本摸索著揀起，重又遞上。

　　「多少錢？」

　　「四毛五。」

　　「什麼？！」黑影大喝一聲。

　　我這人膽小，一受驚嚇就實話連篇。當年工宣隊或專案組訓話時，我總是越過他們的眉眼，看前面牆上那張慈祥的面容。不然，他們一拍桌子，我非把舊雨新知全供出來不可。

　　「喂，喂」大黑影向櫃臺後邊的小黑影喊道：「這麼重，只賣四毛五？！」

　　「這不是賣瓜！」

　　「著呀！書不比瓜貴？」

　　「你賣書還是我賣書？」

　　「你管賣，我管查！」

我正待笑出聲，喉嚨卻噎住了，碩大無朋的黑影一晃蕩，它的左邊漲出一片飄飄蕩蕩的黑影。當時，一個「查」字提醒了我，那不是服喪的玩藝兒，一準是紅袖標……

「要查你查圖章，我蓋了章，你就放行！」

「……咦，我的手電筒呢？媽的，今天開門這麼早！」

「起早了才撞到鬼！」

黑的早晨，黑的店，又是「查」又是「鬼」的，從黑影子的某個部位吐出來，鬼氣森森，令人毛骨悚然。

「……欺我大老粗不識字！這麼重──」

「不識字就別幹這活！一店的文化人都閒著，憑什麼派個不拉屎的蹲茅坑！」

「怎麼，想造反？找經理去！」

「不提他還罷，提他老娘就血火攻心！誰不知道他是你的大舅子？都不是好東西！」

「你罵誰？」

「誰聽見罵誰！」

大黑影撲向小黑影，小黑影竄出櫃臺，兩團黑影碰碰撞撞，撕扯扭結在一起。

就在這混亂中，我的朋友走到我的身邊，朝我努努嘴。見我未回過神，他拽了我便走。

餘悸未消，兩人到了街上。仍是晨霧迷朦，燈光慘澹，行人寥落，仍然有風，冷颼颼的。我咕噥道：「真是起早了。」

我的朋友笑了笑。那是我從未見過的笑，十分怪異，你盡可以對這種笑作千種詮釋，最終卻無法確認它的真實。不過，

憑這笑，當時我好像認出了他、記住了他——當然這會兒是絕對叫不出他的名姓了，而且一瞥之際，我看見他腋下夾著厚厚的一疊書，立時警惕起來。

「你這書付錢了麼？」

話一出口，我便後悔了。如今世上再好的朋友，怕也沒有這般愚笨的詰問了。

朋友笑道：「這些書賣不出去的。好些年了，我總看見它們躺在那兒。」

「可是……」

「你的毛病，就是太理智，『因為、所以、不但、而且』太多。」

我果然得罪了朋友。也許未必。記得他說這番話時，一仍怪異地笑著，分手時他似乎還揚了揚手，表示再見。當然這些細節記憶模糊，可能有誤，也可能僅僅是我的某種願望。

如何穿街走巷，如何在黑暗中辨認家門（千篇一律的公寓群猶如迷宮，我大白天也常走錯的），如何上樓、開門，已印象全無。只覺得頭昏腦脹、腰腿酸疼，疲憊至極。臥房裏傳出妻子那細勻的鼾聲，又熟悉又陌生。我生怕驚醒她，躡手躡腳地溜進門，輕輕扯過棉被的一角，鑽進躺下，很快就睡去。

也不知過了多久……

妻踢開房門，將拎包、鑰匙串隨手一擲，氣呼呼地一把將我從熱被窩中揪出。

「記得大個子麻子麼？」

「誰呀？」

「你這死人記性！狗日的經理的妹夫，從鄉下弄來當保安的！」

我諾諾應聲：「記得，記得。」

「欺侮到我頭上來了！硬說我少收了錢！不就幾本破書麼？後來……」

「後來怎樣？」

「……他不公開賠禮道歉，我就不上班！看他敢扣我工資！喂，你不是分管書店的局長麼，非給我出出這口惡氣不可！」

「好吧，我先調查一下。」

「調查個屁！上哪兒找人？」

「……你沒有看清買書的？」

「黑燈瞎火的，誰看得見！出鬼，這會兒還停電……」

卡嚓，妻順手一撥開關，滿屋子大放光明。雪亮的電燈刺得眼睛生疼。我揉揉眼，睜開，一眼看見枕頭邊上，正放著那幾本書。

我打了個寒噤，背上一片冷汗涔涔。

藍雨傘

自從讀過《陳寅恪的最後二十年》，我便想讀讀陳老先生的專著。跑遍了全城的大小書店，居然一無所獲。悵悵然之際，鬼使神差地走進了一間十幾平米的小書店。以我狼一般的獵書嗅覺，立刻斷定這小店進書的眼光不俗。當看到《陳寅恪集》時，我恨不能將十四大卷悉數收藏。可惜，我是個吃助學貸款的窮學生。小心翼翼地抽出先生的《寒柳堂集》，我屏聲斂氣，捧讀起來。老先生的文章，縱橫捭闔，文采飛揚，令人如飲甘霖，通體暢快無比……

「喂，書呆子，眼睛累不累？」是一個女孩的聲音。

「還行。」我不願意被誰打擾。

她輕聲一笑，「你還行，我可是不行了，肚子餓壞了。」我這才抬眼打量她。必須承認，像眼前這麼眉目清秀、氣質清純的姑娘，我從未遇見過，至少是在我所在的班級、系裏，甚至我那所大學裏。她的風韻有一種震懾力，我急忙下意識地站起身來。

「你看，就剩下我們倆了。」她粲然一笑，嫵媚的目光在精緻的蝶形眼鏡後蕩漾，「我等你半天了，該關門了。」

她胸前的珍珠項鏈、迎面撲來的淡雅香水味，叫我十分窘迫：「你是……」

「我是這兒的老闆。」她依然笑容燦爛。

「啊，對不起，對不起。」趕緊把書歸還原處。

「明天再來看，行唄？一時半會兒也看不完的。我每天早上八點準時開門。」

我不知咕噥了句什麼，做賊似的落荒而逃。

她追出店門，說：「喂，藍雨傘，是你的吧？」

我接過雨傘，穿過一條小巷，向路口的車站走去。天色已晚，燈火稀稀落落，天空烏雲密佈，遠處滾過一陣沉悶的雷聲。這兒是新區，少有人蹤，車站也就孤零零的豎著一塊臨時站牌。不知怎的，我有點恍恍惚惚，如在夢中。其實，那不是夢，是一個美麗的童話、一團縈繞不散的溫潤旋風、一個小蟲子般不停蠕動的秘密⋯⋯

她向這邊車站走來，我慌忙側過臉，裝作什麼也沒看見。

她在離我兩、三步的地方站住了。我感覺她一眼就認出了我。

「你也乘這路車？」她笑著同我打招呼，落落大方。

「回學校去。」我想我願意、我應該朝她挪過去，但我的腳不聽使喚，僵硬、麻木。

「唔。」她應了一聲。這表明，我傳達的關於我是大學生的資訊，她已然明確收悉。我並不因此感覺稍好一些，而她幾乎沒有反應的反應，也很奇怪。照理說一個高中女孩（我已經斷定她只有十七、八歲），不會對我的身份毫無興趣。她此刻顯然有她自己的什麼心思。

她抬頭看看天色，從坤包裏取出手機、通話，出於禮貌，我不得不再離開她幾步。

她似乎在向受話人要求什麼，對方似乎不想答應她。她有些失望，關了手機。

「喂！」她顯然是在叫我。車站上只有我和她。她走過來，問：「大學生，你喜歡讀陳寅恪？」

我點了點頭。老先生的名字從她嘴裏叫出來，顯得有些古怪滑稽，我不禁笑出聲來。

「你在笑，我還以為你不會笑呢！」

我憋紅了臉，不想理她了。

「跟你開玩笑的。」她想取和似的，「其實，你挺可愛的，我給你端了張小凳，拍了你一下讓你坐，你連感覺都沒有，好專心啊」。

我心跳加快，卻無言以對。我恨自己，平時的機智、幽默都跑哪兒去了？

她見我不作聲，便也沉默了。

⋯⋯

「下雨了。」她似乎在自言自語。

雨，驟然間越下越大。我撐開藍雨傘。雨傘一支骨架折斷，半片雨傘布垂頭喪氣地耷拉下來。就在這一刻，一種莫名的羞慚襲來，把我僅存的一點傲氣和自信徹底摧垮了。

她把坤包頂在頭上，連衣裙很快淋濕，身子在風雨中瑟縮。

我疾步走過去，把雨傘張開的那一半舉向她的頭頂。她看了我一眼，沒有出聲。

雨勢越來越猛。雨水順著藍雨傘傘沿嘩嘩流下，幾成雨簾。我的半邊肩膀很快濕透。風也刮得凶了。

她朝我依偎過來，一隻手輕輕摟住了我腰間。我知道，她

　　的想法很單純，不過是與我分享那張開的半片雨傘而已。唯其單純，我很感動。

　　我和她默默無語。耳邊只有肆虐的雷聲、雨聲、風聲……

　　我心裏守著一個傻傻的願望，別來車，別來人，雨也別停，兩個人的車站，就這樣，直到永遠……

　　一輛黑色賓士「吱」的一聲煞住，把我從夢中驚醒。車窗搖下了一點，傳出一個男子嘶啞的吼聲：「你怎麼回事？連雨傘都不帶！」

　　「這兩天忙開張，事兒多，忘了唄！」她半是撒嬌，半是辯解。

　　「你就記得這破書店，自找苦吃！上車上車！」

　　她的手鬆開了我。站在我的破雨傘下，沒動。

　　我被眼前突發的一幕搞懵了。許多的疑惑，漲滿了腦袋。

　　我聽見了，她在低聲啜泣。

　　「哭什麼哭！吼你兩句都不行？你上不上來啊？」

　　她突然抹了把眼淚，止住了抽泣。站在我的藍雨傘下，她依舊不動。

　　「你不上來是吧？那我走了！」黑色大轎車吼叫著，掉轉頭，發怒般地開走了。

　　她緩緩走進了茫茫大雨……

　　驚雷突然在頭頂炸響，嚇得我渾身一顫。閃電將黑夜撕開一道白亮的口子，我大喊著：「等等我」，踉踉蹌蹌地向瓢潑大雨中奔去。

翡翠戒指

她從夜總會款款走了出來。我尾隨她，拐進一條燈光幽暗的小巷。

當我把手槍對準她高聳的胸脯，她竟然衝著我嫣然一笑。就在我被她的美豔弄得神情恍惚的時候，她伸出了修長白嫩的左手掌：「我知道你想要什麼。我身邊就這枚戒指值錢，真正的緬甸翡翠，不騙你的，拿去吧。」我當心地褪下她無名指上的戒指，望著她轉身，嫋娜而去。計程車魚貫地駛過她身邊。她沒叫車，又踅回來，對我說：「頭一回幹這事吧？」我說：「你怎麼知道？？」她又嫣然一笑：「能給我看看你的槍麼？」我趕緊縮回握槍的手。那是一支仿真的玩具手槍。她從精緻的坤包裏掏出一張香水名片，遞到我手上：「如果銷贓有困難，你可以考慮把戒指賣給我。」

三天過去了。我從當員警的朋友那兒得知，她沒有去報案；本地小報也沒見披露這次劫案的消息。我撥通了她的手機：「你為什麼不報案？」她在電話那頭顯得高貴大度，十分平靜：「我丈夫說，沒這必要，何必驚動大家呢？保險公司會賠償的。他說得沒錯。」我說：「難道不想要回你的戒指？要知道，那是⋯⋯」她截斷我說：「那是很貴重。想知道它的市價麼？」我說：「我想半價給你，你從保險公司還可以獲得全額賠付。這樣，你就賺到了。」她說：「但你忽略了一點，我永遠不能再戴它了。付你一萬元，原價的四分之一。」我氣憤至極：「你太貪心了！」她狡黠地笑了：「彼此彼此。」

　　按照約定，當天深夜，我來到南湖公園後門處的老榕樹下等她。不一會兒，一輛黑色賓士駛近，停下，她和一個偉岸的中年男人走下車。她給我介紹：「我丈夫。」我和那男子對視了一眼，便盯住她那只精緻的LV坤包，心禁不住怦怦直跳：「你沒叫員警吧？」她冷冷一笑：「我是守信譽的人。」我把戒指交給她，催她快點付錢。她不急不徐地打開坤包，將戒指放進去，突然掏出一支手槍對準我的胸口：「遊戲該收場了。」我腦子裏一聲轟響，霎時一片空白。

　　槍響了，應聲倒下的不是我，是她丈夫。她把手槍扔到我腳下，脫下白手套，放進坤包，然後又是嫣然一笑：「謝謝你成全了我。殺死我丈夫的不是我，是你。我倆的通話，我已錄音了。」

　　巡警聽見槍聲，包抄過來。在一片混亂中，我聽見她繪聲繪色地哭訴著。正當員警要給我戴上手銬時，她的丈夫從地上一蹦而起，大聲叫道：「不是他開的槍，他是我朋友！」

　　她被員警帶走了。當然，我和我這位朋友也得「走一趟」，錄下證詞。從局裏出來，已是午夜。我倆進了「true love」酒吧。我沒有那種歷險後的輕鬆或亢奮。在吧台射燈折過來的慘白光線下，我的朋友淚眼盈盈。

　　他是南方小有名氣、專營發燒音響的款爺兒。他和她正是在這間酒吧相識的。一年前她嫁給了他。她背著他，為他買了巨額的生命意外保險。他發現她有手槍後深感不安。他把他的不安告訴了我，那天，也是在這間酒吧。

古瓷・善本

積善堂主和詩禮齋主兩塊鎦金堂匾，都在那一天摘下來了。沒有誰強迫，也不曾一起斟酌，大約堂主、齋主的第六感都靈光，又彼此心有靈犀吧。兩家主人承祖上庇蔭，原本衣食無憂，在家賦閒，如今只得靠變賣家藏古玩維持生計了。善先生與禮先生乃世交，善先生好古籍善本，禮先生好古瓷，眼看一件件寶貝落入不相干的販夫走卒之手，不禁同病相憐，平添了一份落魄人的情意。坐吃山空之後，二位先生做了文物商店的店員。過手的玩意兒不少，價格奇廉，卻是連動都不敢動的。故事開始的時候，二位已經是古稀老人了，常結伴，做古玩市場的遊仙。見到市場上的東西，乏善可陳，不禁感慨繫之，悔不當初；究竟悔的是什麼，卻也說不清楚。

兩家的子孫都在國外賺錢了，二位老人便有了些閒錢，手癢、技癢，想弄幾件心愛之物玩玩，重溫昔日舊夢。鑒於好東西難覓，加上各自喜好不同，便有了兩位的「君子之約」：善先生若謀到好的古瓷，原價讓給禮先生；禮先生弄到好的古籍善本，原價讓給善先生。一開始，這個彼此關照的君子之約履行倒也順利，一派情意厚篤、其樂融融的樣子。終有一天，禮先生忍不住動了私念。跟禮先生學古玩鑒定的弟子，這天送來一部善本，明代某大儒的手稿，史有所載，世人以為佚失者也；禮先生不覺眼睛一亮，問價，十卷完本九成品相，僅售

八百元，遂當即購下。先生之愛貓大黑，亦一旁喵喵叫喚，似示慶賀。先生囑咐弟子：「萬不可與他人言。」

這天，善先生亦從私淑弟子手上得到一件寶貝，乃一大清雍正之粉彩梅瓶，先生驗過火石紅、鐵銹斑，又細辨形制、繪工、款識，斷定乃正宗官窯貨色，不禁怦然心動：此國寶級珍品，香港拍賣價當在千萬之數。忙問價，答曰：「八千元。」善先生大喜過望，當即解囊。實在是捨不得拱手讓給禮先生了，亦囑咐弟子：「萬萬不可與他人言。」

翌日兩先生相見，不免都有些尷尬，一時語塞，因無話找話，善先生說：「近日家中鼠害肆虐，可否借尊府大黑貓一用？」禮先生內心抱了窘面，也便連連應諾。

是夜，大黑貓來到善先生家裏。大黑久居禮府，老鼠們避之唯恐不及，黑貓早已饑饉難捱，今日進入鼠陣，如饕餮一般，瘋狂追捕，大快朵頤，不亦樂乎，可憐那只雍正粉彩梅瓶，竟稀裏嘩啦地作了犧牲。而禮先生家裏，鼠群嗅不著貓氣味，如獲大赦，傾巢出動，見啥咬啥，只要能磨齒果腹，哪還管你什麼明代大儒的手稿？禮先生的善本，亦毀於一夜之間。

次日，兩先生大駭不已，復又大笑不止：想余平生不做虧心事，做一回便得此報應，豈非天意哉！兩先生遇於途，拱手見禮，坦言自家過錯，方才摘去心中塊壘。「君子之約」遂踐行如初。

令人深信不疑的發財秘訣

這絕對不是你看了以後大呼上當的好萊塢電影故事。它是我，富豪威廉的親身經歷。如果你是一位紳士，你應該有耐心聽完，並堅信這是一位真正的紳士的真實講述。

我來到美國西部小鎮的那天，天已大黑，下著細雨。我一文不名，衣衫襤褸，蓬頭垢面。我站在小酒店門前，又餓又冷，用僅有的一點力氣深呼吸著，用酒店內飄出的牛奶香和香檳味，給自己補充一點體力。但我深信，我將成為本鎮的富人，並且不需要像已經成為富人的那些人一樣做不光彩的冒險。

終於，一位紳士，挽著一位裹著裘皮的、大胸脯的金髮美女，走了出來。我迎上前去，說：「先生，您想讓我為您提供一個絕妙的生財之道麼？」紳士瞥了我一眼，鼻子裏哼出一股酒氣，說：「先生，你找錯人了，我乃本鎮首富，不需要你的指教，謝謝，請閃開。」我儘管有些掃興，但我認準了，我要找的，就是他。

接著，走出來一位年輕美女，濃妝豔俗，扭動的腰肢步態，押著店門裏電唱機傳出的爵士節奏，一看就知道她是做那種生意的女子。我重複了一遍剛才的話，只把稱呼由先生改成了小姊。小姊誇張的倒退兩步，上上下下打量了我好一會兒。她大發慈悲，把我帶到了她租住的小旅店。那狹小而又髒亂的房間，散發著劣質香水味，還有曖昧的異味。

　　第二天，我出現在小鎮人們眼前，已經是衣著光鮮、風度翩翩的有錢紳士。我的一身行頭，是我在征服小姊之後，她為我做的第一筆投資。第二筆，也就是她的最後一筆投資，是她傾其所有的、藏在深統皮靴裏的一千美金；已經由銀行出具了資信證明，歸在我的名下。

　　當我和那位趾高氣揚的紳士坐在酒店內的一張牌桌對面時，是第二天中午。他的身邊，依著那個大胸脯美女，我的身邊，同樣偎著更年輕貌美的女人。他自然認不出我就是昨天的那個流浪漢。擔任仲裁的是本鎮頭腦最清楚、最公正的律師先生，人稱「第一律師」。一場全鎮矚目的賭局就此展開。我知道，酒店外面人頭攢動，擠得水泄不通，我心情極好。我是那種越「秀」越來勁的人。

　　我問我的對家：「先生，您怎麼會坐到這兒來的呢？」

　　紳士說：「我看了你設置這場賭局的廣告。」

　　「OK，請您將廣告一字不漏的念一遍。」

　　「有這個必要麼？」

　　我看了看律師，律師說：「當然，請吧。」

　　紳士念道：「本人威廉（念到我的大名時，他抬頭看了我一眼，我正好叼上一支古巴雪茄，我的寶貝不失時機地為我點燃）。我將告訴您一個讓能讓您迅速發財的秘訣，為此，只向您收取一千美金。如果您認為此秘訣有破綻、不可行，或者違背相關法律，本人分文不取，並倒賠一千美金。本人資信證明由本鎮中心銀行出具。此次賭局，由本鎮『第一律師』擔任仲裁。時間（略），地點（略）。」

我問：「這麼說，遊戲規則您都清楚了？」

「當然。」

「這麼說，您想發財？」

「嘿嘿，傻瓜才不想發財！不過，我今天想賺的就一千美金！」

我說：「很好。請問，越是有錢的人，越想賺更多的錢，是不是這樣呢？」

「當然，錢多又不燙手，這是中國的諺語。」

「那麼，一千美元的賭資，對您來說，是承受得了的囉？」

「這還用問麼？」

「您是覺得很勉強，還是覺得根本不算一回事兒？」

「您想讓我告訴您，我有多少財產麼？這不可能！這麼說吧，一千美元，我是不在乎的！但我想，對於您，這大概就是全部的財產吧？」

我毫不在意他的挖苦，繼續說道：「這麼說，您相信，您是完全出於自願，並且相信這場賭局的真實性、合法性囉？」

紳士有點不耐煩了，說：「相信，相信！我相信你的資信、相信大律師、相信全鎮人都看見了的廣告！別廢話了，開始吧！」

我望著正在認真做筆錄的大律師，嚴肅的說：「很好，非常好。」等他寫完我的「很好，非常好」，我站起身，笑了一笑，說：「親愛的先生，剛才您說的不對，一千元不是我的全部財產，我現在至少有兩千美元了。」我轉過身，對律師說：「您看，您還需要做一番裁定麼？我認為，遊戲已經結束，我已經贏了這位紳士！」

律師站起身來，一本正經地說道：「是的，先生，您贏了。」

讀者們應該知道，那位紳士也是極其聰明的人。他跟著站起來，雖然有點氣急敗壞，畢竟不失紳士風度，將一張千元大鈔擲到桌上，掉頭就要離開。

我說：「二位請留步。」

紳士和律師回到各自的座位上。

「抱歉，我還想問一個問題，那就是……我的發財秘訣，這位紳士打算採用麼？」

紳士問：「什麼意思？」

我笑道：「如果您想照著做，是可以的；但要請您一次買斷。」

紳士盯著律師看，律師說：「當然，是這樣的，威廉先生的廣告上說得很明確，他告訴你這個秘訣，收取一千美金；如果您要買斷——那麼，請問威廉先生，您要開價多少？」

我優雅地變換手指，將雪茄直豎，伸到他面前。

紳士問：「一萬？」

我搖搖頭。

「十萬？」

我又搖搖頭。

紳士粗魯的哼了一聲，拂袖而去。

我大笑不止。

我請律師喝了香檳，付給他百分之十的傭金。我要歸還那位可愛小姝的投資，並且付給她可觀的利息，她居然堅絕不收。她說她要跟著我走遍美國，一同去做並不冒險的冒險。當然，讀者們應該想像得到的，就像所有好萊塢故事的結局一樣，我同時贏得了那位小姝的芳心。

桃花詩案

這天晚上，任老頭像平日一樣，打開電子信箱，讀取信件。發現有女兒的伊媚兒，無頭無尾，只有一首唐朝詩人崔護的〈遊城南〉：「去年今日此門中，人面桃花相映紅。人面不知何處去，桃花依舊笑春風。」越看越覺得心裏不踏實，連忙給女兒打電話，手機和家裏的電話竟然都不通，也不見女婿接聽。不一會兒，女婿打了電話過來，只說了一句「請您明天到深圳來」，就掛斷了，語氣非常沉重。任老頭一夜沒能闔眼。

翌日一下飛機，見女婿曹仁來接機，右臂吊著黑袖章，兩眼一黑，不省人事。醒來時，人已坐在殯儀館的豪華大廳裏，花圈如海人如潮，早有數位青春貌美的小姊侍奉左右，端茶、遞水，安慰連聲。女婿給任老頭看了醫院開出的「死亡鑒定書」，這才知道女兒死於「心臟猝死」。喪事極其隆重、奢靡。任老頭神志清醒過來後，開始用獵人的目光搜尋一切可疑的跡象。六天過去，仍舊一無所獲。最後一日的最後一個儀式，向女兒遺體告別時，任老頭發現人群中多了一位如花似玉的小姊，一襲黑裙，高雅的氣質中，帶著一股冷森森的沉鬱之氣。此女躬身禮畢，有一女走近她，輕喚了一聲「陶董」。任老頭豎耳聽得分明，靈光一閃，立刻用手機撥110，要求「重新驗屍」。果然，經法醫鑒定，任女屬他殺，死於代號A03的劇毒。

　　原來，香港富姊、董事長陶樺與總經理曹仁有染，苦於曹妻任勉不肯離婚，遂出此下策。任勉飲鴆後，自知中計，因擔心曹仁監視，另生變故，於是，竭盡最後一點氣力，「黏貼」唐詩一首，作為郵件，望父親能為自己申冤。任勉，「人面」也；陶樺，「桃花」也。

袁生

　　袁生，楚地學子也。聰慧良善，唯生性懦弱耳。其母終年臥病在榻，父以躬耕為業，家境苦寒。袁生應高考試，因求勝心切，怯悸交並，竟至昏厥考場。落榜後，其父語之曰：「吾兒體弱心亦弱，不如棄學，隨父事農桑，以養家小。」袁生曰：「吾必欲出人頭地，報效父母。請准復讀、復試。父既年邁，弟在髫年，兒當助為農事。」次年農忙時節，袁生告假返鄉，翌日晨起，隨父下田。過叢林，忽霍霍聞聲響，俄頃，一巨蛇自草叢竄出，長二丈餘，通體雪白。袁父大喜，曰：「天助我也！待吾殺之，售於市，聊補吾兒學費之不足也！」言畢，舉鋤而欲斃之。袁生喝阻道：「且慢！」因問其故，答曰：「此乃白蛇，屬珍稀者也，當放生。」袁父不解，執意捕殺，袁生情急，跪地乞求道：「如此可愛之生靈，吾父忍看爾作富人盤中餐乎？」父乃作罷，歎曰：「兒善良若此，日後何以處世立命！」生不語，與白蛇凝眸對視良久。白蛇緩緩滑入草叢。少頃復出，盤身引頸，回眸數盼，意似眷眷。後淒然離去。

　　至盛夏，袁生復入考場，俄覺不妙，心跳怦怦然，或有間歇，虛汗淋漓，耳鳴目眩，幾近虛脫。生泫然歎曰：「吾命何其苦哉！」正欲罷考，忽有女聲附耳，千嬌百媚：「袁生休得氣餒！汝試作深深吐納，凡三過，必氣定神閒，耳聰目明。」生大駭，試以所授秘法，果然元氣朗澈，百竅自出，筆下如有

神助，爛如錦繡。袁生以榜首錄取北大，攻商學。北上前夕，袁母沉痾大癒，四鄰無不稱奇。袁生以碩士終其學業，然求職應聘，屢屢受挫，豪氣一落千丈。流落京城，抑鬱成疾。一日，病懨懨地懶臥客棧，饑腸轆轆，欲睡欲醒間，又聞千嬌百媚之聲，迴旋於耳際：「袁生，今日當赴西普公司面試，萬勿錯失！面試題有三，吾且秘授於汝……」袁生大駭，即起，飲水一壺，強作精神，往試。生以成竹在胸，應對如流。主試官大喜，許以重金高位。自此春風得意，升遷主管。袁生首次主談大單，事關重大，上下無不矚目。因不知對方防攻底牌，唇槍舌戰三日，仍呈膠著態勢，難見分曉。生唯恐失單，前程受阻，不禁茶飯不思，身心疲憊。恍惚間，忽覺嬌聲輕起，幽幽然飄入耳際：「汝不聞楚地諺云耶，『捨得捨得，不捨不得』，何不以兩點讓利，圖謀雙贏。」袁生即以手機請示上峰，獲准，商談遂告成。

生年屆而立，尚未婚娶。雖有白領麗人，競相追逐，奈何每有佳約，聞女聲，頓覺興趣索然，蓋前此千嬌百媚之聲，已深植於心，夢縈魂牽矣。一日夜深，袁生枯坐雅舍，輾轉不眠。昏沉之際，有女飄然而至，輕喚「袁生」。生醒，大驚。此女一襲白裙，嬝娜娉婷，不施脂粉，膚如凝脂，氣質若蘭，令滿室生香。女明眸淺笑，聲若鶯啼：「袁郎切莫驚駭。妾名素素。為報袁郎不殺放生之恩，特來面謝。」乃備述前情。袁生欣喜若狂，急呼：「汝想煞我也！」便欲趨前相擁。素素以纖手執之，潸然淚下：「今宵一晤，從此終天訣矣！妾嘗思量再三，每欲幻化人形，侍君左右，伴君終生；然妾身終非人類

也！即如君不見棄，奈妾一無身份，二無資質，縱有貂嬋之色、班昭之才、玉環之情、昭君之義，又何能為人世所見容！乃數次洩露天機，玉汝於成。妾身修煉千載之功力，是以次第退化。今窮盡餘功，化作人形，面君陳情：唯願千載之後再逢君，永續今世未了之情！妾囑君，當自珍攝，斬斷業緣，盡忘妾身；娶一良善女子，安度此生。當此物欲橫流、人心不古之世，君宜潔身自好，以免性靈汨沒；又，奢靡淫樂，轉眼成空，君當擇日急流勇退。時辰盡矣，妾身去也。」話語漸弱，似有嗚咽之聲，不絕如縷，人形亦隨之淡然，化一縷白煙騰起，破牖而去。袁生早已淚濕青衫，大慟不止。

翌年春，袁生遇一嫻淑女子，酷肖素素，遂聘定迎娶。生一女，嬌俏玲瓏，取名思素。及思素及笄之年，亭亭玉立，宛然若素素再生。斯年也，值西元2005年矣。

構成

　　A、B、C、D構成了城市當年的一道風景。A與B是風流才子，不是自封的，而是公認的。C與D是其女弟子，算不上漂亮，卻各有各的藝術氣質，C溫柔多情，善於表達，情感小遊戲往往別出心裁，愛作小鳥依人狀；D有一種夢幻感，慵懶閒適，節拍總比常人慢幾拍，總一副不知天地日月陰陽的樣子，納於言，偶爾來上一、兩句，卻睿智而機鋒深藏。他們大搖大擺的來來往往，出沒於公開社交場合和私人聚會，視若無人，在當時可謂招搖過市。雖窮，但很快活。這種快活的構成，完全靠內心的無拘無束而又瀟灑的感覺支撐著，而且似乎這樣的日子天長地久，這樣的構成似乎牢不可破。一天，在D一間極其逼仄破舊的小屋子裏，B等著C，C卻遲遲未來。於是，B在窗前隨意翻看扔在桌上的東西。D總是這樣近乎邋遢的隨心隨意，桌上往往都是些未完成的畫作，這次卻是放著一本緞面日記。B隨手打開某一頁。D的筆跡很潦草，不易辨認。一目十行的溜過，是D所記錄的她的一些感受。這讓B驚呆了、震撼了、嚇壞了。從此，A、B、C、D的構成發生了搖晃。

　　次日，B忽然接到D打給他的電話，讓他去郊外一座古老的石橋等她。去幹什麼，D沒說。橋呈圓拱形，橋背很高，上橋如登攀。B看不見橋的拱背那邊有誰，因為他的眼鏡，在躬身登攀時摔丟了。這時，聽見D的聲音從橋背那邊悠悠傳過來：「你仔細看看石板的縫隙下面。」於是B一面往上爬，一

面往縫隙裏看。他什麼也沒看見，抬頭卻看見Ｄ從頭到腳慢慢往上升起，背後青山夕陽，晚風輕拂，橋下流水淙淙，Ｄ在Ｂ的眼中顯出從未見過的高貴和成熟。Ｂ便激動起來。Ｄ雖然沒有拒絕他伸過來的雙手，卻是一臉冷靜，還有點不易察覺的譏誚神情。Ｂ有點不寒而慄。Ｄ說：「你真的什麼也沒看見？」「是的」，Ｂ說。「橋下真的什麼都沒有？」「是的。」Ｄ不再說什麼，將Ｂ引到一塊石板前，往腳下的縫隙一指，「自己看吧。」縫隙中露出一張娃娃臉。隨即傳出響鈴般的一串嬉笑。Ｂ聽出是Ｃ的笑聲，Ｃ緩緩走上橋來，這一切，似乎是她與Ｄ做了個戲弄Ｂ的遊戲。Ｂ無話可說，感覺自己臉色不大好看。

　　Ｃ全然不知這時的Ｂ、Ｄ之間，關係（更確切地說，是心理）已經發生了微妙的變化。然而，從那天起，Ｄ對Ｂ由若即若離變為避之三舍了。經不住Ｂ的追問緣由，Ｄ給Ｂ講了一個故事，關於畫家的──

　　某畫家與陶瓷家合作，製作了一件藝術精品，畫的是他與女弟子的故事。他說，這件作品是送給女弟子的。女弟子一直沒有等到這件信物一般珍貴的饋贈，一天卻在古董市場上看見了它。作品已經炒到了天價。就算她傾其所有，也無法得到這件原本屬於自己的東西了。最後，瓷瓶落入一位富家女公子手中。富姊逢人便拿它出來展示，訴說著一個動人的愛情故事。畫家的女弟子傷心極了。她期待著他向她澄清真相。她出嫁那天，他來了，站在熱鬧非凡的賓客中間。她很艱難地給他留出時間和空間，希望能聽他說幾句什麼。再尋看他時，他已經和他的一班狐朋狗友坐上了麻將桌。

B聽完了這故事，半天才說，這是個不錯的故事。「真的麼？」，D說：「你去問A吧，他講的。」

B為了求證，故事來源於A還是D自己，以及故事本身的真實性，便去找A。A正在畫室作畫，穿一件破舊的藍布畫袍，油墨斑駁，像迷彩服。A邊作畫邊聽B復述完故事，果決地說：「你聽她的！我就聽她講過，不是那麼回事。」「那麼，她是對你怎麼講的呢？」B問。A邊眯著眼看他剛畫的幾筆，邊說：「畫家為她作畫，找陶瓷家合作，製作了一件藝術品，想送給她，這都是真的；等到他千辛萬苦完成作品，回頭去找她，她卻離開了這座城市，而且一去無蹤影」──她原來是這麼講的。」B似乎明白了什麼，問A說：「那麼，畫家為什麼送她一件作品？是不是在暗示些什麼？而這暗示是不是她所期待的呢？」A以他慣有的灑脫或冷漠，若無其事的說：「天曉得！」

B回頭去找D。他只想告訴她一件事，那天在橋上，他的眼鏡丟了，是真的丟了，她應該看見並回想得起來。而近視的人一旦丟了眼鏡，就同瞎子一樣。如果她能相信他的話，他就再接著講一個故事，他自己創作的。可是D不置可否，B也就沒有講他的故事的機會。第二天，D又離開這座城市了。她一向來去自如的，事前毫無跡象，更不會告知任何人。她這回去了什麼地方呢？B突然想起A的那句口頭禪──天曉得，感覺心裏的遺憾一下子減輕了許多。他想，他不應該再去想這件事了，但還是有點擔心，它會不時冒出來，一輩子糾纏不清。

肖像

　　久居小城，俗事纏身，耳邊整日亂哄哄的，便覺得憋悶、煩，想尋點清靜。市郊桃花村人山人海，去一次便告饒了，江南雖有黃花可賞，也就一天來回，便想走得遠些。原想買船東下的，船卻早已經停開，只好坐車去省城。首站便是去文聯大院尋訪舊友。這裏傍湖，林木森森，頗有世外之趣。大樓三層一間闊大的房子，是F的居所，很簡潔，一床、一桌、數椅，角落裏似有盥洗器具，看不清，窗外大樹的濃蔭，讓房內也染得濃綠。因事先有約，所談盡是兒女家常，無一字關涉文學。吳大姊在座，說有公事去北京，妻子連忙說：「我這就把我兒子的電話給您。」正待翻看電話本，我說：「大姊把電話告訴我，叫兒子打給你，上他家去玩。」大姊說：「電話早告訴你了。」我便為兒子的失禮感到羞愧。妻子看出我的尷尬，轉換話題，說：「這房子好大，只是也太簡陋了，置幾樣好家具，蠻享受的。」我生怕F聽了不高興，說：「這是F君的休息間，所有陳設都是公家的；當初你住機關大院的單身公寓，不也這樣。」F坐在一角，只是靜靜的聽，矜持的笑著。她總是這樣，含蓄、低調。已近中午，F招呼我們下樓去吃飯。

　　走出房門，卻見一間大畫室，空空蕩蕩，不甚亮爽。只在一角，一團人圍著，聚精會神地觀看著什麼，悄沒聲息。吳大姊說：「Z又在給人畫像了。」我對看人作畫一向頗有興趣，便自顧自地向那兒走去。大約F和大姊和妻子也隨我走來，圍

觀的人們，閃開了一條窄窄的甬道。畫家Z便扭過頭，與我相視一笑。我們彼此應該相識，他的面孔我很熟悉，矮小身材，很瘦，但很有精神。五官分開來看，沒有一樣可圈可點，比如：眉毛稀疏、短粗；嘴不成形狀，甚至有點歪；小鼻子、小眼睛的，還是單眼皮；但整合在一塊，不覺得難看，親切和藹，帶一點鬼祟、滑稽，顯出機警靈氣，顯出心地純良。年紀三十出頭。我擠過去，從人頭縫隙中看他作畫。他大約有兩、三次偏過頭來看我，每次我都感覺他只能看見我的半邊臉，也不知道他看我是打打招呼，還是想為我也畫一幅像。我驚奇他的確是高手，一枝速寫筆，就是用老式鋼筆將筆尖折彎的那種，隨意在尺幅之間塗抹，粗細轉換自如流暢，一筆到底，不修改、不重複，不用一分鐘，一幅肖像就完成了，神形兼備。先運粗筆，表現素描關係，從眉骨下的眼窩到鼻翼，最後到嘴唇，此一筆下來，已將面部的骨骼、肌肉烘托出來，有了七分神似；再運細筆，勾勒眼眶和面部輪廓，已得八分成功；第三筆，點睛，筆尖不知怎麼一轉、一頓，似有無限玄機，人物便活了起來，簡直是靈魂出竅。最後大筆勾出頭髮、衣領，收煞得乾乾淨淨，毫無拖泥帶水。我自然很想請Z為我畫一幅肖像。我在文聯做了二十年，卻不好意思找藝術家求一幅「墨寶」，現在我已經退休，此時此地又是「外省人」身份，更沒有勇氣開口。但我意外發現，Z幾次偏頭看我，就是想給我畫像，他有驚人的形象捕捉力、記憶力，僅憑幾瞥之間的印象，就抓住了我的典型特徵，不，應該說，他正在洋洋灑灑勾畫的，正是我，而且畫得很不錯，我不禁暗自竊喜。畫畢，他未

及署名，站起身，凝視片刻，突然一把將畫稿揉作一團，扔進了抽屜。沒等大家反應過來，Z套上速寫筆筒，說一聲「開飯了。」便要離開畫桌，眾人也就一哄而散。

　　Z與我們走在一路。他那稀疏、短粗的眉毛，凝作一堆，彷彿無限心事。F說：「Z先生，你不是問過我，黃先生何許人麼，這位就是。」吳大姊說：「聽F這麼一說，我倒是有了聯想，你們倆性情有幾分相似呢。」大姊對我附耳說：「問他讀你文章的感受，他只有兩字──『痛快』。」說話間，Z突然停住了腳步。這時，我們竟都在寬敞的樓梯拐角處站定了。那裏有一張乒乓球台。Z突然從我手裏取走一個大信封，裏面裝的是一本文學雜誌。他一邊撐開筆套，一邊盯著我看，足足有兩、三秒鐘。接著，他在信封上快速地勾畫起來。這一次比上次畫得更生動、更傳神。畫完後，將信封放在乒乓臺上，急匆匆地奔樓下而去。我望著他為我畫的肖像，驚呆了，我自己居然從來沒有意識到我的生命如此靈動、如此富有生氣。我在忙忙碌碌中，很少關注自己的形象，偶爾照照鏡子，也就梳梳頭、刮刮鬍子而已。那是靜態的我，從未深究自己的精神。這幅畫，將「我」從現實中的、肉體的、實在的「我」分離開來，讓我面對了另外一個人，這人是我，又不是我。我向「我」提出了一個個令我震撼不已的問題：我是誰？什麼氣質？什麼性格？什麼思想？我曾做什麼、在做什麼、將做什麼？我為誰活？我活得盲目還是清醒、幸福還是痛苦、值還是不值？此時此刻，我突然感覺這些看似陌生、遙遠的問題，洶湧而至，壓得我透不過氣來。我當時的臉色肯定蒼白，神情

肯定十分嚇人，不然，妻子、吳大姊和F不會一齊呼喚我的名字，聲音裏充滿恐懼……我使勁地眨了幾下眼睛，又使勁地擺了擺頭，我的靈魂這才落回到我的身體。而眼前信封上的「我」，突然變得皺皺巴的，而且脆裂成一塊一塊的了。我想回到剛才的「我」裏，但已經不可能了。一種刻骨的痛楚與惆悵襲來，頭疼欲裂，渾身軟綿綿、輕飄飄的，像被誰抽去了筋骨似的。若不是有妻子攙扶著，我肯定會從樓梯上一頭栽下……

下了半層樓梯，站在另一個拐彎處的平臺上，聽見樓下傳來一片驚呼聲：剛才圍觀著看Z作畫的人們，將Z簇擁在中間，呈半月形，Z正好面對著平臺上的我。他笑著，笑得很得意、很自信，還有些頑皮、幽默。他藏在身後的手，慢慢地滑到前面，向我展示他的新作——我的肖像，畫在一塊雪白的硬紙板上，足足有一米見方大，他故意倒拿著，讓我疑惑究竟是不是我。接著，他又慢慢將畫掉了個頭。我這才確認是我，正是信封上的那個「我」的放大。眾人一齊鼓掌，妻子、吳大姊和F也起勁鼓掌。我知道，這是為Z的作品鼓掌，也是為我獲得這件珍藏而鼓掌。我快步下樓，握緊Z的手，言謝的話語怎麼都說不出口，眼淚卻撲漱漱的直流。F替我連聲道謝，卻見Z的臉色倏然大變，他望著我，結結巴巴的說：「黃先生，這幅畫我不能給你，我還是沒有畫好，我讀過你的文章，我以為……，就在剛才與你握手的那一刻，我看到了你靈魂的另外一面……，我相信，一個更真實的你，已經印在我的心裏，我知道你馬上要走，請放心，我會把畫寄給你……」

我與他道別時已經想好了，我將把他的作品——「我」的肖像，掛在什麼地方。

最後一期《百年江湖》

我和Ｃ在《百年江湖》雜誌搭檔作主編、社長，好多年了，刊物硬挺到現在，可真不容易。沒想到，我們常常擔心過的日子，極其混亂、極其恐慌的日子，說來就來了。有種江湖大戰即將爆發的空氣瀰漫全城。每天謠言四起，人心惶惶。好些人都跑了，躲到鄉下，或飛往國外。歷史似乎回到從前的某個時刻，再也沒有比弄張機票、車票、船票更難的了。市面慘澹，物價飛漲。風雨如磐，過了今日不知明日。刊物發行量銳減，社裏的那點積蓄很快就會花光，生存將難以為繼。誰都不知道將會發生什麼可怕的事，雜誌社留下來的，大多是走不動或無路可走的中老年人，顯得冷清而悽惶。

Ｄ就是在這個時候來找我們的。他要求用《百年江湖》的刊名和增刊號，自己編稿、印製、發行，向我們繳納「管理費」。Ｄ正當年富力強，曾是邊緣作家，敢作敢為而又少年穩沉，十幾年打拼，已經小有積累。他坦誠的說，《百年江湖》刊名好，老牌子了，有品牌效應。

Ｄ前腳剛走，Ｃ就對我說：「您跟他熟悉，去摸摸他的底，風雨飄搖的時候，他為何敢這麼幹？」我想也是。何況Ｄ曾是我的學生，我得去問問，免得他血本無歸。

Ｄ對我毫無戒備，將編好的清樣拿給我看。

我驚奇地發現，Ｄ所有稿子的選題，與我們做過的選題並無什麼差異。只是封面弄得很商業化，奪人眼目；標題觸目心

驚，什麼「江湖又起血雨腥風」、「明日誰是南宮霸主？」之類的，所謂「賣書賣皮，賣報賣題」，我並非不懂，只是我們乃鼎鼎有名的南宮山寨之主流媒體，控制極為嚴密，雖然不需顧及小山頭檢查，但頂頭上司極具權力，手段更強硬、管束更嚴，自然從不敢設想像D那麼幹。不僅如此，D編的文章角度和立場全然不同，思想極端另類，對江湖歷史、江湖人物的評價，與我們的刊物針鋒相對。應該說，D的做法異常出格，簡直匪夷所思。

我問D：「你這不是玩命麼？」

D說：「您也不看看，都什麼時候了？等我的刊物印出來，江湖大戰打響，不知鹿死誰手，我第一時間出貨，刊物絕對走俏、火爆、打搶；我都不知道會印行多少，我給許多印刷廠都打了招呼，隨時準備加印。到時候您就看我數錢吧。而您的正刊，到時候一本都沒人要。」

我說：「你介意我將你的想法告訴C麼？」

D一笑，說：「您就算告訴他，或者我把稿子白送給他，他也未必敢接受。」我說：「那也不一定，他被逼到絕路了，現在一心只想賺錢活命。」D說：「不信您就試試看。反正我不在乎。」

我如實對C講了D的做法和那番話。C非常驚訝地說：「真的麼？看這氣候，像是說變就變呢；今日山頭開會，東、南、西、北風四大舵主，赴會的才一、兩條好漢，打電話催都沒人接了。」說這話時，C的臉色都煞白了。但他仍然不敢冒險，只是搖頭歎氣。

　　編輯部就設在南宮山正殿旁邊的一間會議室，相距數十米。那邊是古建築，外表古舊，內部當然極盡豪華。我們這間會議室改做的雜誌社，低矮、破舊又土氣，是半個世紀前的遺跡。我們曾經引以為榮的是，經常都可能會看到一個人，那就是武林霸主南宮山人。當然只能遠遠的瞟上一眼，誰也不敢緊盯著他看，儘管我們的身份不低，且經過嚴格的篩子篩、篦子篦，七姑八姨也都一一審查過關。這幾天，他常常獨自一人來空蕩蕩的辦公室悶坐，最近也不見有其他大小山頭的武林高人來商量什麼重大的事情，據說都遷到城西早就挖空的某座山裏去了。據說那是為武林大戰準備的，簡直就是地下宮殿，應有盡有，能控制通訊，用以調動天下各路英雄。儘管這種小道消息真真假假，不大可靠，仍然叫人心驚肉跳。還有傳言，說是會議召集不攏來了。有的人恐怕早已不知去向，傳聞不少人攜家眷及金銀細軟逃亡海外。據說山人像當年一樣倔脾氣，哪兒都不肯去。拖他、拽他，他還罵人，說你們一個個連崇禎皇帝都不如，嘴裏髒字一串串的，江湖黑話、市井俚語，啥話都出來了。

　　這才是最強烈、最危險的信號。

　　我正在和C說話，他來了，遠遠的看上去，他行動遲緩、步履蹣跚，由幾位侍寢女俠攙扶著，幾名唐裝大俠則緊隨其後，四處張望，目光如炬。

　　他走到南宮山正殿門口，揮揮手，侍女、大俠便離開了。

　　C的頭偏向那邊，怯怯地張望了幾眼，問我：「您敢不敢去那邊，探探山人的口風？據說他道行了得，洞若觀火，能觀天象、察時變，比我們英明，自然也比D看得準形勢。」

我一聽就嚇暈了，說：「哪跟哪呀？你這不是叫我捋龍鬚、摸虎牙麼？要我這個手無縛雞之力的書生，去會武林霸主？況且，同他說這種話，需要極高的勇氣和極高的藝術，一不留神，哪句話溜嘴，會掉腦袋的呀！」

C說：「誰有您的智商高呢？也就只有您能在他面前應付裕如了，您才不會掉腦袋呢；要是讓我去，一開口就死定了。算我求您了，好不好？」

我明知道他說我智商高，是給我戴高帽子，但我這人心特軟，別說為了留下的同仁的生存，我上有老的、下有小的，也得未雨綢繆啊。看來我必須去一趟這虎穴龍潭。其實，我從來看都不往那地方看一眼的。平常，我與C的做法不同，他總相信，憑「資訊」和看山人的臉色行事才安全，我則憑思想和直覺。我以為，和他們離得越遠就越安全，讓他們徹底忘卻你的存在才好呢。我懷著我不下地獄誰下地獄的悲壯，忐忑不安地向南宮山正殿那邊走去……

果然他在，一個人，抽著一種特製的古巴雪茄，又粗又大，很貪婪的樣子。我近看他（這是平生頭一次），不覺倒吸一口冷氣，他疲憊不堪，臉上浮腫，眉間的痦子發黑，背上的贅肉一坨坨地堆積著，顯出扛背。他攤在那兒，一團的龐然大物，沒了生氣。一點也不像武俠片裏那塗過油彩的戲子，總是那麼容光煥發。偌大的、既像是書房又像是客廳的屋子，沒亮燈，雖焚有天竺檀香，仍壓不住一股濃濃的煙味和黴氣。

他慢慢撐開眼皮，首先叫我：「小鬼，來，坐。」

我的雙腿禁不住顫抖起來。我平常說話和肢體語言總瀟瀟灑灑，這會兒整個人都凍僵了似的。當初讀小說〈顛

慄〉，還以為是藝術誇張呢，輪到我頭上，一樣挺不住了、不行了。

看來他對我們編輯部的人，已經面熟了，不然他多少會有些緊張的。據說他每每遇到陌生人總會緊張，臉繃得緊緊的，一臉驚恐或者殺氣畢露。

我顫顫巍巍地說道：「我……我來，是想請教老人家的……，歷史是怎麼一回事？明明就那麼一堆事情，怎麼公也有理，婆也有理呢？」

他居然樂了，笑道：「你這個編歷史刊物的，竟然不知其為何物，這就叫以其昏昏使人昭昭啊！」

我緩過一口氣，說：「是的，正因為我不想這麼糊塗下去，才特意來請教您的。」

他深深吸了口煙，說：「坐，坐。」（其實我一直坐著，我猜想，他是不是像外界傳言的，已經失明了呢？）

他說：「小鬼，你問我，算你找對了人囉！世界上，只有我才知道歷史的秘密。你那個刊物，叫百年江湖吧，刊名還是我題寫的呢。」

我連聲說：「是的是的。」心想：倘若沒有老大師的墨寶庇佑，我們哪能活到今日？

「你知道百年江湖都做了些什麼？」

我連連搖頭，不讓他看出我的明知故問，是個心懷叵測的危險份子。我當時的樣子一定傻到了極點。

「百年江湖只做了一件事」他頓一頓，說：「造反——五帝三皇神聖事，騙了無涯過客。有多少風流人物？盜蹠莊蹻流譽後，更陳王奮起揮黃鉞。」

這首詩我在哪兒讀過，被他引用在這裏，讓我吃一大驚，心中不禁暗想，原來我和他，英雄所見略同呢。

「為什麼造反呢？」他問道。

我必須繼續假裝糊塗，說：「草民沒吃、沒穿，當然起來造反！」

他笑了，說：「不對囉，無論造反或不造反，沒吃、沒穿的人都一樣多囉！吃、喝、穿，靠的都是生產力！造反能造出糧食、棉花？你信麼？反正我不信，鬼才信呢！鄉下人說：『秀才造反三年不成』，這話錯了——唯上智下愚而不移，還是孔夫子精明啊。我看哪，幾個遊俠、幾個莽撞武夫，頂多也就幹點打家劫舍、殺富濟貧的營生，佔山為王也好，落草為寇也罷，終難成氣候；指望成就一番霸業，一百年不成！造反靠誰？靠秀才。先用筆桿子把各路遊俠鼓動起來、集結起來，讓他們拿刀槍、劍戟、斧鉞、鉤叉、錘子、流星等十八般兵器去拼命，要打江山，秀才才是真正的造反者呢，李自成、洪秀全都是秀才嘛。打下江山，百姓就有吃有穿了麼？屁話。不過，也怪不得秀才們心狠，得了天下就得翻臉不認人啊，他要坐穩江山，需要銀子啊，銀子從哪裏來？羊毛出在羊身上，銀子還得從百姓身上來囉！」

「山人我為什麼喜歡李白？你看他詠史：『越王勾踐滅吳歸，戰士還家盡錦衣』，這就很有理想、很有誘惑力嘛。杜甫傻啊，『新鬼含冤舊鬼哭，天陰雨濕聲啾啾』，把戰爭寫得那麼恐怖，誰還要去亡命？還有什麼『三顧頻煩天下計，兩朝開濟老臣心，出師未捷身先死，長使英雄淚滿襟。』玩什麼深沉，滿肚子憂怨！你心甘情願，俯首稱臣，做都做了，抱怨什

麼！太現實主義，一點也不浪漫，我不喜歡他。要說把這文治武功做得最徹底的，百年之內，天底下也就三個人。三人者誰？阿爾卑斯山人、崑崙山人、南宮山人是也。歷史是什麼？至少江湖百年、千年的歷史，就是我剛才講的，造反，以爭奪天下武林的霸主。是不是天下竟沒有一個聰明人看得出這個秘密呢？不是，只是不敢講話而已。杜牧講了，不過很隱晦：『折戟沉沙鐵未銷，自將磨洗認前朝。東風不與周郎便，銅雀春深鎖二喬。』你看，一個偶然之下，不但丟了江山，女人都給了別人。這就叫成王敗寇，這就叫江湖。」

　　他頓了頓，深吸一口煙，露出滿嘴黑牙，啞巴啞巴癟嘴，說：「老百姓就不去說他了，老百姓關心的就是開門七件事：柴米油鹽醬醋茶；知識份子，歷來明白人不多，糊塗人不少。這也要感謝孔夫子啊，天下讀書人拿他當聖人，上大當了。隋代有個王通，陝西通化人，他的學生到唐朝都做了大官，魏徵就是一個；少數幾個還跟他，尊他為文中子，留下他的一部語錄，叫《文中子中說》，了不起啊。楚國公楊玄或造反，與隋朝爭奪天下統治權，派人去請他出山，他不去，對使者說：『天下崩亂，非王公血誠不能安。苟非其道，無為禍先。』你要奪天下，你自己去拼命嘛，憑什麼要我替你賣命？王通這人，把歷史看透了。他的六部著作都失傳了，這不奇怪，像那樣的武林秘笈，不失傳倒是怪事呢。百年之內，必有江湖隱士把他挖掘出來，藉他的口說事。近代有個魯迅，眼光毒得很，他說，江湖歷史，只有兩種時期，或做穩了奴隸，或想做奴隸而不得；又說，歷史就是吃人。講得出這種話、敢講這種話，從古到今，有幾個人？有人問：『若魯迅活到今天會怎樣？』

要麼他閉上嘴，要麼牢裏待著，這還用問麼！有人說：『山人一言九鼎，令天下豪傑不敢言，這不公平嘛』，這是他不懂武林規矩，凡事霸主講過，你無須放屁！」

我知道他飽讀武林秘笈，滿腹經綸，且一向講話有癮，引經據典，縱橫捭闔。想當年，他叱吒風雲、威震江湖，靠的是獨門絕技「黑白鏢」，對黑旋風之類，使白鏢，對白衣秀士之類，使黑鏢，無往不勝，堪稱江湖絕殺。如今年事已高，威風不再，不過難得的是，此時此刻，這個特殊的歷史關頭，他那氣派，依然不減當年。我哪敢打斷他，掃他的談興，卻又聽得膽戰心驚。我繼續試探。我說：「我……我怎麼還是犯糊塗，您什麼時候說過的？是不是寫在您的秘笈中，打算藏諸名山？」

他呵呵大笑起來：「小鬼，難怪你能在《百年江湖》做主編，（天哪，連我做主編他都曉得！）不過，也只有像你這樣的糊塗蛋，才做得下去囉。我什麼時候說過？我贊成奴隸史觀，是不是？這一句，就足夠你們無休無止的跟著做文章了。這就叫從我的立場看歷史。綠林英雄，哪有那麼多英雄！那是說辭，英雄是藏在這說辭後面的。就說梁山好漢吧，一百零八，哪一個是地道農民？宋公明、盧俊義、晁蓋，不是小官吏、小地主，就是公子哥兒。至於你說到秘笈，我飽讀歷代霸主秘笈之後才明白，天下哪有什麼秘笈！誰是武林霸主，誰說的話就是秘笈。我的秘笈是要拿來實行的，從未想過藏諸名山，我才不管什麼身後百年、千秋功過呢！」

我早已嚇得冷汗涔涔。儘管我曾想過這些破事，那畢竟是我私下的悶想，即使是對搭檔C，也從不敢吐露半個字，更沒有哪個武林大俠會公開站出來證實我的玄想。

我說：「我似乎有點聽懂了，記得有高人說過，江湖歷史是任人梳妝打扮的小女孩；阿爾卑斯山人也說過，歷史是權力者創造、書寫的；也就是您說過的，什麼立場說什麼話；也就是老百姓說的，啥時候說啥時候的話。那麼，您看最近……」我實在沒有勇氣把話說完。

我等著，忽然覺得渾身發冷，像等著火山爆發，等著死刑宣判……

他果然神色冷峻起來，大手一揮，說：「最近怎樣，最近也在我的預料之中嘛！三十年河東、四十年河西，萬事萬物都有輪迴嘛，物極必反嘛，有什麼好大驚小怪的，我早就說過，被剪除的異己還會死灰復燃，復辟他們失去的天堂！逃不出我的思想，我有預言嘛！」

我想，我得趕緊離開了。我說：「您不用激動，我相信，您如果保持清靜無為的心態，您應該可以活兩百歲……。」

他樂呵呵的笑了。「清靜無為，那哪是本山人的性格！當年的事休要提它了，少年不識愁滋味啊。你是個老實人呀，你說兩百歲，敢折我幾十倍的壽數！」

我嚇壞了，牙齒竟打起嗑來。

「我心裏有數啊。吾此生足矣。都勸我走，去哪兒？我哪兒都不去！走不動，不走囉！『生當作人傑，死亦為鬼雄』！躲躲藏藏，非大丈夫所為也！一不怕老婆離婚，二不怕丟烏紗，三不怕掉腦袋，那些佔山為王的人，平時自命武功蓋世，老子天下第一，大難臨頭時誰敢挺身而出？一個個腳板心揩油，都溜了，比崇禎皇帝還不如！」

　　我心想，傳聞中的的話，他還真講過呢。情況不妙，三十六計走為上策。

　　他看出我要走，叫住了我，說：「小鬼，看你跟我這些年，給你面授一點機宜吧，你可以把我剛剛講的，作為訪談錄發表出去，就叫做『某山人放談江湖奧秘』；其他文章，想怎麼寫怎麼寫。去吧，去發一筆財吧！古今中外，從三皇五帝到希特勒、老布希，唯一的信仰，錢多不燙手啊，呵呵呵……」他用手背向外擺了幾擺，像是要揮去他一生的疲憊或者一生的霸業……

　　連我都不知道，自己是如何向C復述這一切的。總之，他驚恐不已，又竊喜不已。是的，不管天道如何變，有錢總能活下來。《百年江湖》的最後一期，由我主筆，我的〈南宮山人放談江湖奧秘〉作了頭條。總之，我還有C、還有D、還有雜誌社留下的同事，都著實撈了一筆。至於是不是發國難財，管不了那麼多了。各人自掃門前雪，百年、千年，唯此為經典。至於《百年江湖》要不要辦下去，那是不能由我們幾個說了算的，要看新的武林霸主制定的法規，究竟是怎麼回事兒。不可預料的事情，不說也罷。況且都什麼時候了，誰還有那份心思？

　　此時，外面街上槍聲一陣接著一陣，伴著昏天黑地的吶喊、哭叫。今早謠言又起：哪個超市商場被搶，哪棟大樓被洗劫……同事個個一臉驚恐。編輯部遍地狼藉，一片混亂，諸同仁互不交言，胡亂收拾著各人要緊的東西，打算作鳥獸散。事不宜遲，你我趕緊逃命去也。倘若劫後餘生，你我能相逢，再來細細回憶這個驚心動魄的江湖節日吧。

雪後

　　雪後，天奇冷，乾燥無風。與C公懈逅於市。我正讀一本研究俗文學的書，謂C公曰：「書中講到一人，人稱其為『文場惡少』」云云。C公頗不以為然，哼了一聲，說：「你往後看。」C公凡糾正我時，總比對別人客氣；對陌生人的無稽之談，每每冷眼相待，且事後必有鄙薄之辭。我很少懷疑他的言說或有錯誤。於是我往下看，方知此人「文場惡少」之名，係轉引他人評述，接下來則是他本人的答辯，辯詞中談及與C公曾有過往。余方恍然大悟。原來C公曾慕名拜望此人，得其贈書，二人在許多事情的看法上，甚是投合。C公接過書讀，書中講的好像是關於《三國演義》的歷史真實性，涉及楊修及張飛的身世考證。C公的這位朋友倒是真有學問，只因攻書、著文之路子頗野，學術風格自成一派，向為主流學界所輕賤。書，字奇小，難以辨認，我便又接過來讀。內有此公的一著作名，余讀錯，C公一一正誤。又有一書名，狀如時鐘，以阿拉伯數字排成一圈，余順念，念成「一二三四五六七」，C公看也不看，唸道：「四五六七一二三」。原來此書乃該人之秘笈真經，C公已爛熟於心矣。C公著一又硬又厚之木底雨靴，右足微跛，余問：「公年壽幾何？」公無所謂地答曰：「八十有三。」余趨前欲攙扶他，道：「當拄一杖為好。」C公拂去余手，慍色微露，道：「余叔公未亡，其杖豈可為我所用！」余即斂聲，因想到：C公可是從不服老、從不知老之人也！

無題

一

一條僻靜的小街。入夜，沒有街燈，幾家小店的昏黃燈光投射在石板路上，泛著油光。我和她悠閒的、散步似的逛著。她突然扭頭問道：「你的手錶呢？」這一問，悠閒的情致全沒了，但我輕鬆笑道：「在店裏修呢，真的，該去拿了。」便急忙轉身尋找。運氣真不錯，返身來到街口，遠遠看見，一片幽暗中，有一間鐘錶店，我的錶，在店門前的地上熠熠生輝，像一塊碩大的寶石。走近去拾，一拿起來，卻是一支掛鐘，只是沒有玻璃殼，指針一跳一跳的走得正歡。她也跟了過來，我把掛鐘交給她時格外小心，生怕她的手碰著裸露的指針。口裏還說著：「鑲著藍寶石呢」，心想，她該不會問，是手錶貴還是掛鐘貴吧？

二

醫院。在聽過一個學術報告後，我決定試一試減肥手術。一位漂亮的女醫生，給了我一瓶藥水，上面貼有幾條紙片。我想了想，大約是測試酸鹼度的吧，便扯了一片，往小瓶裏浸，濕漉漉地拎起一看，是紅的，又往舌頭上黏了一下，卻又變成了藍色。那女醫生吃吃的笑著，我便知道我弄錯了，應該直接

放在舌頭上的。一試，果然呈現介於紅、藍之間的黃色。院長走過來說：「正常，可以做。」我心裏還猶豫要不要做呢，於是與他談起剛才的學術報告。他老實地告訴我，現在離基因技術還遠，等十年後，不必手術，移植一個晶片到肝臟，萬事大吉。我說：「我暫時就不做了。」那女醫生一直望著我吃吃的笑著，我的所有心思，被她看在眼裏。她應該是認識我的，但我不認識她，我想，如果手術由她做，我倒是願意與她「零距離接觸」地吃她一刀，那是流行小說的題目——「溫柔的一刀」。那年在西安看牙醫，美麗而有氣質的女醫生，一邊聊天一邊輕輕巧巧地在口腔搗鼓了幾下，劇烈的牙疼竟奇跡似的消失了。後來看病歷，上面寫著「棉球安撫」。其實，職業應該與性別、外貌相諧和的，假如馬克思一般的大鬍子做牙醫，誰還敢去呀？我漫無邊際的想著，悻悻離去。

三

我坐在學校大操場的一條石凳上。一位看上去三十來歲的女子走了過來。她是給我們學生樓做清潔的女工，見人總是一臉甜笑，打掃廁所時，總站在門口朗聲叫道：「有沒有人啊？我進來了啊。」衣著、走路像女學生一樣婀娜多姿，我們都不知道她的名字，管她叫「嬌姊」。她遞給我一個包裹，包裹外面是紙殼，我剛剛撕開，她急忙搶過紙殼，摟進自己懷裏；第二層是厚厚的包裝紙，同樣地，沒等我反應過來，又到了她手裏。原來她站著不走，是等著拿我的包裝物。如是好幾層，面

盆大的一包，竟只剩下比拳頭還小的一團。小心打開，卻是一枚紅棗、一枚花生粒和一小袋葡萄乾。我正發楞，她笑了起來，說：「知道什麼意思麼？」不等我問，她就說：「你家人要你早生孩子，有男有女，越多越好呢。」她瞟了一眼操場上的紅男綠女，說：「這麼多好看的女孩，怎麼就都不入你的眼呢？」我不作聲，直盯著她看。她突然紅了臉，從荷包裏掏出一把紅棗，說：「都給你！」我捧著紅棗，頗覺疑惑。她說：「我家人捎來的，我年紀大了，沒結婚，有啥用呢？」這一次嬌姊沒有笑，眼睛裏露出迷惘和憂傷。

四

　　就在我提出想要見一見我的老同學時，所有人的面部表情都在那一刻定格了、凍僵了，像是拍照的好時機。我還是固執地找到了那位老同學。他正待出訪R星，約我同行。我們乘坐飛碟離開。老同學說：「真痛快。」我問：「你說什麼？」答說：「微重狀態，真痛快。把扛不起、背不動的東西，一下子統統留在地球上了。」這時我才敢說：「說說你研究的『黑洞』問題吧。」他說：「每個人都有自己的標準狀態，但不偏離是做不到的。偏離有一個最大值，那就是臨界狀態，一旦超過了，就進入黑洞。黑洞是萬劫不復的深淵。難就難在，你根本不知道什麼是你的臨界狀態。每個人的臨界點都不同，是多元高階非線性方程，除了時間變數，還有空間變數，尤其是初始條件，非常微妙。」我十分驚訝，這種理論，是我完全聽不

懂的，儘管在這個領域，理論表述對一般人來說，如同天書、如同胡言，但從來沒有甚麼是我看不懂、聽不懂的；居然老同學的高論，對於我而言，像是夢囈一般。「你記得平衡麼？」他自顧自地侃侃說道：「平衡有三種，雞蛋放在兌窩裏，穩定平衡；放在冰上，隨遇平衡；放在籃球上，不穩定平衡。我正在研究一種人，他們總在自己的臨界點上晃來晃去，走鋼絲，玩不穩定平衡。」我聽了不禁心跳。我原想藉出訪的時機開導他一番，讓他留在我的研究所的，學生時代，他就是同學們公認的天才。沒想到他的研究，連我也理解不了。幸好我還沒有開口，貿然發出邀請。而且，我這一輩子正是在走鋼絲呢。

<h2 style="text-align:center">五</h2>

我待在一個會場裏，或者說會場裏有我。會場不很大，好像是個窯洞，究竟是不是窯洞很難說，因為畫面像一張剪切了屋頂的照片，無從辨別。我似乎坐在右後方的一角，打量坐在最後面一排的幾位嘉賓。有英國人、法國人，和兩個德國人，有人介紹，一個叫希特勒，於是我看見希特勒站起身來，面色蒼白如玉，精瘦出奇，文質彬彬，身材凹凸有致，明顯練過健身。他用流利的漢語介紹身邊的他的同胞，一位留著絡腮鬍的青年人，當他說到他的名字時，我很平靜，因為我已經看出很像是某公，原以為會場上會激蕩起一陣熱烈氣氛的，結果也就稀稀落落的一點鼓掌聲而已，且沒幾個人轉頭看。會場實在是簡陋不堪，我是從嘉賓們坐的條凳看出來的，高的高，矮

的矮，擱不穩，嘉賓們起身後再坐下時，便不停晃動，讓人擔心。會議的主題似乎很嚴肅，關乎命運前途之類，但氣氛與平常的集會沒有很大的不同。發言者一概面目不清，聲音也嗡嗡的聽不明白。一會兒便散伙了。還有一個證據顯示，這個會議並不正規，那就是最後的節目——分發水果。一人一個籃子，裏面有一串香蕉和一堆蘋果。散場時，英國人叫住我說：「幫希特勒拿紀念品。」我回頭看了一眼，德國青年好像被幾個人圍住了，嘀嘀咕咕地在講些什麼。我們三人一起走著，穿過了一條長長的走廊。我在他們當中顯得很矮小，我這才知道，我還是個孩子。他們也就讓我跟著，是英國人幫希特勒拿的水果。蘋果在籃子裏滾來滾去，我一直盯著、看著。後面的故事，肯定是因為我一直盯著看而引起的。來到小院子裏，英國人友善的叫我拿一個蘋果吃。希特勒陰險的笑了笑，向英國人擺擺手，就勢將我拉到他的身後，他一躬身，變成了一隻巨大的鴕鳥，屁股上一個巨大的孔洞，像是嘴巴的形狀，好像可以把我整個人吞下去似的。我很好奇，朝這「嘴巴」裏窺望去，裏面空空如也，有一團黑乎乎的東西，朝我慢慢滾動過來。我嚇得往後一退，黑乎乎的一團落到我的手上，是只蘋果。希特勒怪笑著，用下巴示意我吃下這只蘋果。我感到奇恥大辱，英國人似乎也被激怒，緊攥了拳頭。我將蘋果往那「嘴巴」裏一塞，仍無法消氣，又從地上撿了塊大石頭，塞了進去。大鴕鳥連一聲也不吭，趴倒在地，龐大的體積忽然消失了，變成一張薄紙攤在地上。我大駭不已。英國人拊掌沉思，忽地叫道：「我明白了，這就是你們中國人所說的『畫皮』呀！」

六

一邊是夜色中混亂的車流、人流，像煉鋼爐般翻滾著沸水，閃閃爍爍的彩色燈光，魔鬼般地在暗夜裏忽悠；一邊的人行道上卻兀立著巨大的障礙物，走近才看清，原來是「井」字狀的水泥結構，無數中空的方格，猴子似的爬滿年紀輕輕的男女。我只得從這裏穿過。走進中空的方格裏，和他們一樣猴子似的攀爬、翻越。心裏禁不住好笑，自己竟也兒童化了。男男女女的圍上來好幾個，說是要給我做按摩。我說：「這裏怎麼能做呢？」心裏卻在擔心剛剛關餉的三百元，就在褲子後面的口袋裏，感覺並沒有裝好，隨時都有可能會掉出來。於是，一個女生說：「只要一毛錢」；一個男生便示範了類似雙槓上的體操動作，說：「看，就這樣」；說著，雙腳勾住一條水泥欄，腰擔在另一條水泥欄上，身子便向後仰。我連連說：「做不來，做不來」，急忙從前面的褲袋裏掏錢，卻掏出七毛零錢。給他們一毛，原以為可以逃生的，剩餘的六毛竟被一把搶了過去，我這才明白，我被打劫了。卻是叫不出聲來，況且沸水翻騰般的市聲中，誰能聽得見我的求教？大痛無聲的我，陷入絕望。

七

從郝穴乘計程車回來，天已向晚，路上沒有行人。車很破，開到岑河附近，好像是一個車站，車停下了。司機先跳了下來，我感覺有點不對勁，心想換輛車也好，便隨著下車。他

說：「給錢，十八元。」我說：「沒開到地方。」他說：「應該收二十元的。」我給了他二十元，他竟說：「還有！我跟你說的是一個座位十八元，我這車上還有三個空座位！」我知道自己遇到黑車了，只好認栽。細看那車站，一間草屋、一溜草棚子，空無一人。並非車站，倒像是集市，還殘留著搞專治腰腿疼的「一貼靈」的促銷活動的大紅橫幅。我好不容易攔了另一輛計程車，回家後便給派出所打電話。他們讓我隨警車去現場。那間草棚和一排棚子怎麼都找不著了。警車往回開的半路上，突然停下。嘩的一聲，碩大的捲閘門開了，警車徑直駛進去，卻見是巨大的地下停車場，雜亂無章的停著許多破車。我找到那輛黑車，司機卻是個標致的女郎。員警問她：「認識他麼？」女郎微笑著，搖了搖頭。我有些害怕，急忙放眼搜尋，只見載我的司機蹲在角落抽煙。我說：「在那兒，就是他！」員警完全沒有朝我手指的方向看，黑著臉對我吼道：「你胡說什麼？他是照場子的，是個啞巴！」這證實了我的擔心——員警與黑車有瓜葛。員警問我：「是不是你喝醉了，胡編的？」我說：「現在我酒醒了，不能白坐你們的警車，我給錢。」

八

　　大草甸子一夜之間塌陷了。草甸子原是一片澤國，齊腰深的水，一叢叢蘆葦，秋天的暖陽下，黃橙橙的，一個勁兒地在風中抖動。那是四鄉人的財富之源。現在這裏變成了巨大的凹地，深數丈，一望無際的、凸凹不平的乾裂黃土。電視報導，

無一人傷亡，領導親赴現場云云。幾天前，方圓十公里內的人陸續遷走了。真是萬幸。此前每天都有高音喇叭叫喚，催村民趕快離開，得救的人們便想感謝高音喇叭。奇怪的是，無人認帳。地震局、民政局、電視廣播局……所有的相關部門都否認此事，因為對大草甸子的塌陷，他們一無察覺、一無所知；是村民找上門後，他們才向上級報告的，正請專家研究呢。村民們聚集在一起仔細回憶，那幾天只聽見喇叭的叫聲，確實沒看見廣播車之類有形的東西。

九

某界大會。我覺得Q想上臺講什麼，一副激動不已的樣子；他本來就是主持人，完全可以上去插話，我便做個順水人情，說：「你講，你講。」Q一上臺就念起語錄，令座中大亂，我亦大驚。接著，如同變戲法似的，他從腰間拉出一條大橫幅，高呼道：「走向全省的魚腸麵，走向中國的魚腸麵，走向世界的魚腸麵！」原來是為他新開張的生意廣作招徠。事後我問他，他說，一位大老闆，因他曾參與諮詢其事，給了他三十萬，他不肯接受，老闆便授一秘笈，讓他開始賣起魚腸麵來。次日，我去Q的新店品嘗，卻見一油布大棚，其大無比，內有百張小餐桌，生意極為興隆。食客盡是貧窮人，老弱病殘。算一算，三、五分鐘一輪，一桌按三人計，僅僅兩小時就有數千元的營業收入。入大棚就座，卻沒有什麼魚腸麵，稀飯、乾飯加鹹菜而已，一元一份。我盛了一碗乾飯，被一照場

的女人攔住，說我這飯盛多了，要倒回去一半。我另外拿了一個空碗，倒騰給她看，只有半碗飯，原來我盛的飯，泡泡鬆鬆的，看上去多而已。女人還要糾纏，我煩了，去找Q，要他將那不講理的女人炒魷魚。Q正需要這樣的人才，哪肯答應。我拂袖而去。後來聽說有人雇了兩個混混，於風雨之夜拿刀片將大棚劃了一圈，油布棚隨即被一陣大風捲走。

十

　　郊外，風景如畫的地方，遇見怪物，上山形如猴、上天形如鳥，上樹化蝶、入水成魚，自由幻化，迴圈不絕。原來手上有一張畫影圖形，畫的正是眼前的自然景觀：遠山重巒疊嶂，近湖一碧如洗，湖邊一株參天老樹。圖上有英文標明，此物乃產自非洲的觀賞紅魚。上山、上樹或飛天，不過幻覺而已。Y先生的草舍就在湖邊，四壁殘破，不避風雨。Y捉來一條紅魚，置於大木盆中，木盆竟與湖、山、樹相通連，紅魚也，上山形如猴、上天形如鳥，上樹化蝶，回到木盆中，一條變成數條魚苗，頃刻間長大，均約尺餘，活蹦亂跳。眼前所見，絕非幻覺。眾人驚詫之際，Y先生令眾友人各取一二，帶回家觀賞。眾友忙不迭地找飯盒、酒瓶之類，我手腳一向比人慢半拍，又羞於與人爭好處，剩下給我的，只有一個塑膠袋而已。裝進其他器物的紅魚，不一會兒，眼看著一條條失去活力，不待走出Y先生的茅舍，便死去，眾人大駭；唯有我那塑膠袋中的兩條，一息尚存。我忽然明白，此魚必須不斷轉換生存空

間，不可長留水中，而我的塑膠袋，盛水不足一半，紅魚既可以尜入水中，也可以露出頭來，自由呼吸；且袋甚長大，還能讓其躍出水面。但畢竟空間狹窄，我擔心牠們會因此夭亡，便快步跑出草舍，來到小街上。街上空無一人，暴雨如注。好不容易攔了輛計程車，急忙鑽了進去。司機極為機靈，見狀即明白一切。不待我仔細吩咐，徑直將計程車開到我家後院的池塘邊，我將紅魚放進水溏，這才回頭向司機付錢、言謝。

十一

古城內的一條小巷子，開發出一個住宅小區。我去看房的時候，見到一奇特景觀：順著巷子走向的棚戶竟然沒有拆掉，長約百米，原本應該很氣派的小區入口，卻是狼狽不堪。據說，在小區開發之前，這百米棚戶，被一個私人買下了。心想此人一定有內角，透露消息，這才先行下手，或為待價而沽，或做成門面，總之可以大賺其錢。我走進棚戶去看稀奇，裏面陰暗潮濕，四壁殘破，不避風雨。裏面全都打通，像個長長的走廊，卻擺著一排排書櫃，拿手電筒一照，不覺大為驚訝，竟都是珍貴的民國版本，比如，飲冰室文集、胡適文存、魯迅全集，還有傅斯年、殷海光、丁文江……正自疑惑之際，聽見黑暗中有響動，電筒照過去，是兩位老人，坐在一張老式寧波床前，無精打采的樣子，讓人有些發怵。我怯怯地問道：「老人家，敢莫是照看場子的？」老婦人說：「這排棚戶是我們買下來的。」我用電筒光掃著書櫃，說：「那麼，這些……」老婦

言道：「上輩祖宗留下來的，我們看管了一輩子，就要走了，帶不去了。想修建一座圖書博物館，但眼下，一生的積蓄都已用完，下一步不知道該怎麼走呢。」我不禁雙手合十，連聲讚道：「阿彌陀佛，善哉善哉！」我向老婦人建議，用土地抵押貸款，或者招商，一、二樓做超市，或者出租門面，三樓、四樓作圖書陳列。老婦人高興的說：「那麼，這事情就拜託您了！」我咬咬牙，滿口應承下來。心想，這樣大的工程，我不過紙上談兵，哪能真刀真槍去幹？

十二

不知怎麼到達了南極。這裏已開發為旅遊勝地，是確定無疑的。我想尋找我的來路，於是站在一張以南極點為中心的巨幅地圖前，回憶並確認我的路線。地圖實際上是地球儀，只是碩大無朋，幾乎成了平面。南極洲附近有一群密密麻麻的島嶼，感覺在浮動著，伸手觸摸，竟是寒冷的冰水，且一把撈起了那群島嶼。我將手鬆開，島嶼又回到了地圖上，平復如初。我終於確認，我應該是從阿根廷登陸南極的，因為在圖上，它與南極相毗鄰，只需跨出一小步就能登上南極。

此次南極之行，主要是想體驗在極點的感受。這裏是天然的天文館。進入極點區，彷彿走進了一座巨大的現代建築。透過半球型的玻璃幕牆，看見滿天星光悠然移動，奇妙的是，還能看見地球正緩緩轉動著。這分明是違背物理學原理的。僅僅這一幕，就讓人覺得不虛此行。另有一面巨大的鏡子，我看見

好多人圍著它，進進退退，便也上前一觀。原來，在不同距離的地方照這面大鏡子，鏡子中的你，會發生各種各樣的變形，但這並非哈哈鏡，而是純平的鏡面，據說這種情形，只可能在極點上發生。換句話說，這兒是地球物理學的一個「畸點」，給了遊人一個證明，證明你確實已經身處極點。穿過這大廳，便看見類似天壇祭天的高臺，高臺由猩紅的鏡面大理石築就。許多遊客留連四周，有的人剛從上面走下，有的人則等待上去。人太多，不知道上面又有什麼奇觀。等我到達上邊，卻看見一株神奇的大樹，像是仙人掌科的熱帶植物，非常大，葉片如同伸出的千隻手，或長或短，不停地做出各種驚人的動作：收放、舒捲、變形、扭曲、翻轉、跳動，幅度很大，變幻莫測。這怪異的植物，竟和動物怪獸一樣，不禁有些駭人。觀看一陣子，竟毫無規律可言，但它的運動，有韻律、有節奏，張揚有度，變戲法給人看似的，感覺它很友好地表演著，絲毫沒有傷害人的意思。

一位可愛的黑人姑娘講解說：「這株植物的中心，才是地球的南極點。」我聽了便說：「是的，遊人走近它時，引起磁場微妙的變化，而作為參數的人，世上無一相同，即便是孿生的兄弟姊妹也有差異。初始條件在極點被突然放大，這千手植物的混沌遊戲，也就每時每刻變著花樣，無窮無盡，不可描述。」她睜大了興奮的眼睛說：「天哪，你想叫我失業麼？」

十三

在樓上，一間很小的兩居室裏，幾個同事正聊著天。要過年了，大約臘月二十七的樣子。外面大雪紛飛。幾個同事手上捧著搪瓷缸，喝開水，捂手。SM得意的笑著說：「晚上值班時我有事做了。」問何故，答曰：「翻拍照片。」她突然說：「還有你的照片呢。」我讓她給我看看。她拿出一個紙包，裏面裝了一堆老照片。對我來說，它們無比珍貴，是我父母早年的照片，居然有我從來沒有見過的。有一張結婚照，父母穿著學生裝，眼睛很大，面部特別清晰。心裏便想著讓她多複製一份。問她：「從哪兒弄來的？」她說：「跟親戚借的。」這人好像名叫張文，裏面有我的家族照片也就順理成章了。她說：「可以，你晚上要來陪我值班，要走好大一段路，我害怕。」我想，只要我說明原因，應該沒問題，便答應了。晚上，值班室裏氣溫很低，呵氣成冰。透過霧氣冰花，從陳舊的、老式的窗子看出去，院子裏和對面的屋頂上，堆積著殘雪，呈現一幅黑、白、灰堆疊的塊狀圖畫。我正看著一張張的照片，忽然看見一張一群小孩的合照，上面有字，十七年前。減去十年，剛好是69年出生的胡健，八歲。胡健突然出現，他一把抓過照片，看了看，說：「給我收藏吧，多少錢？」說著便掏出錢來。SM似乎沒有異議。我想著翻拍後再存進電腦，放大一張A4的，母親看了一定很高興。卻擔心她的數位相機畫素不高，她是幾年前買的。問她，果然是一臺老相機。一時也只好這樣了。

十四

少年在一家工廠裏玩，遇見一少女，兩人正說話時，發生
了爆炸。少年撲在少女身上，兩人皆倖免於難。追查事故，少年
承認曾玩過一枚螺釘，後來不知到哪兒去了。少年獲罪。因其未
成年，乃令其查找螺釘。少年將廠區劃為四塊，以便查找。開來
大吊車，吊起一巨大的圓形金屬管，少年不顧安危，鑽進去，
遍尋不著。終以查找無據取保假釋。少女見報，得知其遭囚
禁，乃自告奮勇，加入查找。她將廠區圖紙細細劃分為無數小
塊，做地毯式搜尋，證實螺釘所在處，與爆炸事故毫無關係。
宣佈少年無罪。少女欲尋找少年，但少年已雲遊他鄉矣。

十五

論自由派的處境及對策。四合院，內居權力者、左派、
自由派。自由派購得左派文章，送給權力者。左派獲利，以為
自由派商人而已；權力者以為自由派即是左派，自由派乃得安
生。自由派每日夜間寫作，稿積如山，卻沒有出路，終日面對
如山的文稿，抑鬱成疾。最後一把大火，四合院化為灰燼。警
方介入調查，火頭最終無從論定。

十六

我在作文學講演中說：「有些人一輩子在文學之門外徘
徊，連文學的氣味也沒聞出來，問他文學是什麼氣味，則滿嘴

胡言，無一句人話。拿他的小說看，盡是鳥語花香、春光明媚之類。」一學生插話道：「不過，若要找『不應該這麼寫』的範本，如今的小學生也拿不出來，還是要用他的。」我大喜，說：「孺子可教也。」

十八

　　文藝界大會。有一位來自HH女士，年約三十，坐在後排，我與另外兩個男士衣同在場。她突然極其沉重地慨歎：「一個老六的故事，壓得我們多少人透不過氣來。至今亦如此。」我深刻理解，突然問她：「HH現在有多少人口？」，她說：「六十萬。」「那麼，1949年前呢？」「十來萬。」「再往前十幾年呢？」「大約幾萬。」「可是他們當時定的春季任務，是要殺掉三萬老六。」一位男士說。「我們調查過，根本沒有什麼老六。」我說，就從這個問題切入。另一位男士便大聲對主席臺叫道：「提請大會討論，究竟有沒有老六？」會場頓時大亂。

　　會後與幾位老人散步。我又拿老六說事，說：「這是一場騙局。」兩個老人自顧前行，不搭理我。我一看，他倆身著褪色的舊軍服，上面掛滿勳章。

　　畫面突然切換到香港郊外，一支游擊隊營地。YX正在做一些個人雜事。一位女軍官，軍銜比YX更高，說：「你去香港開會吧，我不想去了。」原來，她聽到了關於老六的事，正在沉思，心情不好。YX說：「好，我去，我到香港購物

去。」她根本沒把開會放在心上。我突然想到，把她一個人扔在軍營，又在香港郊外，未免不近人情。但我如何說服她離開此地呢？

十九

我抬起頭，漸漸清醒了。我意識到我剛才正在講文學。看見教室很大，密密麻麻的座位連成一整片，沒有走道。課桌上，書和文具零亂不堪，教室的窗戶外有人走動，幾個腦袋晃來晃去，我斷定他們也是剛才聽課的學生，不知如何從這連成片的座位中走出去的。我講過些什麼，一點印象也沒有。原來我自己也睡著了，才剛醒過來而已。我也坐到學生的位置上。前面一排有個女學生低聲說：「請你多講些故事，有趣的。」其他幾個學生好像也附和著她。我氣不打一處來，說：「我講了二十幾年的故事，還沒有聽夠？『觀點加事例』的講義，二十年前我就寫了，都在那兒，你們自己去看好了。」我心想，接著我偏要講儒家與蘇格拉底，有沒有人聽，我管不著了。

二十

一間類似農村公社集訓的大教室，長方形，中間一條窄窄的走道，兩邊席地坐著衣著五花八門、年紀懸殊的人們。一個當地人說話的時候，我認出他是G，於是我知道這將是一場辯論會。G有點心虛，但他的話卻一語擊中要害：「C揚言要

打我，打人是暴力行為，你們不是不主張暴力的麼？」C顯得有些為難，他根本沒有想過這個問題。他說：「我不過這樣說說，嚇唬嚇唬你的。」眾人譁然。C也覺得第一回合失敗，很沒有面子。我說：「是的，我們不主張暴力，我們是自由主義者。C如果承認自己是自由主義者，就應該承認，打人的說法是一個錯誤。」C不知道怎樣回應我的發言。我周圍的好幾個人都是站在C那一邊的，顯得慌亂，立即圍過來，衝著我問：「我們是自由主義者麼？」我這才知道，他們根本沒有讀過書，不知道自由主義為何物。我一時也無法和他們講清楚，我說：「你們必須先承認，否則這場辯論必輸無疑。」我決定做一個「遊戲」，每人發一張牌，上面寫明某一種很實際的觀點，比如：黑格爾與馬克思的關係；太平天國與武裝鬥爭；極權統治與政治迫害；反右的合理性與非法性；C為什麼會揚言打人；儒家與中國文化的外儒內法；古希臘哲學與中西文化的分歧；德國的唯理主義與英美的經驗主義；制度保障與個人道德修養……。就在我發牌的時候，我的頭腦突然變得異常清醒，我明白：每一種具體的看法，實質上都能歸結到一種哲學理念；反之，如果沒有系統的理論支撐，其觀點便會兩邊搖擺，似是而非、自相矛盾；只要將我所發的牌貫通起來，我們就將贏得這場辯論。

二十一

沈君是我穿開襠褲的朋友，開君是他後來結識的，藍君是沈君的朋友介紹給他的，他把開君、藍君介紹給我了，而我

則介紹他認識了萬君。於是我們都稱了朋友。一起野遊、宴飲，談天說地。生活的圈子大了，見識多了，少了寂寞，多了生趣。多年後，我們都老了。回首一生，竟覺得很無聊，沒有作為，不像人家，有著作、有家產、有子女爭氣，我們皆是一群俗人，渾渾沌沌地活了一輩子，便沮喪，相互抱怨起來。一定要分清責任，追查誰是結成這個小團體的元兇。討論來討論去，一團亂麻，誰也說不清，誰與誰認識在先，誰與誰又是誰介紹的。討論沒法結束，這幫朋友，便一個個去見了上帝。見上帝的路上，還在爭論不休。上帝惱火了，說出一句話來。大家這才啞嘴。

二十二

這樣的景象真是久違了，大街上擺起了長蛇陣，左一條、右一條，棋格子似的，把路都擋住了。天色陰暗，說不準是什麼季節，一切顯得平和安寧。排隊的人們很安靜、很守本分，但一個個臉上都毫無表情。我問一位老者為何排隊，他回答說：「自行車要登記發照，是新規定，從明天起，一家只准一輛自行車上街，還要收費呢。」我心想，這可不好，我、妻子、女兒，三輛車只讓登記一輛，要給誰騎呢？餘下的，恐怕想賣也賣不出去，家家都有富餘的，誰還要買。前面一位女員警，又高又壯，腰間別一根警棍，晃蕩晃蕩。我走上前問她：「收費多少？」她頗不屑，嗓門粗大，說：「八萬；去……去排隊！」我吃了一頓驚嚇，心想，我一年收入才兩萬，回去跟

妻子、女兒說，都別騎車了。正待往回走時，遇見多年不見的老同學H，他也是來登記的，他說：「我知道一個地方不需要排隊。」我想，反正都要從這龍門陣中穿出去，便跟著他走。果然他像會飛似的，帶著我，三兩下便到了一個破舊的院子，大約只有十個人在排隊。眼看就輪到H了，他從口袋裏掏出十元錢，準備繳費。我說：「不是說八萬麼？」H說：「還吃人囉！人家唬你的！」我這才放心。我離開H，自己走到院子裏的另一棟二樓，這裏光線很暗，仔細辨認，也坐著幾個女員警，辦登記，幾乎不需要等候。我急忙掏錢，果然收費八元。辦證的女警一邊同人聊天，一邊填卡。我在一旁看得焦急。好不容易辦完，我拿了證便要走，進來一個送液化氣罐的黑臉男子，盯著我的手問：「你要不要送氣？」我說：「我有熟人送氣。」他說：「給我看看你的本子」，說著就拿走了我手上的證翻看。我說：「這是車本子。」他說：「錯了，這是氣本子。」我轉身找辦證的女警理論，她一臉不高興，說：「怎麼會錯呢？」送氣的對我說：「你叫她自己看。」我把本子遞給她，她拿手電筒照了照，不耐煩地說「好⋯⋯好，給你換！」

二十三

我想起了去看看母親。騎在自行車上，突然想到，穿過一條石板路應該就是去看母親的近路。車在小巷裏顛簸著，一路下滑。走出小巷，果然攤前出現了很熟悉的環境：一座破舊的小廟，零零星星的幾座瓦屋，繞著一灣淺水灘，原是一個小池

塘的，周圍的垃圾快要將它填滿了。我只要拐個九十度的彎，就是毛家坊了。但我看不見毛家坊，小山似的煤渣擋住了視線。我必須沿著這座小山繞過去。有一條窄窄的、人走出來的煤渣路，騎車過去有點危險，煤渣路軟而不平，另一邊則是水灘。路僅有車寬，又不能推車過去。我緊握車把，小心騎行。繞過這座小山，一眼看見了母親住的屋子，磚牆，茅草屋頂。旁邊還有一間更矮小的草屋，一位大媽正在晾曬衣服。她先看見了我，說：「大兒子來了。」我發現自己站在幾米高的陡坡上，我若是抓著腳下的草兜子，還是可以下去的。母親正在納鞋底，聽見大媽說話，抬頭看見了我，顯得很安詳，就像每次見到我時一樣。我把自行車停在陡坡上，正待往下爬時，突然想起我是空著手來的，應該去給母親買點吃的。記得毛家坊端頭有家雜貨店，只是可買的吃食不多。心想，就給母親稱兩斤麻花吧。我喊了聲母親，說：「您等等，我馬上轉來。」便騎上車向端頭駛去。

二十四

　　紡織廠倒閉了。裏裏外外冷冷清清。那陳年的遺跡，兀立在廠門口的大牌樓，反而顯得倔強而醒目。廠是老廠，佔地本不大，地皮不值錢，兩千人的吃飯安置就成了大問題。隔三岔五就有人領頭鬧。

　　老老闆回來了，他是一位白髮蒼蒼的老人，斯文清臒而精神矍鑠。老人每日在同他一樣蒼老的「大三巴」前流連，拄

杖仰望「大三巴」的上面。頂部有一面銅鐘，指針停止在何年何月的這一時刻，沒有一個人說得清。銅鐘的兩旁，各有一盞銅燈，造型古樸典雅，頗有倫敦唐人街上街燈的風格，銘有年號。只因年久集灰甚重，早已無從辨認。

一日，老老闆雇人搭起腳手架，取下了左邊的那一盞。大家並不在意。

不久傳來消息，此燈在香港文物拍賣會上賣得一百二十萬美元。原來這個廠，是英國人在中國開設的第一座紡織廠，此物乃是紡織工業史上的重要物證，兼具審美和考古價值。

所有下崗人員都被打發了。分到人頭的錢雖不多，畢竟不再見到有人鬧事。

所有人的目光，都集中在剩下的那盞古燈和銅鐘上。老老闆此舉，無疑確認了他對這盞燈的擁有權和支配權。是否還要拍賣，取決於他的意見。他決定向政府申請，保存荒廢的「大三巴」。但他已經老邁年高，身無分文（除了自己的一份養老金之外）。而且，在這個動議付諸實施前，如何防止強盜、搶劫者，成了令他和當局大傷腦筋的一件事。

二十五

冷風冷雨的天氣，很晦暗，一個討論文革的會議正在某大學舉行。我發現 J 坐在最前面一排。一個人，文靜而安詳。她剛剛被釋放，這個會議似乎與她的恢復名譽有關。發言沒有什麼新意，表態似的發言，不過，會議因為處於重大的歷史轉折

期而備受關注。散會的時候，G竟上前去與J握手。我便走上前，也不理會G，與J握手說：「我理解你。」J冷峻地回說：「謝謝。」J正待出門，復又折回，說：「抱抱，現在流行這個。」於是與我擁抱。她與我一般高，皮膚極為細嫩。我聽說她患有絕症，於是問：「現在身體還好麼？」她似乎很感動，答說：「感覺還行。」我耳語道：「我們當年跟你走，不惜犧牲，你為什麼拋棄我們，讓我們受了無盡折磨？你是不講信用的實用主義者，還是有什麼難言之隱？」她說：「答案在文革網上，你沒有看麼？啊，對了，那個網上有種電子期刊，要訂閱的，我還沒來得及辦。」鬆開我的手，她走了。就她一個人，沒有人尾隨J。似乎這個重要的歷史人物無足輕重，甚至根本不曾存在過。外面雨下大了，冷風灌進會場，我不禁打了個寒噤。

　　大學地勢很高，我走出會場，遠遠看見我女兒和八歲的外孫，踩著裸出溪水的石塊，逆著溪流而行。他們的頭頂上方居然沒有下雨。外孫看見了我，高興地一跳一躍，朝我笑著。我示意他們先回家去，我想，會議有加餐，正好帶折食回去給他們嘗嘗。加餐早已結束，食堂即將打烊，一位婦人在門口執勤。她頭頂上有一方昏暗的燈光。我站在風雨中，搜索加餐券，卻怎麼也找不著。婦人笑道：「在我手上呢，自己夾菜吧。」這時，我瞥見兩個小姑娘從我身邊一閃而過，她們倆好像是大學裏的家屬，又好像是哪個班上的學生，沒等我看清楚面孔，已經消失在風雨裏。天黑得很快，不一會兒，能見度便只有數米遠了。我還發現，我手上有了一件透明帶花的雨衣，

這才恍然大悟，加餐券也是這兩個姑娘給我的。我夾了幾樣小外孫喜歡吃的菜，趕緊回家。路上的泥濘越積越厚，每走一步都很艱難。大約再幾十米就到家了，但眼前已無路可行。皮鞋早已濕透，沾滿泥漿，很沉重。雨水不停地打在臉上，使我睜不開眼睛。迷濛中望見一幢建築物的牆邊，尚可落腳，橫穿過埋沒腳背的泥濘，我靠著牆角擇路前行，心想著就要見到親人們了。會場上一度教我激動不已的惱人問題，此時已消逝得無影無蹤。

二十六

　　一條巨蟒，飄游於萬仞高山之間。又像是懸崖峭壁上一排望不到邊的山寺，縹縹緲緲，懸浮於雲中。置身其間，卻是一大節車廂、餐車、咖啡屋或酒吧，光線很暗，望不見邊際，其大無比。近處，密密麻麻、鬧鬧嚷嚷、花天酒地的食客、酒客，一律看不清面目，煙霧嗆喉，酒氣刺鼻。正覺憋得慌，忽見窗外一人，飄然而至。童顏、銀髯，道骨仙風。老者也不言聲，只在我肩頭輕輕一拍，我便隨他走去。出了咖啡屋，進入另一節車廂，光影迷離，靜寂無聲，恍若置身碧雲寺五百羅漢堂中，但見一座座泥塑，泥金的早已剝落，泥彩的亦披滿灰塵。老者上前，輕撫一人，那人立刻活了起來，兩眼精光灼人。老者笑問：「做什麼呢？」那人站起身，以手中紙筆見示。老者略一端詳，笑道：「呵呵，修改你的《閱微草堂筆記》呀，你文筆甚佳，何以盡寫些野狐禪呢？」那人應

聲諾諾。又問：「曹霑呢？」答曰：「又吃醉了酒，方才睡去。」老者望了不遠處一眼，言道：「不打擾他了。」見此情形，我早已驚駭莫名，戰戰兢兢地隨老者閒走，又至另一節車廂，光亮更弱，所見泥塑，與前此大同小異。老者輕撫一人，也立時活了，卻是我在哪裏見過的。老者言道：「你兄弟三人可好？」其中年幼者答道：「託福託福，吾兄弟常買船東下，遊吳山越水，瞻靈隱普陀，香火倒也鼎沸，山水卻是不見清秀矣。」老者道：「性情竟未改分毫也！今世之文，可曾有覽？」長兄曰：「得罪得罪，恕難卒睹。」老者道：「當今之世，與汝當年何其相似乃爾！」長兄會意，不禁臉紅，以袖掩面，連聲唱道：「慚愧慚愧！」老者此時回望我一眼，不知怎的，我也臉紅耳熱，不知所措。老者笑道：「孫子還欲隨我前往麼？三千年歷史人物，盡在此車上也。若有遊興，我且授你秘法，可令其人一一轉陰還陽，汝可與之交談片時。不過，吾觀汝適才神情，心有靈犀，汝若肯下苦功，三千年之物事，亦可自行領悟。二者任選其一，汝當自斷！」我早已一身冷汗，哪敢妄想得老者之暗授秘法？遂諾諾答曰：「余一凡夫俗子，今蒙老先生垂愛，銘感肺腑；余雖生性愚鈍，所幸探求之心未泯，今得老先生點化，似覺慧根頓開，願以余之殘年，自行領悟玄機。」老者撚髯，沉吟不語。少頃，言聲：「也罷，吾去也，汝自站定了。」言畢，飛身穿破車廂，直入雲端。

　　只覺得被人輕輕一送，頓時身輕如燕，忽兮晃兮，轉瞬回到咖啡屋內。舉目四望，燈光依舊昏暗，人聲依舊鬧嚷，面影依舊莫辨。余忽感心悸，極度不適，自忖不能久留。乃徑往

窗邊，探頭窗外，忽如立於盧山之巔，俯瞰鄱陽阡陌，白雲繚繞間，山川隱約。余向有恐高之症，此時竟消失一盡，無半點驚懼。如有神力相助，余縱身一躍，早已不辨陰陽日月。醒來時，卻已端坐於電腦前。網上，正就某一焦點問題，論辯尤酣。而適才所見，歷歷在目，所聞琅琅在耳也。

二十七

姊弟倆皆法律專業出身，在A市開一律師所。兩年下來，只落得一板車的借據、欠條。原來，他們專為窮人及弱勢者打官司，原告方不是輸官司，就是付不起訴訟費。只好拉著這一車的借據回鄉務農。姊弟倆有一眾人皆知的標識——著白色西服，上面有自己用綠色畫的豎線條。行至郊外，見一破屋，影影綽綽有一群紳士，魚貫而入。近看，也是一身白色西服，自繪綠色的豎彩條。乃留下弟弟看車，姊姊尾隨而入。卻見紳士們一個個沉默無語，目無表情，默然前行。入得破屋內，有一小院，極為乾淨整潔，卻是別無長物。姊姊插入隊伍中，不一時，身後便又是一串同樣裝束的紳士。隨著人流，一一掀開舊門簾，進得一間小房間，卻見供奉著耶穌，乃十字架上受刑苦難者的形象。紳士們一一在像前劃十字，閉目禱告，並不出聲。然後掀開出口處的門簾，走了出去。姊姊也效仿如前，待掀開出口處的門簾，禁不住哇地一聲驚叫。只見天寬地闊，草木蔥綠，陽光和煦，白雲悠悠，眾紳士早已不見蹤影。正疑惑間，聽見耳邊有人呼喚：「這裏，這裏。」其聲猶如天籟。姊

姊乃循聲前行，進入一片森林，一色蒼松翠柏，遮天蔽日，地上綠草如茵，平整如毯，似為人工修葺。林中空氣新鮮，略帶甜濕。走出林子，姊姊又禁不住哇出聲來，見一廣場，碩大無朋，四顧無際無涯。一律白色花崗岩鋪就，陽光下晶瑩璀璨，雕塑、花木、噴泉，無所不俱、無所不精，無不恰到好處。廣場上盡皆兒童及老者，童顏鶴髮，健康、快樂、安詳。姊姊信步來到他們中間，兒童及老者，和顏悅色，頻頻舉手示意，如同歡迎天國的使者。語言卻是不通。正疑惑時，又有「這邊，這邊」的天籟之聲傳入耳中。姊姊循聲前往，典雅的建築群隱隱出現。走近，發現一座古羅馬建築大廈前，門前侍衛竟身著白色西服，其上自繪綠色彩條。上前詢問，仍言語不通。侍衛取一耳機，給姊姊帶上，立即有一柔和女聲用英語問道：「您好，這裏是同步翻譯服務，請說一下您最習慣的語言。」姊姊說：「中文」，耳中便出現漢語，說：「小姊您好！看您的裝束，應是法律專業人士，您現在所在的正是法律大廈，歡迎您的光臨。」如內，廳寬敞空闊，猶如大教堂。早有前此來到的紳士們端坐桌前，填寫表格。姊姊也接過一張，繁體中文，服務守則、權利義務，言言鑿鑿，十分詳盡。分刑事、民事兩大類，民事則有公民權、名譽權、財產權、繼承權等項，僅公民權，又分姓名權、肖像權、言論權、出版權、結社權、教育權、住房權、勞動權、福利權等數百項之多，許多聞所未聞，比如贍養權、養老權、遺囑權、彌留權、安樂終權。姊姊正待填寫，忽然想到弟弟尚在「那邊」，後悔未能一同前來此地。一先生起身站立，問道：「小姊，需要什麼幫助麼？」但見此

人，儀表堂堂，身材高大，成熟穩重，卻顯得極為年輕。姊姊說明了自己的不安與期待。那人笑道：「小姊不必擔心，我會透過衛星定位系統找到您的弟弟，告訴他您的情況。請您稍安勿躁，到客房略作休息。」姊姊旋即被帶到客房。客房竟比總統套房還寬敞、還豪華，金碧輝煌，應有盡有。拉開窗簾，一片壯闊海景躍入眼簾，暖風習習，似有清香飄逸。玩賞一番，忽覺睡意襲來，便和衣躺下，進入夢鄉。也不知過了多久，門鈴響，醒來，開門，卻見其弟已至。姊弟二人相擁，竟喜極而泣。問那一板車的借據、欠條，弟答道：「來前已付之一炬矣。」

附錄一

小葉女貞牆那邊

　　她不會來了，這是用不著懷疑的事；但我為什麼還是來了，而且呆呆地坐在這兒？是迷戀這漣漪微泛的湖光、朦朦朧朧的月色，這發散著淺淺的、清甜的小葉女貞樹？還是這張曲線別致、坐得很舒適的矮腳長靠椅？

　　夕陽漸漸隱去，暮靄悄悄籠罩，眼前湧金疊翠的湖水，泛起了青白的反光。嫩綠的柳絲，化作了黛色的紗幕，澱湖公園早已沒有遊人的蹤影。一對對情侶也早已在這片曲折迂迴的小葉女貞牆下，那一張張的靠椅上坐了下來，繼續他們似乎永遠也談不盡的情話。月牙兒似乎在為他們祝福，又彷彿照顧著他們的羞怯，不時隱去，隱沒於浮雲之中。湖面掠過來的夜風，叫我禁不住起了一陣寒噤。我還坐在這兒做什麼？獨飲這淒冷的寂寞？回味那愛情的幻影？還是盡力靜下心來，清理「剪不斷，理還亂」的思緒？

　　她一定不會再來的了。我不想看錶，不想知道現在已是什麼時辰，不願意承認我對自己遲來的愛情懷著什麼依戀，那是不能算作愛情的。然而，她畢竟是第一次與我幽會的女性，我在她面前，第一次感到異樣的羞澀、拘謹，第一次想把我的過去、現在和將來，那麼認真地向她傾訴……有什麼羞於出口的呢？她給了我溫暖的柔情和特殊的幸福感，當然，這是在昨

夜的交談之前，我們見面、握手、寒暄的時候……她的確很美，體態輕盈，又很會打扮，時髦但不華麗，太過華麗，是會顯得俗氣的——巴爾扎克筆下的呂西安初入巴黎時，就不懂得這一點。她的髮型很俏皮，如果以為誰燙了髮都會變美，那是不對的，只有她才合適：稍稍披齊肩頭的捲曲小花，上部是兩、三道極為自然的波浪；我想，她那秀髮一定是極其柔軟的……她的聲音，像電子琴一樣悅耳、新鮮，還有，她笑得多好看、多甜，快活的眼睛，在微茫的夜色裏，像夜明珠閃亮……啊，怎麼回事？今天早晨，不，剛才，我不是發誓忘了她麼？我不是很痛快也很成功地說服了自己，這不是愛情，這僅僅只是對異性的一種神秘感，一種早已化為泡影的烏托邦麼？

我不能承認，像同事們開玩笑說的，我是不懂愛情的人。也許我貌不驚人，缺乏瀟灑的風度，除了編輯地方小報、寫點小說、讀讀書，別無嗜好，也別無所長，不會打球、下棋，不會跳舞，更不擅交際……偶爾聽聽音樂，那也只是想從中體驗豐富的情感……性格的沉靜、愛好的單一，是否會鑄成一個人愛情的悲劇？我信守「有所為必有所不為」的辯證法。人的精力、時間是有限的。我沉迷於工作和文學事業，把戀愛生活安排得晚一些，應當說是有得有失的。多年來，我像一頭自知先天不足的小牛犢，拚命地吮汲人類文明的乳汁。大腦變得比較充實了，知人論世不再那麼簡單、幼稚。我熱愛生活，從不放過一次下廠、下鄉的機會，去感受新鮮的氣息。很多通訊員、作者是我的朋友，我們在一起談新聞、談文學、談人生，也談

愛情……為什麼還是有人說我「太死板」、「不合時尚」？理解人不容易，為人所理解也不容易啊！

公園裏真安靜。湖水浪拍駁岸，嘩嘩的響著。月牙兒時隱時現，變換著萬疊水波的色彩。夜風送來對岸梅林醉人的芳香和湖水清涼濕潤的氣息。通向這片回字形小葉女貞牆的鵝卵石小徑上，夾道的濃蔭裏，太陽燈柔和的乳色清輝，投下了一個個邊沿模糊的亮圓。這亮圓上，偶爾映出一、兩對晚來的情侶的身影。我沒有看他們。他和她的喁喁私語，使我覺得孤寂。他們是幸福的。莫非我才三十歲，就告別了愛情的幸福？……是啊，為了事業，安徒生、莫泊桑終身沒有婚娶，也許我也……然而，安徒生不是經歷過訣別愛情的痛苦？莫泊桑因為無法補償一位女工美好的情感，不也有過深深的遺憾和悔恨？難道不是白朗寧的愛情，呼喚巴勒特癱瘓的雙腿，神話般地站立起來，撲向窗外的大自然，創造了她不朽的十四行詩集？文學史上代表歷史進步的作家，哪一個是禁欲主義者？……我想找一個事業上的伙伴、能夠相互理解的知音，難道是要求太高，或說太不實際了？近年來，熱心介紹對象給我的人，顯然是很少了……那麼，她怎麼會同意與我幽會呢？真奇怪，我竟會想到這麼一個再明白不過的怪問題！

「……聽我大姊說，你是報社最硬的筆桿子，小說也寫得不錯，我是個小說迷，很高興和你認識……」她落落大方，快活的眼神毫不躲閃。我渾身既緊張又舒暢，傻笑著，笑得有幾分陶醉……我問她讀過我的小說沒有，她嘻嘻一笑，似乎點了點頭。我開始向她介紹我的寫作情況、生活素材的來

源、構思、人物，和我的生活發現……，我還引證辛格的話說，作家「必須相信，或者至少自認為，只有他才寫得出這個故事或者這部小說」，他才會動筆去寫。我甚至談到了某一細節的提煉，某一微妙心理的體驗和捕捉……。像往常一樣，我又進入了那種境界，回味創作甘苦、探究文章得失的入迷境界……

她呢，輕聲地打了個呵欠。不知是出於禮貌，還是為了不要破壞她的美麗容顏，張嘴時顯得很有節制。我想，她下了班後，又學習了一個多小時，匆匆回家吃飯，又匆匆趕來赴約，人一定倦了，趕忙問她累不累，若她累了，稍坐一會兒就送她回家休息，免得影響明天……她不等我說完就笑了，笑得那樣怪異，卻又那樣美麗：眼簾輕輕地耷下，長長的睫毛覆蓋著眯縫的眼睛……多好看的曲線呀！秀美的長眉高高挑起，嘴唇抿得那樣緊……我偷看著她，卻不敢將目光久留……

「聽大姊說，你很勤快，經常開夜車，要注意休息唷……稿費不少吧？」記得很清楚，她說這句話時，我覺得有點唐突，也有些不自在。大概是文學薰陶的效應吧，小說家們總是鄙視金錢的，似乎金錢是對純真愛情的褻瀆……

不過她的笑，驅走了蒙在我心上的短暫陰影。月光下，她笑得真漂亮，面孔那麼嬌嫩、細膩、潔淨；眸子那麼靈活、烏黑、晶亮……。我轉念心想：經濟收支對愛人開誠佈公，也是應當的——從我們握手的那一刻起，我就沉浸在愛情的幸福幻夢之中了！我於是告訴她：「國家目前有困難，稿酬不高，算是對精神勞動的一種鼓勵吧。」我說了稿費收入最精確的數

字，這還是我們報社的收發員，她的大姊、我們的介紹人，熱心地為我統計的。

「我不想用稿費來改善生活」，我說，望著她笑了，「我煙酒不沾，也沒有口福，不希罕好吃的；穿衣服嘛，整潔、暖和就行了。我想買一批書，最近出版供應的情況比較好，我怕錯過了機會。前不久買了一部《辭海》，花了四十多元錢」。

她偏過頭來，看了我一眼。

「我父親是教文學的，家裏藏書本來也不少，他去世的時候，我和弟妹們年紀還小，不懂事，媽媽把一部分書送給了圖書館，更多的卻當『四舊』燒掉了……另外，我經常出差、採訪，有時還得靠稿費貼補一下……」

她挪了挪身子，兩隻小手插向頸後，攏住披散的秀髮，嫻熟地、自然地抖動了幾下，靠在椅背上，修長的雙腿同時隨便地舒伸開來。我敏感地覺得自己說得太瑣細，在不應停頓的地方，嘎然中止了我的「開誠佈公」。我看著她……

她又是輕輕一笑。不過，這不再是小說中描寫的「莞爾一笑」、「嫣然一笑」或是「嫵媚地一笑」了。

我們彼此都覺得應當找一點另外的話題，輕鬆的話題。我不敢再偷偷看她，便望著在夜空雲層裏浮游的月牙兒，我想領略一下良辰美景的意境，變換一下莫名的不安、沉鬱的心緒。不知怎麼的，月色也好，湖光也好，樹影花香也好，都抓不住我的心。閉上眼睛再睜開時，夜色中的景物竟都成了茫茫然的模糊一片……一輛紅色的公共汽車在路上行駛著。只見一位陌生少女的倩影。她發育正好成熟，身段優美、健壯·精緻的五

官，幾乎尋不見一點兒缺陷，沉靜中蘊含著機敏、倔強的性格美。我眼睛一亮，很是驚喜，這正是我醞釀的一篇小說中，女主人公絕好的肖像……。「媽的！」她突然地將頭一擺，瞪住了一位不慎碰了她一下的農民模樣的乘客！我彷彿一下子跌進了冰窖之中……。我們正在沉默的當兒，這幻覺的閃現，不是個好兆頭……

「那麼，你今年不能多寫幾篇麼？」仍然是她先開了口，我似乎註定了只有被盤問的命運。但這畢竟是我樂於一談的。

我說：「寫過幾篇之後，讀者有一些反應，既有鼓勵也有批評，我想總結一下；我今年的計畫，主要是學習，找一個生活基地，蹲下去，爭取寫一、兩篇比較紮實、新穎的作品。不過，報紙要由每周兩刊改成隔日刊，工作忙，還不知道報社領導怎麼樣安排……」

她聽著，把放在椅子上的小拎包擱到了腿上。

「當個作家，當然也夠意思的；不過，聽我大姊說，要筆桿子的，多少都要擔點兒風險……你不能寫點別的什麼……」

我望著她，這一次她沒有笑，也沒有把話說完。

她究竟勸我寫點什麼別的呢？大概她也沒有能力說清楚吧。想到這兒，只覺得掃興。儘管她的話像點燃了導火索，積蓄在心中的萬語千言時時想要爆發，很快地，熱情又熄滅了。

我們無聊地呆坐了一會兒，她說要去趕一場電影「人證」，既沒說有票與我同去，也沒有要我送她一程的意思。我們沒有第二次握手，也沒有約定再會面的時間……

她走了，在那幽暗的林間小徑上。她的步態，很有些高貴的風度，挽在手上的小拎包，甩得那樣灑脫，鍍鉻的開口白亮

白亮的，一閃一閃。望著她遠去的背影，我心裏驀然生起了一個可怕的疑問：我們的會晤是談戀愛麼？……

　　……她不會來了，不會來的。而且，我是在等著她麼？夜風更涼了，看一眼波光粼粼的湖水，也覺得發冷。空著的半邊靠椅上，早已生了一層細細的、冰涼的、濕漉漉的夜露。我還坐在這兒做什麼？

　　……

　　「啊。這兒真安靜！來，坐一會兒吧！」

　　小葉女貞牆那面，透過來了快活的男中音。

　　「噯——，有露水，你呀……讓我先擦一擦。」

　　這是柔和、甜美而又沉穩的女聲。啊，一對晚來的情侶！身後，小葉女貞牆那邊，即刻有一片悉悉索索的聲響……我是不是應該離開這兒，避免聽壁腳的嫌疑？女貞樹牆是一堵隔音牆就好了，讓我再安靜地坐一會兒……也許，他和她會把談話聲盡可能地壓低……

　　「上次給你的《安娜·卡列尼娜》，看過了麼？」

　　「沒有。我不喜歡看外國小說，人名老長老長的，記不住。」小伙子的回答，惹得姑娘輕聲一笑。「不過，昨天我看了電影，內部放映的。我給你打過電話，你們廠的話務員說，當班時間不給找人。」

　　「我知道。影片是聶米羅維奇·丹欽柯導演的？」姑娘問。

　　「名字老長的，記不住。丹欽柯是誰？」

　　「斯坦尼斯拉夫斯基的忠實朋友，藝術上長期的合作者。」姑娘從容地說，「他倆的第一次歷史性會見，從午後二

點鐘，一直談到第二天早上八點，十八個小時。他們互相考問，揣摸對方的性格氣質，探究對方的藝術素養和見解，⋯⋯結果，對文學問題，斯坦尼甘心屈服於丹欽柯的權威；藝術方面呢，丹欽柯承認了斯坦尼的否決權⋯⋯」

夜色深沉的公園裏，萬籟俱寂，姑娘娓娓動聽的聲音，把我吸引住了。藝術大師們的軼事我是熟悉的，我的心為什麼這樣不平靜？

⋯⋯

「他們倆現在在哪裏？」

「你也想考問、考問我？像他們初次見面那樣？」

「哪兒話！我當真不知道。」

小伙子的語氣那麼懇切、爽直，連我也相信了他是「當真不知道」。可是，姑娘怎麼不說話了？她不敢相信，還是不願意相信？還是正在審視他憨厚的笑臉？⋯⋯我的眼前出現了小葉女貞牆那面的幻景：姑娘眉心微鎖，深邃的眼睛流露出淡淡的隱憂；而他，是那麼認真地、充滿愛戀之情地望著她⋯⋯突然，我產生了想要證實這幻覺的欲望⋯⋯我還坐在這兒做什麼？一種道義上的自責提醒我，他和她的談話，一旦超出文學藝術的範圍，我決計是要走開的，悄悄地走開。

⋯⋯

「喂！」

「嗯？」

輕輕的呼喚聲，輕輕的應答聲。我覺得面熱，心在怦動，但怎麼也挪不動身子⋯⋯

「你剛才說的斯……斯什麼？他是誰？」

他的天真、直率的發問，平添了我的不安……

「是你的老師！」

我吃了一驚。但願她的回答，純粹是友誼的玩笑。

「斯坦尼斯拉夫斯基。」

「斯坦尼……三個『斯』字，記住了！」

小伙子很樂，姑娘似乎也笑了。我也舒了一口氣。

「他是很有成就的戲劇表演家、導演和理論家。文化革命中批了他的理論體系，他的著作也成了禁書。他對青年們說過：『你們應該把人類一切美好的思想和動機帶進藝術的聖殿，在門檻上就抖掉瑣屑生活的灰塵和污泥。』他的書寫得很生動，有文采，好讀，你現在進了文工團，更應該看一看。」

「嗯，好。你有他寫的書？」

「給你帶來了。你呀，不要以為自己外形好，普通話也講得可以，又有點摹仿能力，就……」

「嘻嘻，你買這書做什麼？你又不……」

「因為你……你是話劇演員……」

小伙子笑了。那是開心的笑、發自肺腑的笑、幸福的笑。是這笑聲淹沒了她羞怯的輕笑？她在「你」的後面，為什麼猶疑了，似乎又生出了另外的複雜感情？他會不會衝動地擁抱那位情感豐富的姑娘？接下去的場面，是濃情蜜意的接吻，還是可怕的難堪呢？……我一定得走開去了……

「你呀，不愛學習，又太不懂得人家的心！」

　　謝天謝地，一切都沒有發生！姑娘的聲調裏沒有嬌嗔，深沉平穩之中，含有痛惜和責備。他又是一笑，憨厚中兼有一點頑皮的笑和乞求諒解的笑。憑這笑聲，我敢說，他並未體味到她這句話裏豐富的蘊藏和實際的分量。然而，這句話竟如此強烈地震撼了我的心靈！這似乎是一個契機，一種既叫人快慰又叫人害羞的發現……我覺得不安，由於心靈的溝通而引起的甜絲絲的不安……我小心翼翼地站了起來，卻並沒有挪動雙腿，不僅僅是怕驚擾了他們，而是我要走的決心，動搖了……

　　「接受你的批評，好吧？……」

　　姑娘沒有答理。我幻象中的她，正凝眸沉思著……

　　「你笑一笑，好麼？我很喜歡看……」

　　「別鬧了。你笑吧，我這會兒可是笑不出來。」

　　「好，現在就向你學習、向你請教！」

　　我相信，他是誠實地變得神情認真起來。我好像看見，她慢慢地抬起那雙美麗深沉的眼睛，正視著他那燃燒著熾熱的愛和希望的眼睛。我心裏頓然湧出一種同情、一種感動、一種期望和祝福……我幾乎忘記了在小葉女貞牆這邊，還存在我自己……

　　「嗯，你說，安娜為什麼要自殺？」

　　「我要你先告訴我。」

　　「嘻嘻，好吧！……安娜離開了自己的丈夫（她提醒他：「卡列寧」），又愛上了別人（她又提醒他：「渥倫斯基」），然後這個人也不愛她了，她覺得自己走投無路了！」

　　我分明看見了她，她的眼睛，和她的心。她多麼想聽他講下去，像她希望的那樣講下去！然而，他確實是講完了！我真

希望有一條無形的線，將我的中樞神經連向他的大腦，我願意把我儲存知識的大腦，即刻讓給他！為了不讓她失望、傷心，為了從她眼睛裏看到歡笑，為了她能擁抱完美的幸福⋯⋯

「這麼說，她是咎由自取、自作自受？」

「嗯？嗯。」

「安娜的悲劇僅僅是她個人的性格悲劇？」

「你說什麼⋯⋯」

⋯⋯姑娘再也沒有說什麼。我的手心沁出了細細的汗粒。他失敗了，在生活和愛情的考場上失敗了。我對他產生了深深的憐憫，然而，更叫我憐憫的，竟是那位姑娘⋯⋯

「夜深了。我有些冷，回去吧。」她說。

空氣顫動著，由於她的一聲長籲。但是，她的這聲長籲，不是由耳膜、神經給予我的生理感應，我的心聽見了她的心。

小葉女貞牆那邊，又是一片悉悉索索的聲響。猛然之間，我感到沉重的壓抑，不敢有絲毫的動彈，大氣也不敢出，悵惘地望著破雲而出的月牙兒，直到兩雙皮鞋敲擊鵝卵石路面的單調橐橐聲，完全消逝在幽暗的、靜極了的春夜裏。

夜露沾濕了我的衣裳、我的頭髮。我審慎地估量我的過失，幻象和聲響在腦海裏一一閃過。我並沒有打探戀愛者隱私的低級趣味、無聊心理，也確乎沒有聽見超出一般常情的談話。我終於得到了某種程度的解脫，寬慰了許多。然而，隨著這種情緒的沉陷、消逝，另一種感情卻是不可遏止地從心的泉眼湧流出來，在全身奔突起來。

一連串的問號，竟都在幻象中見過、在不知名姓的姑娘身邊飛舞⋯⋯也許，在這座江南小城，在茫茫人海之中，我和她

曾經擦肩而過，還會接踵而行，甚至在書店、在圖書館裏，在科技講演會上，在劇院門前，彼此曾對視過那麼一、兩秒鐘，但我們卻互不相識；她和我彼此都不知道，就在這小葉女貞牆兩面，很偶然地發生過心靈的感應、交流，心靈的溝通！也許，我種種複雜、微妙的情感激動、迸發、閃現，只能作為人生美好的記憶，永遠珍藏在我的心底。我和她的心，曾經這樣的近，但畢竟又是那樣的遠……

我步履沉重地繞過小葉女貞牆，來到那一面。人去境空，一張張長椅靜靜地、冷落地躺在淺淺的草坪上。我徘徊在她曾坐過的那張椅子四周，茫然地像是要尋找什麼。尋找著希望？尋找著知音？然而，她畢竟什麼也沒有留下，連一方手帕、一本小書，或是一小塊紙片都沒有……

我終於踏上了回家的路。月色很好，清淡如水，路燈光也似乎分外的亮了，四周是出奇的靜，夜風吹拂的湖面上，偶爾傳來三、兩下清脆的魚跳聲……也許愛情的來臨，難以預料它的時間？是的，愛情不是人生的苦酒，心靈相通的愛情，是成就事業的寶貴動力，也是最富有詩意的歡樂。真正的愛情是存在的，存在於現實，也存在於人的意想之中……是的，高尚的心靈溝通，不正是有賴於高度的文化教養、高尚的道德水準麼？……當然，愛情不能指望上天的恩賜、純粹的機緣和第三人的力量，她應該到生活中去尋找、去發現、去耕耘收穫，正像生活中一切的詩、一切的文學、一切的美、一切的光明那樣……

（原載於1980年2期《小說選刊》）

附錄二

老人的歌

總算進了鄂西大山。仲秋的清晨，靜極了。一縷縷薄霧在眼前飄散，隱隱現出了一溝溝、一片片的橘林。那黃澄黃澄的光點，就是蜜橘吧。一走就是幾十分鐘，竟看不到一戶人家，蜜橘的主人呢？我想像中的此起彼和的山歌聲呢？

山裏人命苦，歌手們恐怕老的老了，離世的離世了……況且，一首歌幾分錢的錄音費，叫我怎麼好啟齒？如今省城裏一個雞蛋也賣好幾角呀！

我的嚮導，縣文化館創作員小林，自然明白我的苦衷，他也不能悖逆館方的決定，采風的正題，彼此不便也不願多談。直到望見了一個小山村，他才笑道：「到了，名揚天下的屈原故里。」小林帶我找到大隊長覃富貴，他矮矮黑黑的，身著白土布對襟單衫，空洞洞地罩了件黑布棉襖，扣子掉光了，腰間繫了一根麻繩，袒露出一角壯實的胸脯。臉上的皺紋粗而密，三十五歲，但看上去有四十出頭。

我們說明來意之後，小林試探地問道：「老覃，今晚就找幾位歌手來唱唱？」

「呃」他抬起頭，望望小林，又看看我。

「你看，有什麼困難？」我盡量平靜地問。

「困難……好多年沒唱了……」他疑惑地問：「老的，如今能唱麼？」

「能唱。」

「情歌呢？」

「我們主要是來採集情歌的！」我答得肯定而又熱切。情歌乃是楚風的精粹，這其中，尤以鄂西情歌為絕唱。我連忙從提包裏揀出省文化局的文件，遞給他看。

他好像只瞟了兩眼，就要還給我。

「你仔細看看吧。」

「不看不看！」覃富貴孩子似地笑瞇了眼，搓著粗糙、乾裂的大手，「有紅頭，紅粑粑，放心了！」

小林與我相視一笑，頓時輕鬆了許多。

小林又談起了錄音費的事。我有些不自在，眼睛不知望哪兒好……

「哦？還有……哦，錄音費？那好那好！」覃富貴發覺自己高興得有些過份，頓時紅了臉，聲音也低緩了：「……上頭既是有這個政策，我們也不講禮性了。」

酸楚的笑意，僵硬地凝固在我臉上。我們再也沒說什麼。

掌燈時分，我、小林和老覃從他家裏走出來，老遠就聽得大隊部有嘈雜的人聲。跨進門檻，見堂屋中央吊著一盞十五瓦的白熾燈，人坐得很滿，男女老幼都有。姑娘們眼睛瞟著我，你碰我，我碰你，興奮、驚奇地講著悄悄話：「來了，來了！」

覃富貴熱熱鬧鬧地與人們打招呼、作介紹，好像陡然間又變了一個人：「……好了，政策都交給大家了，來，哪個先唱？」

「誰先唱都行！」小林也活躍起來，「提個要求，因為要錄音的，唱的時候，旁人不要講話、不要笑，請婦女們把小孩照看好，莫叫哭出聲……」

「曉得的，曉得的！」插嘴的是個年輕姑娘，很標致，黑黑的秀眉，眼睛特別亮，身穿一件紅棉襖，嗓子又亮又脆。看來她是有歌唱的，開場白已經叫她心焦了。

「那好，就叫玉蘭先唱！」果然一位男青年點她的「將」。

「她的喉嚨早癢了！」

小伙子們起哄著。覃富貴小聲地告訴我，玉蘭是個野丫頭，才十七歲，就在鬧戀愛了。不過，這丫頭聰明能幹，織籮編纜是第一把好手。人們說，她膽子大、心竅好，跟她娘年輕的時候，簡直一個樣……「好，我就唱！看哪個把我吃了？」玉蘭站起身來，黑眼珠滴溜溜一轉，逼視著起哄的那一角：「有本事的，接歌！」

覃富貴笑道：「唱吧，莫打嘴巴官司了！」

「開始。」我按下了錄音機。

玉蘭衝我微微一笑，辮子往後一甩，唱了起來：

> 五句山歌才起頭，
> 堂屋燈盞乾了油，
> 郎有心來添燈草，
> 妹有意來打燈油，
> 免得一心掛兩頭。

「好啊！好啊！」叫得最響的還是那一角。

「好麼？莫誇早了！」好個厲害的玉蘭！

> 包穀葉兒包穀花，
>
> 包穀長大逗老鴉，
>
> 老鴉飛在包穀上，
>
> 對著包穀「呱呱呱」，
>
> 心裏想吃口裏誇。

還不等「誇」字行完腔，玉蘭早已忍俊不禁，竟自咯咯咯地笑個不止，黑眼珠光閃閃的。

「野丫頭，野丫頭！」覃富貴皺起了眉頭。

我倒是喜歡上這機敏潑辣的姑娘了。

這當兒，小伙子們正在組織對玉蘭的「反擊」。

「玉蘭，你⋯⋯你罵人！」

「哪個是老鴉？！」⋯⋯

「叫玉蘭的那隻老鴉出來『呱』幾聲囉！」

玉蘭紅了臉，咬住了豐滿的嘴唇。突然，她旁若無人地高聲喚道：「桐子！桐子！」

黑眼珠子梭了幾梭，她急了，慌了，⋯⋯她的那隻「老鴉」早飛了吧？

玉蘭跺跺腳，氣急敗壞地坐下來，差點兒沒把兩旁邊的姑娘撞倒。小伙子們又笑了個哄堂。

一位大嫂從從容容地說：「叫玉蘭她媽來唱吧，玉蘭的山歌，都是她媽傳給她的哩。」

玉蘭娘遲疑地起了身，說話的大嫂趕忙為她接過了鞋底。她心疼地瞄了女兒一眼，想為玉蘭解圍。這女人很健壯，還保

持著豐滿勻稱的身材和鵝蛋形臉型。小林碰碰我，喜形於色地說：「老宋，你好運氣，『歌簍子』也動心了！」

不曾想娘的歌喉比女兒更勝一籌，更寬厚，也更婉轉：

> 桐子花兒三月間開，
> 整出白米打出油來，
> 朱漆床邊放燈檯，
> 高挑油燈假做鞋。
> 後花園，走出一條路，
> 踩出一條街，
> 沒見情哥來拿鞋……

男人們、姑娘們拿眼睛鼓勵她、讚美她；婦女們停下手裏的活計，想著各自的心思，偶爾瞄她兩眼，又有幾分羞澀，心下大約是喜歡她、羨慕她的；老人們都喜滋滋地入了神，也有幾個撇嘴、橫眼睛，禁不住竊竊私議。

玉蘭媽果真是個「歌簍子」，一連唱了、六七首，這才笑道：「哎呀，歇一會子，中氣不足了，人老囉！」

感謝她免除了許多人，尤其是中年婦女的羞怯和戒備心理。頭一個晚上我就頗有收穫，估計一下，應該錄下三、四十首了。

我想聽聽錄音效果，也給大家助助興，於是選放了一節錄音。驚訝、愕然、出奇的沉靜之後，小屋子裏像一鍋沸水，翻騰開了。聽到玉蘭焦急不安地呼喚她的「桐子，桐子」時，人

們你推我揉，笑得前俯後仰，幾個婆婆撩起衣襟直擦眼角⋯⋯他們不敢相信，世上還有這樣的稀奇，若不是我再三解釋，這是「機器」，是科學，準以為我是魔術師，要不就是神仙下凡來了。一部索尼的錄音機，為山村的莊稼人帶來了這樣的歡樂和幸福，餘興竟成了今夜的高潮，著實讓我既欣慰，又有點兒傷感⋯⋯

人們要散去了，我和他們一樣，依依惜別之情久久難散。惜別什麼呢？卻是說不出個所以然來。

覃富貴順便講了幾句生產上的事情，最後，他像是記起了一樁大事似的：「唱了歌的，自己記個數，以後一起結帳，把現錢！」

「我唱了三個！」「我唱了兩個！」⋯⋯

「好好好，記著記著，相信你們！」覃富貴咧著厚嘴唇，樂呵呵的，陶醉在為人們謀了一大幸福的樂趣之中。

隊屋裏，人已走空。覃富貴說：「收拾好東西跟我走吧。」今晚的睡處，他已做了安排。

老覃讓我們先走，他站在門口，拉熄了電燈。

「富貴⋯⋯」黑黢黢的屋內，傳出一個女人怯生生的聲音，微弱得令人悚然。

「哪位？」覃富貴大聲問道，急忙又拉亮燈。

「我⋯⋯」

「哦，魏么姑！你也來了啊！」老覃回過頭，低聲向我介紹說：「五保戶，孤人一個。」

「又要我捎雞蛋去公社賣吧？」老覃想了想，說：「過兩天吧。缺錢用的話，先在我這裏拿點兒？」

「不，不是的。」聲音還是那樣細弱。

像是有神靈的啟示似的，某種朦朧的預感，指使我轉身回到屋子裏。那老女人用渾濁的眼睛盯住了我，乾癟的嘴動了動，眼光又落在我的錄音機上……

老女人滿頭銀髮，梳得一絲不亂，綴滿補丁的藏青大襟布褂漿洗得乾淨，硬紮，個子比我還高出半個頭，乾瘦得出奇，卻只是稍微有些佝僂。她的臉上，除了又細又密的皺折，便是暗褐色的壽斑。我無法描述我的感覺，巨雷、閃電，都不能使我如此震驚。我平生第一次見到這樣蒼老、枯槁的女人，若不是她的眼睛裏還有星星點點的靈光，爬滿蚯蚓似的大手正微微發抖著，我真以為她……突然，我想起了海涅的詩句：「每一座十字架下，都埋藏著一部長篇小說……」

「請問您，人的聲氣可以裝進這……這裏面麼？」

我重重地連連點頭。

她的神情卻更認真了：「能管很長很長的時候麼？」

我又重重地連連點頭。

魏么姑緩緩地坐到長凳上，攏了攏鬢邊的銀髮，扯平了衣擺，兩手安然地放在膝上，閉上了眼睛。

覃富貴愣住了。小林剛要張嘴，我阻止了他。

魏么姑的嘴唇輕輕地一翕一張，發出喃喃的聲音。

我似乎聽見了，那是歌，山歌、情歌、鄂西五句子情歌……我把錄音機輕輕放到木方桌上，輕輕推近她，輕輕按下開關。我不願意這世上有任何的聲響，驚擾了老人的夢。

　　老人的歌，漸漸地清晰明亮了，但依然很微弱，彷彿來自遙遠的空曠山谷，來自另一個天地，彷彿越過了悠長的時間河流⋯⋯

　　　欠郎欠得心裏疼，
　　　手拿金線繡「影身」，
　　　「影身」掛在羅帳內，
　　　夜夜與郎來談心，
　　　人是假的情是真！

　　魏么姑突然站起身來，腿腳、腰板硬硬朗朗的，手也不再發顫了。她睜開了眼睛，不知是望著哪兒，迷濛、深邃，如癡如醉，眼波裏漾出一股溫泉，充滿了灼人的熱情，和令人局促的活力：

　　　桃子沒有李子圓，
　　　姊口沒有郎口甜，
　　　那年秋天親個嘴，
　　　今年秋天還在甜，
　　　一生一世甜心間⋯⋯

　　有這樣熾熱、真切、純潔，這樣銘心鏤骨的熱戀麼？誰又見過，火樣的青春在一位風燭殘年的老人身上復活？時間消耗了她的肉體，歲月泯滅了她的欲望，然而，愛的星光還在心靈的天穹閃爍，情感的激流還在血管的江河奔騰！

魏么姑的每一首歌，都使我驚歎：她的歌是她自己的，與我記憶倉庫裏的古今中外的情歌，毫無因襲雷同之處！

她唱完了，精神矍鑠，乾癟的嘴邊流出了一絲欣悅。屋子裏悄然無聲，屋後的竹林沙沙地搖曳，伴著遠遠近近的秋蟲吟唱。

我從土陶壺裏倒了一碗茶，遞給她，她欠欠身，雙手接過，咕咕嚕嚕一口飲盡，捏著袖口，揩揩嘴。

「您歇一會兒吧，我把歌放給您聽聽！」

「多謝，多謝。我唱了，唱出來了，就……」她笑笑，話沒說完，眼睛又迷茫地望著別處。那一定是很遠很遠的地方。

我怔怔地看著她，不明白她怎麼對錄音全然沒有了興趣。我帶著疑問地瞥了一眼老覃，他莫名其妙地衝我一點頭，轉向魏么姑說道：「魏么姑，你唱了七首歌，錢明後天我跟你遞來。回去吧。」

魏么姑似乎什麼也沒聽見，站起身，走近我和小林，恭恭敬敬地行了個「萬福」。

她走出門，踏著溶溶月色，消失在橘林間的小路上。

我想送她一程。老覃說：「不用了，她就住在橘林那邊，單家獨戶，很近。」

我望著那邊，若有所失……

覃富貴叫他的妻子到二姑娘房裏去睡，他的房做了客房。除了一張沒上漆的老式寧波床，幾個罈罈罐罐外，別無家具什物。

我們沒有睡意，倒不是擠在一張床上不習慣的關係，而是心裏有話，想聊一聊。

豆油燈盞的小火苗搖搖晃晃。燈芯草將熄時，火苗浸入油面，發出絲絲的聲音，挑挑燈草，劈剝一聲爆響，火苗便又往上一竄。屋子裏混合著橘香、包穀香，和潮濕泥土的氣味。

「魏么姑多大年紀了，老覃？」我靠在床頭邊問。

「我想想……丁酉的，唔，八十歲了。」

「守寡多年了吧？」

「哪裏，她單居了一生。」

「啊！」我的思緒亂了。

「是啊」，老覃感歎道，「大山裏，一個婦道，難啊，苦啊！」

「那麼，她有沒有過……相好的呢？」我選擇詞兒，通俗而又無傷民風。

覃富貴懵了。

「年輕的時候？」小林的思路和心情，頗與我合拍。

「哦，哪曉得！也許有過吧，此地這類事情很多……不過，也許沒有……」

「沒有聽說過她的什麼故事？」

覃富貴因為我們的認真，也認真起來。他回憶了一陣，苦笑道·「……好怪，連一點影子也沒有！要說她年輕時，我還沒出世，也該聽上輩人說過呀，這類事，不會不傳的，沒有風聲也有雨聲……這麼個山窩窩，不講這種閒話，還有什麼新聞？啊，當真沒印象……」

「我聽過的歌不少，魏么姑唱的真絕，沒見流傳過……如果是她自己編的……」小林自己凝眸沉吟起來。

「怎麼啦？」覃富貴既無考證的興趣，更受不了盤問式的談話，有幾分緊張。

「沒事，隨便聊聊。」我連忙解釋道。

「那好，那好。」

我顯得漫不經心，問這問那，想從老覃口裏多聽一點魏么姑的往事，填補一下心中的一片空白。老覃想幾句說幾句，實在太少了。

魏么姑年輕時，身強體壯，挑水砍柴、推磨放牛，甚至男人做的活路耕田掌犁，樣樣來得。父母窮，完婚遲，年近半百才生她，死得又早。據說，四十歲上下，還有人提過親，她不知怎麼不肯嫁人。她名聲一直很好，自己勤扒苦做，待人既大方又寬厚，特別是對拖兒帶女的人家，她有求必應。樂平里的人辦喜事，她是一定要送情的，還要去看看熱鬧，但她很識趣，新房裏的東西，從不碰一根指頭，怕人家嫌她是孤人，不吉利。還有，她很會種橘，傳說有一年，全村的橘樹鬧病，獨有她的橘林和往年一樣，結的橘子三、四個就有一斤，皮薄肉甜。縣裏開會辦招待，曾經點名要魏么姑種的橘子。覃富貴說，她這個五保戶沒有白吃隊裏的，七十多歲還在看橘林。這兩年實在是不行了，夏天一場熱病，差點兒……

這就是老人的一生？她的全部的「長篇小說」？

「實在沒有什麼好講的了」，覃富貴抱歉地說，「睡吧。」

我是難以入睡的了。翻騰的思緒，弄得我心力交瘁，而又有一種醺醺欲醉的亢奮……

覃富貴早已鼾聲如雷，小林也沒有了動靜。我打消了喚醒他、去月下走走的念頭：何苦叫年輕人也像我這半百老朽呢？願他做個好夢。

我披衣來到屋外。樂平里像清晨我來到時一樣，靜極了，而且又披上了清幽幽的月光。流水小橋，西風古道，把我牽向何處？

橘林背後，一幢小小的石基木板瓦房，很難辨認它的年代了，兩株鋸斷的古松，一長一短地斜撐著。大約便是魏么姑的住處。徘徊在她的門首，什麼也聽不見。她入睡了。也許是她一生睡得最安穩、最甜美的一夜……為什麼隱痛和遺憾還在壓迫著我呢？

……一個終身未嫁的女人，自有她未能嫁人或不願嫁人的隱衷。家境貧寒麼，她能自食其力，強壯的女人未必是丈夫的生活拖累；情人負心麼，然而，一個有如此熾熱而深沉的愛的女人，怎麼會從此和愛神絕緣呢？（看看，我已經認定她有過私情，有過從無人知曉的秘密了！）他早逝了，她要為他守節？衣不蔽體的山裏人，哪有那麼死板的貞操觀！

我真想輕輕叩開這扇破敝的柴扉……人們都能把內心之秘傾吐出來，該有多少動人心魄的文學！那是怎樣的時代？不過，一萬年之後，就不允許人們把僅僅屬於他個人的秘密埋藏在心中麼？……何必強求這位老人呢？她的歌，給我們留下了想像馳騁的空間，留下令人神往的朦朧美，不也很好麼？

我離開了那幢小屋，走回橘林。月光灑下來，疏影斑斑駁駁，夜氣裏，橘香濃得醉人。三、五株橘樹那邊，閃動著一對人影。是誰？

「……膽子真大，當他們的面唱情歌！」

「你怕了？！莫上這兒來呀！」

這不是玉蘭的聲音麼？

「嗯，嗯……我是說，為幾分錢，值不得……」

「哪個為錢？打個夜工，編一隻提包也不止這點錢！」

「那你……」

「想唱唄！心裏悶得慌，憋死人了！」

我心上猛地一熱。

「……玉蘭，問你一句話。」

「說。」

「你真的想飛，到城裏去？」

「嗯！」

「…………」

「沒出息！嚇你的、哄你的，試試你的心……」

「玉蘭！」

「桐子，過來！」

「…………」

「過來呀，證明你不是兔子膽，你……你抱抱我！」

橘樹枝兒搖盪起來。那成熟了的橘子，該不會碰落吧。

我輕輕地移動腳步，就像為魏么姑開錄音機那樣……

青春是美好的，但對勞碌終生的魏么姑來說，它或許只是短暫的一瞬。年輕的玉蘭、桐子，記住她吧！

……也許我懂了，魏么姑也是想唱才唱的，她在心裏默默地唱了一輩子，她的時候不多了，她並不堅信天國，她要把心靈的歌留在人間。

月亮半落山外，剪出了峰巒墨黑的雄奇身影。那不就是後山麼？讀書洞此刻是看不見的。屈原誦讀《巫風》的所在。倘若屈子不讀那些野書，他寫得出如日月經天、江河行地的《天問》麼？今天，誰能寫一部《史問》、《文問》、《人問》呢？也許已經有人動筆了吧。

夜深了，該回去了。走了一程，兩個人影急閃閃向我奔來。想是老覃、小林半夜醒了，來尋我的。月亮落下去的時候，樂平里就要醒了。樂平里，你這哺育了偉大屈原和平凡的魏么姑的蜜橘之鄉唷！

＊作者附記：小說裏的情歌，引自《鄂西情歌集》，個別字句略有改動。特此說明，並謹向它的搜集整理者致以謝忱。

（原載於《小說月報》，1981年11期）

何日趨過那條荒謬的河流
——評〈金手錶〉

度戩

　　〈金手錶〉是黃大榮先生近期完成的一部中篇小說。作者以小說的列印稿在友人中傳閱，我得以先睹為快。

　　小說中的「我」想有一隻手錶，但「我」卻講不出想要的理由。更不可思議的是，在「我」的居住地竟沒有手錶可買，「我」於是想到要去問小女人A。A出身北大英語系，又去過幾年澳洲，發了點財。她顯得很富有，不僅開上了私家車，還在省城的風景區擁有別墅。

　　「我」那筆不知從何而來的錢，剛好夠買一隻上海牌手錶，但若是買了到省城的車票，就不夠買手錶了，故想到要搭A的便車，她週末照例要回她的別墅度假去的。當「我」來到她的公寓，說明想搭她的便車到省城買手錶時，她手腕上那塊勞力士金錶卻使「我」洩氣了。儘管她異樣熱情地邀「我」同她一道上省城，但「我」的興趣瞬間發生了轉移，集中到了有關A的傳奇的勞力士和神秘的澳洲上。但很快地，「我」又感到自己的猥瑣和無聊。「我」有點後悔說出要搭A的便車，但又擔心她怎樣和「我」聯繫上。

　　「我心裏塞滿了孤寂和憂傷，我是個如此卑微的人，總是懷著卑微的夢，充滿著許多卑微的心思，我像被抽了筋一樣，

疲軟不堪，就在這郊外田壟上和衣躺下，仰面朝天……。」
「我」進入了一個長長的夢中。

二十世紀六十年代中期。

「曾經在黃陂大山搞四清時，進村頭一天我就挨家挨戶去
『摸米罐子』，作為申報救濟糧的憑據，居然家家的米罐子都
是空空如也，連一粒老鼠屎都沒有。……我低頭鑽進一間土
坯小屋，就聽見驚恐的尖叫。只見兩條白影竄動，破衣爛衫的
中年男女瞪著惶惑的眼睛，下意識地張開手臂，護住了躲在身
後的白影。我趕緊逃了出來。村民後來告訴我，這家男人有癆
病，有兩個姑娘，大的十五歲，小的十二歲，沒上過一天學，
只能和她們的母親輪流走出這個土坯砌成的破屋子。如果我回
學校公開講出我看到的這一幕，就會被看作與那個在聯合國大
會上脫下皮鞋敲桌子的傢伙遙相呼應。這是不知道為什麼有幾
分賞識我的工作隊隊長警告我的。據說他是縣公安局長……腰
間總別有一把手槍。也許我一個人待在山裏的時間太長，害怕
患上失語症，那天在公社向他彙報完後，我還想再多講些話，
他說：『不講這些爛事啦，走，我教你打槍』，說著走出院
子，掏出手槍，啪啪兩聲，老槐樹上烏鴉應聲墜地，翅膀撲騰
了幾下就一動也不動了。」接下來，小說以較長的篇幅敘述了
四個人物的命運，洋氣、白皙的女教師，即「我」的輔導員；
同班同學G、L和Z。

女教師嫩藕般的腕子上戴著一隻英納格金坤錶。G是班上
唯一的組織中的人，G經常和她在一起「秘密交談，研究動向
之類的極嚴肅問題」。但有一次，「我」和她在實習後返校的

輪船上憑江臨風,她卻傳授給「我」與她的角色要求不相符的另外一種生活方式:每天早晚要洗澡、牙刷必須每周換一把、毛巾得每月換一條等。同時,她似乎對中國式的成功學頗有心得——「你想成就一番事業,必須學會隱藏你的才華和思想鋒芒,並收斂你的個性。」這種突兀,折射出環境的險惡及她心裏的矛盾和恐懼。

G呢?「他太土了」。但他身上又幾乎沒有保留半點鄉下人的質樸土氣。他經常會誇耀他的加入組織是在1957年的「火線上」。文革開始,他「如同蟄伏的大蟲,每一個細胞都充滿了欲望和激情」。一個五年制的工科大學生,「臨到畢業時他也沒能搞懂微分、積分是什麼意思」,「也寫不通一則會議通知」,但他卻是班上「唯一的組織中的人」,操握著其他人的生殺大權,「G和他身邊的三、五人,正在研究決定所有其他人的命運」。

L並非組織中的人,但又想成為組織中的人。這也難怪,L有一雙「爬過雪山、走過草地」的父母,就像殷人得了天下,竭力想做的事,就是如何保持血統的純正,L之所以想成為組織中的人,就和貴族想保住家族的榮譽一樣,是一種文化本能使然。但他從不承認是他自己的真實想法,他說「他遞交申請,不過是好向他父母交差」。中國古代帝王登基時的「勸進」程式已成為國人的心理遺存,那種欲擒故縱的虛偽已成為一個民族的性格,或可解釋L的行為;不過L也有可能是他家族的另類,或不肖子孫。L沒能逃過文革初期「反右」的一劫,最終還當上了紅色造反兵團司令。L後來的命運雖有波折,他

最終的結果並沒有出人意料。「多年後我曾拜訪過L。他已經是某省的廳長了。在他的插著兩面旗子的闊綽辦公室裏，他抽著上百元一支的香味誘人的古巴雪茄。」在對往事稍作回憶後，L說：「我的命運根本不取決於我，也不取決於G等人，我父母死，我死；我父母生，我生！我承認或不承認那些屁話都一樣，我需要時間來說話。」

Z是一位近乎赤貧的鄉下孩子，但他「嗅覺如此敏感，竟能未卜先知」。且「見解詭異，深刻而不同凡響」。「Z在不久以後，成了驚天動地的風雲人物。他打著『巴黎公社』的破旗，佔領了院報大樓、接管了院報自任主編，他辦的報紙紙貴省城。」和L一樣，Z也風光過，但轉瞬即逝。「再後來便是長達十二年的鐵窗生涯」。Z的命運具有典型性，在那個年代，多少有思想、有才華的青年「一失足成千古恨」，遭到埋沒和毀滅。

四清工作隊長對胸懷赤子之心的「我」的工作彙報不感興趣，而熱衷於炫耀他的槍法，且不管「我」能不能接受，當著「我」的面，就拔出手槍射殺了兩隻無辜的烏鴉。這一場景的敘述，有著某種深刻的象徵意義，是對歷史的高度藝術概括，以及對即將到來的「革命」的寓言。同時，這無疑對當年還是在校大學生的「我」來說，是某種暗示，順者昌，逆則亡。烏鴉，在中國文化中被視為報憂不報喜的鳥類，它的叫聲被視為不吉利，是不被人喜歡的，它早已成為中國知識份子的象徵，應聲墜地的烏鴉也就預示了中國知識份子未來的命運。生存還是毀滅，必須進行選擇，但用什麼樣的標準做出選擇，是一個

更困擾人心智的難題。「當時我想，既然小草和螻蟻都不甘死亡，都得掙扎一番，我得調動渾身的智慧細胞，搜索解救之術，拼死撬開黑暗的閘門，求得一線亮光、一絲空氣，苟延殘喘。」求生，無可非議。糟糕的是，「生之選擇，就是死之選擇，肉體生，靈魂死」。生活的荒謬竟至如此。具有三千年文明史的民族，開始集體淌入了一條荒謬的河流，連同河流的上空，同樣瀰漫著荒謬的空氣。

有了以上的社會背景敘述，人物各自的命運無不處於荒謬之中。女輔導員企圖保留她所服膺的一切，並力圖去適應這樣的生活方式，而成為組織中的人，既戴上「可教育好的子女的典範」的桂冠，而又不能脫胎換骨，二者如何能夠得兼？結果是，她失蹤了很久。再次見到她時，「她的波浪式捲髮拉直了，一件草綠色的大翻領短袖衫，有幾分像女軍裝，但畢竟不像。線條精緻的裸臂仍然白皙得耀眼，左手手腕上英納格依然金晃晃的，這不免令我擔心。」女教師終究落得個「兩不像」。「典範」的桂冠沒能保住，眼睛卻「沒有了熱情的電光，顯得沉靜而憂鬱，還有點迷惘，總像在想自己的什麼事情」。而L的命運似乎向讀者暗示，一切的抗爭都是沒用的，過程也並不重要，那是一個超穩定的映射，結果僅依賴初始條件，混沌不會出現。真正的革命從未發生過。因此，女輔導員、L和Z三個人的命運，在結構上是同構的。

G三十四歲時死於肝癌。他二十八歲上大學，畢業時三十三歲，參加一年文革，這個加法是很容易算的。也許G的真實命運就是這樣，但作為文學形象，這也許會引致善良的讀

者，對因果報應的邏輯寄予過多的遐想，須知，在真實的生活中，因果報應遠遠不能成為真理，生活本身總是充滿了荒謬，生活本身更是沒有邏輯可以遵循。其實，G的命運應該比L令人想像的空間要大得多，不知作者為什麼如此寫實地讓他夭折，如果僅僅為了保留生活的真實，當是值得商榷的。作者在修改稿中，補寫了一個早瘋早夭的「資本家的小子」，補充這一筆有必要，「資本家小子」與G形成了另一組「異質同構」。

〈金手錶〉散發著濃烈的現代主義氣味，作者以他幾近嫻熟的意識流表現手法，運用內心獨白、自由聯想和象徵暗示，揭示出人的處境和人自身生存狀態的荒誕性。比如：第一章關於「我」想有一支手錶的內心獨白，以及全篇反覆出現的對那一筆錢擔憂的內心獨白；「我」對女輔導員角色的聯想，從精神的需求到生理的渴望；四清工作隊長腰間別著的手槍以及他的做派、應聲墜地的烏鴉；用生與死來暗示靈魂和肉體的不可調和性等等。值得擊節的是，作者以他工科出身的知識背景，對文革造反的複雜性的獨特而符合歷史本來面目的剖析，發人之所未發，極大地豐富了整個中篇小說的思想內涵。那篇「我」自謙為業餘水平的〈流體質點旋轉速度的數學證明與辨誤〉的論文，可作為第四章的哲學基礎，象徵意義十分深刻。在人類的時空中，歷史正像一個流體，每個人都是其中的質點，不管你是皇帝或者草民，既是流體的動力因數，又被其他質點形成的流動所裹挾。但似乎沒有人用這樣理性的方法來分析文革。將重大歷史事件漫畫化是國人的一大發明，不去探求真相，不是根據事實前提和邏輯推理得到真理，而是根據理論

去選擇和安排事實，借用唐德剛先生的話來說，「是證明真理，而不是尋求真理」。一提到抗日戰爭，就是《地道戰》、《地雷戰》、《小兵張嘎》，一提到文革就是十年動亂，就是紅衛兵造反，就是打砸搶。對一個被要求統一口徑的民族，時間一長，多數人就會自覺地發出同一的聲音，標籤化論證成為學術的主流。讓我們看看作者又是如何言說的：「革命是少數超級強人的事業，但事實上將無數無辜的人裹挾了進去，而革命一旦翻臉，要把他們送上斷頭臺的時候，他們還像阿Q那樣盡量地把那個圈圈畫得圓一些。」這便是他們「骨子裏深埋了千年的『大同世界』，『天下為公』的基因在作怪」。「然而他們最終做了替文革之罪的羔羊」。「每個人有每個人革命的動機和訴求，這是不可能統一規範的」，「任何理論的抽象，都是對歷史的肢解、對生命血肉的漠視」。「歷史這面鏡子，為何不讓離它最近的親歷者、見證人擦拭乾淨，硬要把它藏著、掖著，讓它蒙塵、銹蝕，讓它將來像出土青銅鏡一般斑駁呢？」類似的對沉澱四十年的生活的思辨，小說中並不鮮見。

　　如果撇開〈金手錶〉的第一、六章，整個中篇完全類似一部自傳或回憶錄，屬於歷史。加上首尾兩章，則使其文學性得到凸顯，借用一位名家的套話，〈金手錶〉當既是歷史，又是文學。但作者似乎缺乏這樣的自信，請看他下面的這段文字：「當代文學就像患了陽萎的登徒子，過於怯弱，又過於溫情纏綿，難以把我插在心尖的那把錐子，連血帶肉地拔出來呈現在讀者面前。我不得不突破小說的某些戒律，把當年的我和現在的我，恣意訴諸文學。我常常想，靈魂興許有它自己的文體，

靈魂要跑出來自己講話，沖決所謂傳統文體的束縛。院士剽竊論文、教授寫不通文章、美女用下半身寫作的笑話告訴我，一個粗鄙文化的時代已經到來，我還窮講究個啥呢？」靈魂不可能跑出來自己講話，如果作家要讓靈魂講話，那屬於荒誕。荒誕派大師尤奈斯庫在〈戲劇經驗談〉一文中，表達了他對傳統戲劇的極度厭惡，顯然，作者對「傳統文體」也表示出了不滿，但他們似乎面臨著相反的問題，前者要用荒誕去表現「超現實的真實」，而後者呢，他的問題是該如何以超現實的手法來表現現實的荒謬。這個問題本身，就讓作者不得不面對荒謬，生活中普遍存在的東西，作家或者裝作沒看見，或者必須自覺地給出正當的、符合需要的解釋。可以想像，如果不是這個粗鄙時代的到來，像〈金手錶〉這樣「連血帶肉」的文本根本不可能產生，從這種意義上說，我們又似乎要歡呼這個時代的到來。而作者本次的文體嘗試，我認為也是成功的。

不管「我」是怎樣想的，最後還是搭上了A的便車。這也許象徵了一種宿命，天地之間，無人可以逃避歷史的火車的劫持。「A把我喚醒的時候，太陽快要落山，漫天晚霞火燒、火燎一般，整個原野瀰漫著淡青色的暮靄。」似乎進入到了一個新的天地。又一個放縱欲望的夜晚即將來臨。

A的外表像極了「我」當年的女輔導員，她們的區別似乎只在腕子上的勞力士和英納格之間。「我」來到了A的別墅，分別淋浴過後，「我」想，也許A能夠像女教師讀過「我」的那篇〈流體質點旋轉速度的數學證明與辨誤〉的論文一樣，說「我懂了」；如果是這樣，「我」和A的這次談話也許會以

它作為切入點，兩人的關係得以順利發展。但「我徹底絕望了」。「戀愛中的女人，可以傾刻之間轉換情感、轉換心理、轉換詞藻，把問題的疑點斷然抹去，用激情的幻想取代現實，將由衷的讚美賦予她鍾情的偶像。」「我」不得不推開自願投入「我」懷中的A。而「我」的女輔導員，那個腕上戴著英納格金錶的女人，「我」卻幾十年如一日地憧憬著和她的相擁。

兩支金錶，英納格和勞力士，各自給「我」不同的記憶和感受，但手錶在整個中篇裏並不是簡單的記時工具，除了女輔導員那支英納格顯示過一個時間——1966年7月31日外（「我」挨批鬥的日子）。想要，即想有時間性，它是現代人的視界，一如「永恆」是中世紀人的視界一樣，時間與我們現代人關係密切，我們每個人都在時間中生存。正如福克納在《喧嘩與騷動》中的那個敘述者昆丁一樣，他的父親將一支祖傳的手錶交給他時說過一番話：「我把錶給你，不是要你記住時間，而是讓你可以偶爾忘掉時間，不把心力全部用在征服時間上。」〈金手錶〉中的兩隻手錶，各有其主，她們分屬不同的時空，同樣代表著名貴和時尚，但在小說中的「我」看來，英納格代表了希望，而勞力士則代表著欲望，它們終究都成為了時間的殺手。這或者就是「我」想有一支手錶，而又說不出理由的潛意識裏最擔心的事。「你知道文革麼？」「我」嚴肅地問A。「文革？不就是十年動亂麼？造反……」「我」伸出食指貼在她唇邊，讓她噤聲。然後鄭重地告訴她：「他們很複雜，不像你想像中那樣。」她迷茫的眼神告訴我，她不懂。「他們中的大多數是爭取個性自由的人。」「還是不明白。」

她天真地搖晃著腦袋。「讓我為你具象地描述吧──我曾經是他們中的一員。」「哇，真看不出，你有那麼神勇！」在那個火燒、火燎的夜晚，「我」還是出現了陽萎的徵候。難道是因為她所說話的內容和腔調？如果是這樣，中國的男人們也許不應當再有勃起。

……

　　電視裏，著名節目主持人崔永元策劃著一幫子人進行「我的長征」，嚴格沿著七十年前紅軍走過的路線，每周央視都有他們行進的視頻資料展示給公眾。顯然，崔永元是一位想讓中國男人都能勃起的男人。有兩期是他們過雪山、草地的節目，畫面中說是雪山山上一片蔥綠，草地也堅硬得如同足球場。起初，我疑心他們是不是傳錯了畫面，或走錯了地方，雪皚皚、路漫漫的歌聲還在我的耳畔迴旋，那些深陷沼澤的戰士和驟馬還在我的眼前晃動，還是解說小姊口氣輕鬆地給出了解釋：儘管是在當年紅軍過雪山草地的同樣的月份，由於全球氣候變暖，雪山上沒有了積雪，草地也乾涸了。崔永元們傳回的畫面無情地粉碎了我的記憶，加之白巖松等人一個勁地在電視上談論著四川東部及重慶的伏旱、高溫，長江幾可見底，許多支流斷流，近千萬人飲水困難……這世界是怎麼啦？

　　雪山草地是為長江的源頭，崔永元等人無意中傳回的畫面，卻對長江的水位異常給出了部分的答案。如果源地沒有了雪水，長江之水從何而來？所謂百年一遇，是指過去的百年，下一個百年甚至十年將會怎樣，誰能給出可信的回答？但就在

這個時刻，打長江之水主意的事卻不絕如縷。要怎麼形容？荒
謬可也，但卻是真實發生著的歷史。

我很欣賞〈金手錶〉的兩則題記，在這裏我難以克制轉抄
它們的衝動：

> 茫茫雪原，蒼白的月亮╱殮衣蓋住了大地╱穿孝的白樺
> 哭遍了樹林╱這兒誰死了╱莫不是我們自己？
>
> ──葉塞林

> 歷史給我們最大的教訓是：人們很少從歷史中汲取教訓。
>
> ──蕭伯納

代跋

談談〈思雨樓夢稿〉中的隱喻

度敦

　　〈思雨樓夢稿〉（以下簡稱〈夢稿〉），是黃大榮先生一部現代派系列構成的長篇。作者以艾略特、卡夫卡式的表現技法來闡釋歷史、社會、人性，作品的思想性因此超越了某些當代大師們的「玄思小說」。

　　「夢稿」的題名想必是用夢來隱喻命運的變化無常、生命的短暫易逝、人事的邏輯與是非邏輯；或者想用癡人說夢的自嘲來為自己的的思想、情感圓場。中國文學中最成功的夢的隱喻也許是《紅樓夢》，而其作者自稱也不過是「滿紙荒唐言」，而將其「一把辛酸淚」的本義深埋其中。〈夢稿〉借鑒了《紅樓夢》，大量地運用隱喻、借代、映襯、摹狀、反喻、象徵、移就、諱飾，以致於作品意象繁複，「一聲也而兩歌，一手也而二牘」，顯得撲朔迷離，掉以輕心的讀者或許就難解其中味了。

　　本文只談隱喻。何為隱喻？就是不把想說的話明白說出來，而轉彎抹角地用另一種說法或形象替代它，為什麼要這樣？話說白了便不好聽，或者沒有味道，人們認為留有想像的空間才耐人尋味，總之，是避免直白和審美的需要。隱喻有兩項意義：修飾義和本義。修飾義的陳述可能為假，但本義必定

為真。那麼，隱喻的意義何在？衝突理論認為：即使隱喻的陳述是虛幻的，仍可以是有意義或有見識的，不能因為隱喻的陳述是虛幻的，而把整個隱喻看成是虛假的。隱喻是有意構造虛假，以促使新的見解得以形象表達。如何從修飾義去認知本義，似乎並不簡單，為此發展出一門學問，叫「認知隱喻學」。我下面試著對〈夢稿〉中的某些隱喻做一解讀。需要說明，隱喻，見仁見智，百人解百味，這也正是現代主義文學的妙處或魅力所在。

〈夢稿‧風景〉中，「我」和幾個兒時的伙伴去遠足，他們走過喧嚷的城市、荒涼的村鎮、遮天蔽日的雜樹林，……出得林來，那片雜樹林卻急速後退，很快就消失得無影無蹤，眼前滿眼的綠色瞬間就變成了白色，「白的天、白的地。沒有陽光、沒有風、沒有雪飄。」作者沒有交待具體的時間，只用空間和色彩的變換隱喻歷史或人生的旅程。「雜樹林」、「綠色的天和地還有綠色的心情」，到白茫茫一片，「不見積雪上有自己留下的印痕」。綠色象徵著自然和生機，而白色隱喻一無所有和迷路的恐怖。迷途而不能返，遂成為這一代人人生悲劇的開始。接下來，作者做了一個「盆」的隱喻：「來的路是陡坡，前行是盆地，山谷一般深的，卻因為極大，才不顯其深。」登上雪原的高處，即盆的邊緣，是艱難的；但滑向盆的底部卻「無須一點作為，便順勢往下溜」，「完全由慣性支配著加速往下滑去」。……「盆地的另一邊緣，不久就要到了。」「那又是一個山巔。到達那兒會看見什麼景象？崇山峻嶺，峽谷險灘？花香鳥語，世外桃源？無盡的黑暗，還是一片

陽光明媚？現在自然是無從知曉的」。空間的盆，隱喻物事和
生命的起伏，總有那麼一段，看似繁花似錦，其實，漫長啊、
低迷啊、驚險啊，你是多麼想盡快走出盆底，但出走後又能怎
樣？前途未卜。對於某個個體生命和一代人，你早已遠離了生
命的起點，你經歷了太多，初時走過的喧囂城市、荒涼的村鎮
亦不復再得，一路前行是唯一的選擇。

　　〈歸去來兮〉幾乎濃縮了一個人一生的精神歷程。「我
躺在草坪上，頭枕著一顆大南瓜。所有的人都躺在那兒，東倒
一個，西歪一個。草坪早已荒蕪，剪不斷、理還亂的癩痢頭一
般。……太陽還是那麼精神抖擻，金晃晃的，亮得耀眼。據說
它的能量無窮無盡，可以讓我們恢復元氣，我卻受不了它的刺
眼，拿起『熱力學講義』，打開來蒙在臉上。」荒蕪的草坪、
換了腎換了血的人、精神抖擻的太陽、「熱力學講義」，這幾
個似乎風馬牛不干的意象，被作者結合在一起，成為一幅後現
代的繪畫，強烈地表現著那個年代。僅「精神抖擻」四字，就
將太陽人格化了。在錢學森等人也相信太陽能可以讓荒蕪的草
坪長出畝產幾萬斤、幾十萬斤糧食的時候，「我」卻有疑惑。
熟知熱力學理論的那個人，暴露在陽光下，用「熱力學講義」
給予他的理性，保持著那份自我。結果，「我」被人認為是
一條魚，當我「饕餮般啃吃起（生南瓜）來……聽見有人對
「我」大叫：『你是條魚，怎麼吃南瓜呢？』」魚的隱喻，大
約指的是另類人、畸人。其實，我們都來自於海洋，難道一旦
我們被換了腎、換了血，就變成了「人」？這在「我」看來這
十分荒謬。「我」無法和你們「一致」，那就讓「我」離開水

或讓我乾躺在岸上？「我想我能活下來，只因時有天陰天雨，我能獲些水氣，或是在黑夜，沾點露氣。」離開水的魚能不能活下來、再次回歸水中，不取決於魚兒們的作為。「不知過了多久，也不知是哪年哪月，出了一位神魔……。他一念咒語、一揮手，岸邊的魚兒們便蹦蹦跳跳，紛紛跳入了水中。」儘管我和許多魚兒跳入了大江，但由於離水時間太久，「我怯怯的觀望，看魚們如何動作，然後開始拙劣的效仿。終於也能遊動了，便四周張望著，緩緩前游。」「我」雖然回到水裏，但此水非彼水，哪是什麼大江，分明是淺池。「魚們問我：『你的生命是誰給的？』我說：『上帝呀！』魚兒們又問：『到底是誰？』我想了想說：『父母呀！』魚們便不屑地說：『難怪把你扔在岸上！』」「我」在水中和在岸上的陽光下是一樣的，另類。回答魚兒們「生命是誰給的」的問題，是非常高妙的隱喻，宗教的「上帝給予」和科學的「父母給予」都不能成為正確答案，而不能下意識地、機巧地說出第三種答案，正是「我」過去被拋在岸上的原因，或許將繼續成為影響「我」命運的原因。果然，「不知怎麼的，不知什麼時候，又被打撈起來，一網又一網，一條條魚被扔進了魚簍裏。」那一時期，中國知識份子普遍經歷了整風、反右、文革、清污……，時勢讓他們出水入水，撈起來再放下去……關於知識份子和水的隱喻，以楊絳先生的《洗澡》最為人熟知和稱道。而作者講述的人魚故事，在思想藝術上與之異曲同工又各盡其妙。

　　「某日，我已幻化成人形，坐在寬敞明亮的大廳裏。」但這個大廳根本就沒有門和窗可以透氣，也找不到樓梯之類

的來路，光線也是忽明忽暗的，一幫子由魚幻化成的、以前在密室或統艙裏見過的人們在高談老莊，「莫不以『判天地之美，折萬物之理』為己任」，忽聽有人大叫一聲：「出不去啦！」⋯⋯在一間沒有門、沒有窗、沒有來路的大廳裏，這一聲喊是令人感到恐怖的。沒有門、沒有窗、沒有來路的空蕩大廳，和魯迅的「鐵屋子」有什麼兩樣？魯迅這位守夜人，吶喊，企圖喚醒滿屋子沉睡的人們。大廳更慘，「黑壓壓一片⋯⋯竟是空無一人」。而我此刻又似乎比先生要幸運一些，看見忽如史湘雲、忽如金髮垂髫的歐洲古典繪畫中的天使，「從容走向一堵牆壁，氣運丹田，雙掌憑空出手，轟然一聲，洞開兩扇對開的鐵門，朗聲笑道：『這就是出口』。」兩扇對開的大門，隱喻五四所倡導的科學與民主，這個理解大概不是附會，當然也可能另有寓意。史湘雲和天使，也是兩個很妙的隱喻，前者最是自然性情的人，後者則是上帝的使者，讀者自可意會，茲不贅述。

　　〈夢稿・歸去來兮〉中的「我」幾次提到的那十八本日記，它們是「我」從上初一時就開始寫起的。十八是人類成年的數字，十八冊日記，隱喻的不僅是人的成年，而且是「成人」。請看〈夢稿・節日〉一章：「我來到院子裏，掐了一枝龜背竹，插在窗臺上的泥土中，立時就活了，剛勁挺拔。」窗臺上的積土能有多深，但龜背竹竟能拔節而長，那向上勁伸著的竹枝，形成一個個倒立的人字。和龜背竹成「人」字對應的意象，是從尼羅河上游的山洞中走出那隻壯年的古猿，牠「卯足了勁，兩眼精光灼灼，渾身肌肉塊塊飽錠，足足持續了老半

天，眼看就這樣立定了。」歷史最壯麗的一幕出現了：所有的猿們都躍躍欲試，並且全都站立起來！而窗臺上生長的龜背竹就沒這麼幸運。「龜背竹蔫了，但我親眼看見的，它確實曾剛勁挺拔，呈倒立『人』字，只是想不到它如此羸弱，耐不住早春的寒霜。我本想把它掩埋在小院裏，以憑弔它曾經的生氣和悲壯，及曾經給我的靈感，但我還想看看，天氣回暖的時節，它還能不能活過來。」這正是我的期待：十八本日記最終會失而復得的。人之成為人，就在於萌生了想「站立」的「思想」，那十八本日記的寫作，正是這種嘗試，正如題記所言：「人的全部尊嚴都在於思想」，哪怕在十分貧瘠的土壤上，哪怕倒懸著，人類的思想終會迎來人類盛大的節日。作者顯然對歷史持有樂觀的態度。

〈夢稿〉中有兩章出現過手槍，一是表哥的那把，二是在一個神秘的地方，一位軍警模樣的人持有的那把。這兩隻手槍出現在「我」不同的年齡。一是在兒時，「有一天，家裏來了個高高瘦瘦的青年人。……我的心撲騰亂跳，渾身不自在。就在這時，我有一個驚心動魄的發現──表哥有槍。」；一是「我」到燕莎為孫子買玩具時被商場保安帶走，然後被蒙上眼罩轉到一個神秘地方，「取下我的眼罩時，保安不見了，換了人，軍警模樣，反正持有手槍」。在民眾的心理上，槍是那個非常時期暴力和專制的象徵。我在這裏想探討槍的隱喻而不談象徵。帶槍的表哥，還有那些陌生人，究竟和父親之間有什麼交易，我是不可能知道的，因為我那時還是個孩子，但父親用於養家活口的錢似乎和這些人有關，這些錢父母親拿得似乎並

不坦然，簡直有幾分無奈，但終究是有勝於無。表哥的槍和父親的錢就聯繫起來了。你想活下去，必須依賴某種保護，而不僅是靠你的辛勤勞作，還得出讓人格和真相，這是那個時期現實的硬道理，一個天真無邪的孩子怎麼可能理解？其實表哥是什麼身份、父親是為誰工作都退居其次，關鍵是自從有了這個槍的發現而遭到父親呵斥後，「我漸漸變得乖戾、多疑，變得不聽話了。」槍之謎，成為一種對「我」的精神的脅迫力量，也成了精神資源。直到老年，「我」對槍還是那麼敏感。「我」一輩子從事的是「技術工作」（〈夢稿・玩具〉），「是嚴格按手冊行事的人」，手冊是手槍的變形或延伸，又是一個隱喻，都帶著脅迫的性質，因此，「我」的「人格尊嚴已經磨礪得所剩無幾」，在任何情況下，「我」只能按手冊行事，不管對錯，就連給小孫子在燕莎買架玩具飛機也是。儘管最後的結局只是一場有人導演的「喜劇」，但原則就是這樣。其實我也是做著與他們差不多的事，我們都是「手冊的執行器」。

波普爾說過：「歷史和科學一樣，我們不可避免一種觀點。若堅信能避免，唯有導致自欺和缺乏批判的態度。」應該說，〈夢稿〉對那段歷史的闡釋只是一種觀點，是「個人體驗」，或許這種觀點正是有些人不想去正視的。作者大量運用隱喻的現代主義手法，正如我前面所述，避免了「直白」。

我們若從審美的角度來看，〈夢稿〉幾乎達到了完美的程度，作者那種表現的技法，在體制內作家中是難得見到的。記得有位本地大學的文學教授和一位國內知名學者，都曾對黃大榮先生一度放棄純文學而搞通俗（主要是編輯雜誌）表示遺

憾，他們也許想不到，耳順之年的〈夢稿〉的作者，居然能嫻熟地運用現代主義的語言和結構，對生命、對歷史做出有識見的表現，說明作者從沒放棄他心中的文學夢。在商業大潮洶湧的當今，像〈夢稿〉這樣嚴肅的純文學作品多麼難能可貴，這不僅需要才華，更需要思想和膽識。我記起了作者經常說過的一句話：當代文學缺乏的是思想而不是才華。作者的思想方法的養成，除了他的閱歷、膽識和創作經驗之外，在這裏不得不說的是，他理工科出身的知識背景，使他的作品多出了幾分睿智和深刻。比如，作者在〈夢稿〉中談到熱力學第二定律、熵增、熱寂、封閉系統、不可逆過程、時間的箭頭等，絕不是似懂非懂的裝腔作勢，而是他用以觀察世界、思考問題的利器。比如，作者引用熱力學第二定律的結論：「封閉系統裏，只會熵增，直到『熱寂』而死。」二十世紀八十年代我國的改革的邏輯，不正是要打破封閉系統、建立開放社會麼？作品把改革開放的必要性，用徹底的科學性作了類比、觀照。

作者不僅有科學的精神，同時也有宗教的情懷，例如他說：「時間的箭頭只有一個方向，我知道，那是上帝的手所指的方向。」宗教和科學，至少在時間之箭的問題上是可以統一的。我們為什麼需要科學？為了求知；為什麼需要宗教？需要求真，需要有所敬畏。無法無天，只會將人類帶入墳墓。在〈先生〉裏，作者還大膽探討了生命起源，科學與宗教的關係。

〈夢稿〉中的〈無題〉一章，全是關於社會和人性的寓言，它們不像某些玄思小說那樣清高哲思，而都是作者從「心尖拔出的連血帶肉的錐子」（見作者另一部中篇〈金手

錶〉），是對歷史的魔幻化與針砭，和對人性的探幽抉微。

　　對於〈夢稿〉中的〈先生〉、〈一夜同行〉、〈青花〉
三章，我還有些費解。「先生」神龍見首不見尾，高古、縹
緲。既然收入〈夢稿〉，「我」和「先生」，必不是實指，或
者是對某一類邊緣人邊緣生存的隱喻，也未可知。〈青花〉是
哀梅的孤傲無朋，還是賞梅高潔，還是二者同具，我一時還說
不清。但我看出作者的另一面，即傳統文化的薰染。這似乎是
「宿命」。〈一夜同行〉或許有更深的寓意，我怕會錯意，
姑且不論。〈三筆字〉和〈無題〉應算同一風格，似可以歸入
〈無題〉。因此，我只得取巧，作了個篇名「談隱喻」，就可
以不論其他，省許多筆墨了。

　　民主、自由、平等、博愛這些普世價值，乃是人類共同的
文明成果。通觀〈夢稿〉，作者以其人生歷練和藝術修養，執
著地肯定和追求著這些價值。

　　詩無達詁，現代主義作品亦無達詁。無從達詁，這才有
趣。短篇小說的大師級作家林斤瀾，晚年就放棄了寫實而選擇
了抽象。汪曾祺在一篇絕妙的文評中說，林斤瀾的小說「雲苫
霧罩。看不明白。……其實人為什麼活著，是怎麼活過來的，
真不是那樣容易明白的。『君子於其所不知，蓋闕如也』，只
能是這樣。這是老實態度。不明白，想弄明白。作者在想，讀
者也在想。這個作品就有點想頭。」沒辦法，人就是好奇的動
物，總想弄懂點什麼。我對〈夢稿〉的粗淺解讀，或有曲解作
者創作本義之論、誤導讀者之嫌，那只能先說聲抱歉了。

282

國家圖書館出版品預行編目

金手錶 / 黃大榮著. -- 一版. -- 臺北市：
秀威資訊科技, 2009.02
面；公分. -- （語言文學類；PG0222）

BOD版
ISBN 978-986-221-163-2（平裝）

857.7   98001031

語言文學類　PG0222

金手錶

作　　　者 / 黃大榮
主　　　編 / 蔡登山
發　行　人 / 宋政坤
執 行 編 輯 / 詹靚秋
圖 文 排 版 / 郭雅雯
封 面 設 計 / 蕭玉蘋
數 位 轉 譯 / 徐真玉　沈裕閔
圖 書 銷 售 / 林怡君
法 律 顧 問 / 毛國樑　律師
出 版 印 製 / 秀威資訊科技股份有限公司
　　　　　　台北市內湖區瑞光路583巷25號1樓
　　　　　　電話：02-2657-9211　傳真：02-2657-9106
　　　　　　E-mail：service@showwe.com.tw
經　銷　商 / 紅螞蟻圖書有限公司
　　　　　　台北市內湖區舊宗路二段121巷28、32號4樓
　　　　　　電話：02-2795-3656　傳真：02-2795-4100
　　　　　　http://www.e-redant.com

2009 年 2 月　BOD 一版
定價：340 元

讀　者　回　函　卡

感謝您購買本書，為提升服務品質，煩請填寫以下問卷，收到您的寶貴意見後，我們會仔細收藏記錄並回贈紀念品，謝謝！

1. 您購買的書名：＿＿＿＿＿＿＿＿＿＿＿＿＿＿＿＿＿

2. 您從何得知本書的消息？

　　□網路書店　□部落格　□資料庫搜尋　□書訊　□電子報　□書店

　　□平面媒體　□ 朋友推薦　□網站推薦 □其他＿＿＿＿＿

3. 您對本書的評價：(請填代號　1.非常滿意 2.滿意 3.尚可 4.再改進)

　　封面設計＿＿　版面編排＿＿　　內容＿＿　文/譯筆＿＿　價格＿＿

4. 讀完書後您覺得：

　　□很有收獲　□有收獲　□收獲不多　□沒收獲

5. 您會推薦本書給朋友嗎？

　　□會　□不會，為什麼？＿＿＿＿＿＿＿＿＿＿＿＿＿＿＿＿

6. 其他寶貴的意見：＿＿＿＿＿＿＿＿＿＿＿＿＿＿＿＿

＿＿＿＿＿＿＿＿＿＿＿＿＿＿＿＿＿＿＿＿＿＿＿＿＿＿

＿＿＿＿＿＿＿＿＿＿＿＿＿＿＿＿＿＿＿＿＿＿＿＿＿＿

＿＿＿＿＿＿＿＿＿＿＿＿＿＿＿＿＿＿＿＿＿＿＿＿＿＿

讀者基本資料

姓名：＿＿＿＿＿＿＿＿＿ 年齡：＿＿＿ 性別：□女 □男

聯絡電話：＿＿＿＿＿＿＿ E-mail：＿＿＿＿＿＿＿＿＿

地址：＿＿＿＿＿＿＿＿＿＿＿＿＿＿＿＿＿＿＿＿＿＿＿

學歷：□高中(含)以下　　□高中　　□專科學校　　□大學

　　　□研究所(含)以上 □其他＿＿＿＿＿＿＿

職業：□製造業 □金融業 □資訊業 □軍警 □傳播業 □自由業

　　　□服務業 □公務員 □教職　□學生 □其他＿＿＿＿＿

(請沿線對摺寄回,謝謝!)

秀威與 BOD

BOD（Books On Demand）是數位出版的大趨勢，秀威資訊率先運用 POD 數位印刷設備來生產書籍，並提供作者全程數位出版服務，致使書籍產銷零庫存，知識傳承不絕版，目前已開闢以下書系：

一、BOD　學術著作—專業論述的閱讀延伸
二、BOD　個人著作—分享生命的心路歷程
三、BOD　旅遊著作—個人深度旅遊文學創作
四、BOD　大陸學者—大陸專業學者學術出版
五、POD　獨家經銷—數位產製的代發行書籍

BOD 秀威網路書店：www.showwe.com.tw
政府出版品網路書店：www.govbooks.com.tw

永不絕版的故事・自己寫・永不休止的音符・自己唱